ICH GLAUBE AN HÜHNER

An-, Ein- und Nachsichten eines 68ers

Für

Lucy in the Sky with Diamonds

(The Beatles – Sgt. Pepper's Lonely Hearts Club Band)

Wer einen kleinen Rechtschreibfehler findet kann ihn behalten. Einen GROßEN bitte zurückgeben ☺ an fk@lucyfer.net

Hinweis für E-Book Leser: Dieses Buch wurde mit 100% recyclebaren Elektronen geschrieben.

FERDINAND KÖTHER

ICH GLAUBE AN HÜHNER

An-, Ein- und Nachsichten eines 68ers

*Bibliografische Information der Deutschen Nationalbibliothek:
Die Deutsche Nationalbibliothek verzeichnet diese Publikation
in der Deutschen Nationalbibliografie; detaillierte bibliografische Daten sind im Internet über http://dnb.dnb.de abrufbar.*

© 2015 Ferdinand Köther
© 2. Ausgabe 2016 Ferdinand Köther, *www.lucyfer.net*

Umschlaggestaltung: © 2015Christian Kuhn
Umschlaggestaltung 2. Ausgabe: © 2016 Christian Kuhn
www.christiankuhn.net & chriskuhn.mail@gmail.com

Herstellung und Verlag: BoD – Books on Demand, Norderstedt

ISBN: 978-3-739206356

INHALTSVERZEICHNIS
(in etwa)

VON 0 AUF CIRCA 20   7

VON ETWA 20 AUF GROB DOPPELT SO VIEL   71

AB GROB DOPPELT SO VIEL WIE 20
UND IMMER WEITER ...   192

Der Autor

… wurde im Gründungsjahr der Bundesrepublik Deutschland geboren als jüngster von insgesamt vier („viereinhalb") Geschwistern, genaue Daten sind nicht so wichtig, und überhaupt, mehr kann und soll hier jede/r selbst nachlesen, falls es sie/ihn interessiert.

Er gibt hier so vieles von sich preis, dass es schon manchmal nicht mehr feierlich ist, immer „frei Schnauze". Ursprünglich als rein private Erinnerung geplant, lief das Projekt durch Aufmunterung von außen in etwas andere Richtung.

Das ist dabei herausgekommen. Gute Zeiten, schlechte Zeiten, spannende Zeiten.

Family and Rock'n'Roll keep him happy, and alive! And board games.

VON 0 AUF CIRCA 20

Ich hatte schon immer mal die Idee, ein Buch zu schreiben – tolle Idee, heutzutage schreibt jeder Hansel ein Buch, oft eine Autobiografie über und von jemandem, für den sich kein Schwein interessiert.

Zumindest nicht wirklich, aber da man ja mithalten muss, wird so'n Schinken dann doch oft gekauft oder als E-Book heruntergeladen, wie uns die Bestsellerlisten weismachen wollen. Sei's drum, vielleicht finden ja auch (sehr persönliche) Aufzeichnungen ('ne Autobiografie eben) von jemandem, den keiner kennt – naja, ein paar natürlich schon – einige Abnehmer und vor allem Leser, d. h., Leser, die es auch wirklich lesen und nicht nur ungelesen ins Regal stellen oder irgendwo abspeichern, wo sie es garantiert nicht wiederfinden. Falls ja (Abnehmer und Leser) freut mich das, falls nein – auch egal!

Zumal diese Aufzeichnungen echt aus dem Leben gegriffen sind, während viele hochkarätige Biografien ja von Personen stammen, die absolut neben dem echten Leben stehen, sich vor Geld, Berühmtheit, Erfolg (mehr oder weniger) oft kaum retten können, die aber teilweise auch zu doof sind, oder zu faul, selbst zu schreiben und dafür „Ghostwriter" engagieren. Erinnert irgendwie an Geisterfahrer, immer auf der falschen Spur! Doofheit schützt vor Reichtum nicht, oder Berühmtheit, aber das soll im Moment kein Thema sein, vielleicht später mal. Was eine in Frauenkleider gewandete, lächerliche bärtige Wurst kann, wenn auch nicht selber und die noch nicht wirklich was im Leben erreicht hat, kann ich schon lange. Die kurzfristig aufkochende mediale Präsenz dieser Person ist so schnell verflogen, wie sie unverdientermaßen gekommen ist und vielleicht weiß manche(r) Leser(in) gar nicht, wen oder was ich meine, ist auch egal, es gibt genügend andere Beispiele. (Ganz aktueller Einschub [Herbst 2015]: Das Buch einer Blondine, die dafür bekannt ist, dass sie ... bekannt ist, vor allem dafür, ihre dicken Titten in jede Kamera zu halten und so die wahre Bedeutung des Begriffs „Silicon Valley" zu veranschaulichen. Kann man/frau ein ganzes Buch über Brustvergrößerungen schreiben, bzw. kann sie überhaupt schreiben?)

Meinem früher/später (je nachdem) gehegten Vorhaben, ein Rock-Lexikon zu verfassen kamen andere zuvor, mehr oder weniger gut oder erfolgreich. Meine Lebenszeit reicht nicht mehr aus, um DAS definitive Werk zu schreiben, also muss man sich mit dem begnügen, was es auf diesem Gebiet gibt.

Ein Gedanke war auch, vielleicht mal ein Buch über die vielen lustigen Erlebnisse in meinem letzten Job zu schreiben, oft ein Thema im Pausenraum – „da müsste man mal ein Buch drüber schreiben".

Das hat eine Kassiererin in Frankreich vor einigen Jahren getan (ein Buch über ihren Job geschrieben), wenn ich nicht irre – und damit sogar Geld verdient und die Leser unterhalten, nicht schlecht!

Aber das Leben ist wie eine Toilette – man macht viel durch, und da gibt es so manches zu erzählen, nicht nur über meinen Job, bzw. eine meiner diversen Tätigkeiten. Ich werde „von Höcksken auf Stöcksken" kommen (so sagt man in Westfalen), auf Gedanken- und Themensprünge müssen sich die Leser also einstellen. Wem das nicht passt, der kann mich mal gepflegt, aber kreuzweise GvB (Götz von Berlichingen).

War nett, Ihre/deine Bekanntschaft gemacht zu haben, ich will ja wenigstens höflich sein, meistens. Kapitel gibt's übrigens auch nicht in diesem Buch, da muss ich enttäuschen (abgesehen von drei groben Zeiteinteilungen). Es geht einfach immer irgendwie weiter, oder zurück und wieder weiter oder, wie auf einer Hühnerleiter, immer rauf und runter. Und auch wenn manche meinen, das Leben sei wie eine solche, nämlich kurz und beschissen, so möchte ich dem trotz manch harter Zeiten nicht unbedingt zustimmen.

Leider gibt es aber viele Schicksale, auf die dieser wenig fröhliche Spruch zutrifft.

Eine kleine, frühe Sprosse auf der Hühnerleiter: In der Quarta oder Untertertia, so hieß das damals und auch noch ein Weilchen später, begannen ein Schulfreund („Musikgenie" und späterer Professor, soweit ich weiß) und ich damit, gemeinsam einen Science-Fiction-Roman zu schreiben. SF war „schon immer" eins meiner Lieblingsthemen, und dieser nie beendete Roman spiegelte erste, oder auch schon zweite oder dritte

Glaubenszweifel wider. Bei einer Mondlandung (die erste tatsächliche, oder auch nicht, wie von manchen angezweifelt, fand erst Jahre später statt) wurde ein Kreuz entdeckt, genau so eins, an dem laut christlichem Märchenbuch auch unser Herr Jesus starb - gibt es vielleicht mehrere Götter? Über zehn oder zwölf mit Schreibmaschine geschriebene Seiten kamen wir nicht hinaus; es könnte sogar sein, dass ich die Blätter noch irgendwo liegen habe. Das war auch nicht so wirklich spannend, aber wer weiß. Seit Anbeginn der Menschheit gab und gibt es einige tausend Götter, von denen fast jeder „der einzig wahre" ist oder war und in dessen Namen unzählige andere Menschen getötet und gefoltert wurden und werden. Und ganz tatsächlich gibt es nicht ein einziges dieser fabelhaften Wesen. Das ist die Wahrheit.

Zweifel scheinen mir in die Wiege gelegt zu sein, zum Glück (meistens) nicht an mir selbst. Ob folgende Anekdote wahr ist oder nicht, weiß ich nicht. Mein Vater liebte Witze und Witzchen, konnte sehr humorvoll sein und gab immer wieder gerne zum Besten, dass ich als kleiner Junge mal zu Ostern auf die Aufforderung, Eier zu suchen, gesagt haben soll: „Denkste denn, ich glaub' noch an Hühner?" Ob wahr oder nicht, sind meine möglichen Zweifel längst ausgeräumt, denn wenn ich an nichts glaube, dann aber an Hühner – auch wenn ich mit mindestens einem Ei pro Tag im Jahr etwa 400 bis 500 zukünftigem Federvieh den frühzeitigen Garaus mache.

Und die mir als Ei entkommen, landen früher oder später als „Chicken Wings", Brustfilet, Keule oder sonst was in meinem Mund und Magen. Wir sind alle Mörder! Zu meiner Ehrenrettung möchte ich anbringen, dass ich bevorzugt Eier von freilaufenden Hühnern kaufe, zumindest solchen mit Bodenhaftung, äh, - haltung, ehrlich, auch wenn die teurer sind. Die schmecken auch besser – die Eier und die Hühner.

Nicht nur die Liebe für Witze, sondern auch eine gewisse Pedanterie habe ich geerbt. Die Vollglatze mit Kranz bereits mit 30 Lebensjahren nicht, dem Himmel sei Dank (was auch immer dahinter stecken möge); das Kopfknie ist auch mit mehr als dem doppeltem Alter immer noch nicht ganz „voll", ich meine leer, und drum herum wächst es lang und länger, je oller, desto doller. Ich kratze genau so akribisch die letzten Krümel auf dem Teller zusammen wie mein Vater es immer getan hat, worüber ich mich früher kopfschüttelnd amüsiert habe – so wie es heute meine Kinder über mich tun (und manchmal so viele Reste auf dem Teller lassen, dass dies noch fast eine komplette Mahlzeit ergäbe).

Wir hatten übrigens damals auch selbst Hühner, im Garten hinter dem Haus unserer Mietwohnung. Als ich etwa zwei, drei Jahre alt war ist mal eins beim Schlachten, schon ohne Kopf, noch bis zum vielleicht fünfzig Meter entfernten Bahndamm geflattert, so erzählte man. Vielleicht hat das meinen Glauben an Hühner mitbegründet.

Wo soll ich anfangen? Eine eventuell doofe, aber für den weiteren Verlauf dieser Aufzeichnungen nicht ganz unwichtige Frage. „Ich hätte mal gerne 'ne Frage gewusst." Fragen weiß ich nicht, hatten wir auch im Geschäft nicht anzubieten, dazu später, und diese Frage muss ich nun selbst beantworten.

Übrigens, das Wort „doof" wird hier öfter auftauchen, war es doch zu meiner Kindheit DAS Wort. Immer noch gültig, einfach zeitlos. „Du bist doof!" Passt oft am besten.

Geboren als „Nachkriegskind" in einem kleinen, netten Kaff (immerhin Kreisstadt, mit immer neidischer, geringfügig größerer Nachbargemeinde, die später „eingemeindet", haha, und damit auch Kreisstadt wurde – wenn sie denn glücklich damit sind) irgendwo im deutschen Münsterland bauten meine Eltern schon früh ein eigenes Haus, eine vor allem damals stolze Leistung, zu der ich es nie gebracht habe. Gefangene (mit bewaffneter Bewachung!) schachteten das Grundstück mit Spaten und Schubkarren aus, das kann sich heute kaum noch jemand vorstellen. Was für ein Spaß, später in unserem Rohbau herumzulaufen und noch später in den vielen auf unserer kleinen Straße nachfolgenden. Enorme Sandhaufen, riesige Kalk- und Betontröge, Schlamm, Matsch – was will ein kleiner Junge denn noch mehr? Leere Bierflaschen auf den Baustellen „klauen" und dafür leckere Nussecken kaufen, für etwa 20 Pfennig damals oder so, und „Cowboy und Indianer" spielen! „Peng, du bist tot!" Gnadenlos, vor allem um die Karnevalszeit, aber auch sonst – heutzutage ist das „FSK 16", so in etwa.

Kleiner Junge – ich habe mich mal, noch weit vor dem eigenen Hausbau meiner Eltern, in einen leeren Ölkanister gezwängt, der lag da so rum, und wollte damit über eine Pfütze paddeln, ging nicht wirklich gut. Hat mir trotzdem Spaß gemacht, meiner Mutter nicht so, denn das restliche Öl des Kanisters war nun in und an meiner Hose. Der Kanister lag auf dem großen, freien Platz direkt vor unserem Mietshaus herum, auf dem mindestens ein Mal jährlich ein großer Zirkus gastierte. Aufregende Gerüche nach wilden Tieren (zu der Zeit noch nicht verpönt, heutzutage … ja, zu Recht, meine ich), Sägemehl für die Manege und eben … Zirkus, den wir dann auch meistens begeistert besuchten. Faszinierend, wenn die starken Männer mit ihren riesigen Vorschlaghämmern die gewaltigen Metallpflöcke für das Zelt in den Boden rammten und ich Knirps dazwischen herumwuselte, mal geduldet, mal verjagt. Es gab nie einen Zirkus mit Hühnern, komisch.

Auch die zwei Mal im Jahr stattfindende Kirmes vereinnahmte diesen Platz, immer mit Spannung erwartet, auch später noch und ausgerechnet immer zu der Zeit, wenn mich die regelmäßige Mandelentzündung heimsuchte (und in jugendlichen Jahren Beginn und Ende der grässlichen Heuschnupfenzeit markierte, in etwa) bzw. meist kurz davor oder danach, zum Glück. Ein, zwei, Tage ging's mir schlecht, den Rest der Rekonvaleszenz (nicht, dass ich dieses Wort gekannt hätte) habe ich genossen; Essen wurde ans Bett gebracht und von morgens bis abends habe ich geschmökert, zu Gymnasialzeiten u. a. unzählige „Rothaut" Hefte, mit denen mein Freund Uli mich versorgte, außerdem mit einigen Hausaufgaben, damit ich nichts verpasste … aber die konnten warten. Auf dem Kirmes-/Zirkusplatz wurde später eine große Turnhalle gebaut, die ich auch zeitweise nutzte und die noch Platz für die Kirmes ließ, die Zirkusse wurden sowieso immer weniger und hätten auch noch Platz gehabt. Der größere Rest wurde noch viel später mit einem Einkaufszentrum zugepflastert, irgendwie schade.

Eigenes Elternhaus - als die ersten Gratulanten zum neuen Haus kamen, mehr oder weniger immer noch im Rohbau, meine Schwester (die „kleine") und ich allein zu Haus, die anderen noch mit Pferdekarre unterwegs, um weitere Möbel usw. zu holen, musste ich sie mit breit gestellten Beinen begrüßen. Im neuen Haus hatte ich im Dunkeln - das Licht ging noch nicht - das Klo nicht rechtzeitig gefunden. Eine klitschnass vollgepinkelte Hose mit knapp sechs Jahren und als baldiges Schulkind, wie peinlich! Einerseits schnell vergessen, andererseits auf ewig gespeichert.

Unvergessen auch, als nur wenig später die Parkettleger beim gemeinsamen Abendessen wie von der Tarantel gestochen aufsprangen und ins Nachbarzimmer sausten – sie hatten vergessen, den Wachstopf vom Kocher zu nehmen! Die Flamme schlug lichterloh bis zur Decke, die Hitze war enorm und wir Kinder fingen an zu heulen und zu schreien. Irgendwie schafften es die Männer, mithilfe unseres Vaters und auch meines Bruders, wenn ich nicht irre, das große Fenster zu öffnen und mit langen Stangen den brennenden Wachstopf aus dem Fenster in den Garten zu schmeißen, oder in das, was mal ein sehr schöner Garten werden sollte. Gerade noch mal gut gegangen, fast wäre uns die noch nicht mal fertige Bude über dem Kopf abgefackelt! Die Brandflecken an der Decke ließen sich relativ leicht beseitigen, die Angst vor Feuer ist unterschwellig geblieben – vielleicht gucke ich deshalb meist drei Mal nach dem Herd (Elektro-, trotzdem, und etwas übertrieben gesagt, aber nur etwas), bevor ich das Haus verlasse.

Fröhliche, unbeschwerte, wohlbehütete Kindheit. Nicht ganz unbeschwert, denn die Ehe meiner Eltern war eher die Hölle, wie sie sich nach und nach entpuppte und entwickelte. Aber das wird jetzt wirklich zu intim und soll hier nicht ausgebreitet werden; eine Scheidung – wie später von uns Kindern, mir zumindest – mal vorgeschlagen, kam für eine gesittete katholische Familie natürlich nicht in Frage. Zumal nicht im katholischen Münsterland, in dem unser Ort eine kleine „halb und halb" Exklave war. Schon vor Jahrhunderten hatte der Fürst zu Bentheim und Steinfurt in seinem wundervollen Schloss die Seiten gewechselt und sich den Reformatoren angeschlossen, die Bevölkerung teilweise mitgezogen. „Bäh, du bist evangelisch und doof" – und umgekehrt. Außerdem wurde dort die erste Universität Westfalens gegründet und nicht nur deshalb ist dieses liebenswerte Örtchen nicht nur für mich, sondern auch für Historiker etwas besonderes, zumindest über dem Durchschnitt. Aber wohnen möchte ich dort heutzutage nicht mehr. Ich würde die vielen Möglichkeiten, die ich kaum nutze (aber nutzen könnte) vermissen ... und meine Freunde und Bekannten in meiner Umgebung würden mir fehlen. Gelegentliche Verwandtenbesuche werden/wurden (s. u.) immer gerne unternommen, auch mittlerweile fast jährliche Klassentreffen mit zum Teil erstaunlich großer Beteiligung nach all den immer mehr werdenden Jahren, logisch. Wir waren eine klasse Klasse (vor allem auf dem Gymnasium)!

Ich habe meine Mutter immer innig geliebt, auch im Streit; meinen Vater zeitweise gehasst, zeitweise geliebt, allgemein (meist) respektiert und im Nachhinein überwiegen klar die positiven Gefühle.

Witzig war schon, dass mein Vater ebenso zeitweise mein eigener Lehrer (als einziger Chemieleher) war. Ich hatte gute Noten, im Zweifelsfall zu meinen Ungunsten, damit nix anbrennt, wie man so sagt. Und er hat ewig gegen die Nazis gewettert, war selbst im Krieg in Russland in der Verwaltung eingesetzt ohne je einmal geschossen zu haben, wie er mit Recht und Stolz erzählt hat; auf seinen offiziellen Fotos hatte er das Hakenkreuz übermalt. Er hatte nicht den Mut zum aktiven Widerstand, den hatten nur wenige echte Helden, und wer will's ihm verübeln? Ich nicht, im Gegenteil, sonst wäre er am Galgen geendet oder mit -zig Schusslöchern durchsiebt und es gäbe mich nicht, einige Jahre später als letzter Sprössling gezeugt, nachdem er damals, vor meiner Zeit, nach tagelangen Fußmärschen wieder unversehrt nach Hause zurückkehrte.

Nazis, alte und neue - Scheißpack, Dumpfbacken, menschenunwürdiges Geschmeiß. Gut so, das hat mich geprägt (obwohl mein Vater nicht solche Worte benutzte), auch wenn wir später durchaus unsere Gegensätze hatten, in vielen Dingen, nicht nur er pro CDU einerseits und ich als bekennender Sozialist/Kommunist andererseits. Immer noch. Und als einer, der an Hühner glaubt.

Ich erinnere mich an viele schöne gemeinsame „Pättkesfahrten" mit dem Fahrrad. Gangschaltung gab's nicht, hatten wir zumindest nicht, ging auch so. Endlose Federballduelle auf dem großen Rasen hinter dem Haus. Mein Vater war sehr viel älter als ich, knapp ein halbes Jahrhundert, grundsätzlich unsportlich, ein typischer „Schreibtischtäter", aber Federball konnte er gut, und ich war da auch gar nicht mal so schlecht, wenn auch ebenso „grundsätzlich unsportlich", vielleicht nicht ganz so. Ich war später sogar noch um einiges älter, meinen jüngsten Sohn betreffend - mehr als ein halbes Jahrhundert!

„Junge, du musst mal zum Friseur." Das kam später, nach meinem „Urknall". Zwei, drei Millimeter über den Ohren, im Nacken etwas länger, falls überhaupt, lächerlich nach späterem und heutigem Maßstab (und früherem), aber damals eben „lang".

Ich mochte schon immer lange Haare, hatte als kleiner Bubi (ich hieß für meine Geschwister viel länger als ich mochte „Bübi" und für meine Mutter „Brüderchen") meist eine oder zwei Haarklammern, damit mir die Haare nicht über die Augen fielen. Immer wenn ich zum Friseur musste habe ich geheult und die blöden Friseure haben mich „Susi" genannt, weshalb ich dann noch mehr heulen musste. Idioten (ach nein, die waren eigentlich ganz nett, glaube ich), aber mit sechzehn Jahren war ich auf jeden Fall das letzte Mal beim Friseur. Eine völlig überflüssige Berufsgruppe, wenn's nach mir geht. Wer sagt überhaupt, dass Männer kurze Haare haben „müssen"? Diese blöde Mode, sieht echt doof aus, gibt es seit knapp 100 Jahren (die Menschheit heutigen Stils seit grob 50 - 100 Tausend Jahren, immer mit langen Haaren), etwa, seit eh und je haben und hatten Männer und Frauen lange Haare, mehr oder weniger, die wachsen einfach und fertig! Warum sollte man die abschneiden? Keine Antwort ... ich schneide auch nicht meine Füße, Beine, Arme, Finger, Ohren usw. ab. Lange Finger- und Fußnägel schon, die stören auch irgendwann, aber lange Haare sind einfach nur schön – solange man noch welche hat.

Meine Mutter hatte fast hüftlange, schöne, dicke schwarze Haare (das prägt vielleicht), meist zu einem Knoten gebunden, so trug frau das damals. Eines Tages kam sie nach Hause und ihre Haare waren gerade noch schulterlang, wenn überhaupt. Ich habe geheult, geheult, geheult, als kleiner Junge mit drei oder vier Jahren – nahe am Wasser gebaut, wie man noch sehen wird. Oder: „Harte Schale, weicher Kern." Auch einer meiner Neffen hat mich circa 30 oder 40 Jahre später mit seiner metallenen Glückwunschkarte zum Geburtstag „Hart – aber herzlich!" gut erkannt. Dieser Neffe hat es trotz eher bescheidener schulischer Leistungen „zu etwas gebracht", während ich in den Augen seiner Mutter ein Beweis für das Gegenteil bin – Schule und Uni Top, Rest Flop. Das sehe ich völlig anders, wie fast alles, als diese „große" Schwester (s. u. – und das ist es auch, nämlich meist völlig anders, meine ich).

Weniger Taschengeld, mehr Taschengeld, gar kein Taschengeld – keine Drohungen oder Versprechungen meines Vaters konnten mich dazu bewegen, zum Friseur zu gehen, denn einige Zeit zuvor hatte es besagten „Urknall" gegeben. Es blieb wie es war und ich bekam mein Taschengeld weiter, anders als meine älteren Geschwister, denen dieses Privileg weitgehend verwehrt war. The times they were (are) 'a changing*... (Robert Allen Zimmerman, berühmt als Bob Dylan).

Bob Dylan war/ist ein höchstens mittelmäßiger Musiker, aber ein hervorragender Komponist und Lyriker, eine unersetzliche Ikone. Meine persönliche Meinung, wie (fast) alles in diesem Buch. Außer wenn ich schreibe „das ist die Wahrheit" – dann ist es die Wahrheit.

Meine Geschwister hörten immer gerne Musik, vor allem meine „kleine" Schwester, sechs Jahre älter als ich – mit Chris Howland („superkalifragilistisch expiallegorisch") z. B., wenn man mal Radio hören konnte, ohne dass mein Vater die wichtigen Nachrichten oder Karnevalssendungen verfolgen musste. Da waren dann auch schon mal Songs von Elvis Presley, Pat Boone, Trini Lopez usw. zu hören. Ein Klavier wurde zwar durchaus auch benutzt, klimper, klimper, diente aber mehr und mehr, mit abnehmender Intensität der Klavierstunden meiner Geschwister, als „Multimedia-Zentrale", nämlich Ablage- und vor allem Stellplatz für ein weiteres Radio meines Bruders, hauptsächlich von mir genutzt, und ... sage und schreibe einen

---

* Ich arbeite gerade an der Regelübersetzung der Neuauflage von „Through the Ages" (Vlaada Chvatil, © Czech Games Edition, „Im Wandel der Zeitalter" – Heidelberger Spieleverlag), einem der besten, genialsten Spiele aller Zeiten – wie passend!

veritablen Schallplattenspieler, den meine „kleine" Schwester mal günstig kaufte, auch hauptsächlich von mir genutzt.

Auch meine Musikzeitschriften, „Musik Express" z. B., fanden später dort ihren Platz, die „Bravo" habe ich immer verschmäht und nur mitleidig belächelt. Und vor allem noch etwas später fand dort der „New Musical Express" seinen Platz, die wöchentlich sehnsüchtig erwartete englische Musikzeitung, in Banderole und etwa in Form einer handlichen, nicht zu großen Holzlatte gefaltet.

Meine „große" Schwester, 10 Jahre älter als ich, ärgerte mich als kleinen Jungen gerne damit, dass ich rote Haare hätte. Wer sagt denn, dass das hässlich ist? Meine Schwester sagte das, und als kleines Blag nimmt man sich das (in Maßen) zu Herzen. Meine Haare waren früher vielleicht etwas mehr in Richtung rot als später und sind heute (die paar, die ich noch habe) eher rotblond (leicht wie Herbert Grönemeyer z. B., um eine Vorstellung zu geben, und der später hier noch mal kurz auftauchen wird) – na und? Rote Haare sind sehr schön, auch wenn ich auf schwarz geeicht bin, was Frauen angeht, aber sehr hübsche Ausnahmen bestätigen die Regel, wie man noch sehen wird. Und das hat prinzipiell nichts mit der Haarfarbe zu tun. Mit niemandem meiner Geschwister habe ich öfter gestritten als mit meiner „großen" Schwester, früher und auch später noch hin und wieder, noch am Vorabend ihrer Hochzeit habe ich ihr eine getafelt und sie mir daraufhin auch eine, keine Ahnung mehr, worum es ging – ich denke, sie hatte es verdient. (Oder, Tiefenpsychologie – ich war enttäuscht, dass sie uns endgültig verließ. Nicht bewusst und auch nicht wirklich.)

Trotz mancher „Kloppereien", oft von mir als kleinem Furz in aussichtsloser Position initiiert, war Gewalt aber nie ein Thema bei uns. Im Alter legen sich die Unterschiede, ich liebe alle meine Geschwister und komme mit allen gut klar, umgekehrt auch – untereinander trifft das leider nicht auf alle anderen zu, das Thema will ich hier nicht breit treten.

Doch, ein bisschen noch ... erst kürzlich noch präsentierte meine „große" Schwester (von meiner noch etwas älteren „Halbschwester" abgesehen, die früher eher nur als gelegentlicher Besuch wahrgenommen wurde, andere Geschichte) mir stolz ein Buch, das ihr Sohn (mein lieber Neffe) „geschrieben" habe. Mit Stolz zu Recht, er hat eine Menge erreicht im Leben, aber das Buch herausgegeben, nicht geschrieben. Manches versteht sie einfach nicht; aus der digitalen Welt hält sie sich völlig fern. Dabei immer sehr fleißig, tugendsam, großzügig und hat das „gemachte Nest", in das sie sich gesetzt hat, bestens gehegt und gepflegt und tut das immer noch. Mein Neffe hat das noch besser „gemachte Nest" seines Vaters enorm ausgebaut, bewundernswert. Dass sie mir aber heutzutage immer noch, hin und wieder und mehr oder weniger vorhält, ich hätte versagt und „nix getan", ärgert mich zugegebenermaßen ein wenig, etwas Anerkennung wäre mir, ehrlich gesagt, lieber (trotz auf Durchzug gestellter Ohren). Geschwisterliebe ... liebevolle Fürsorge und unsensible Ärgerei liegen bei ihr dicht beisammen, im Örtchen ist sie wohlbekannt, so und so ...

Dabei hat keiner meiner Geschwister je härter gearbeitet als ich (mit Ausnahme meines Bruders vielleicht als sehr engagierter, gewissenhafter Augenarzt - und kein Vorwurf an die anderen, alle haben ihr Päckchen getragen, und das sehr gut), meist gerne bis sehr gerne, habe aus dem Nichts heraus eine zeitweise nicht unbedeutende Firma aufgebaut, und pleite sind ganz andere gegangen und gehen es jeden Tag, die sich obendrein noch vorher die Taschen voll gestopft haben. Große Firmen, mit hunderten oder tausenden von Angestellten.

Egal, der „kleine doofe Bruder" und die „große doofe Schwester" ... mögen sich trotz aller Gegensätze (wie ich auch alle anderen und umgekehrt, s. o.), und das ist nicht gelogen! Laut Familiensaga hat sie mich als wenige Wochen altes Baby mit vom Keuchhusten schon blau angelaufenem Kopf (der war später mal ab und zu von innen blau, selten) dem Erstickungstod gerade noch von der Schüppe gekratzt. Sie ist schuld ...

Das reicht als wohlwollendes Resümee, ich schreite weit vor bzw. zurück auf der Hühnerleiter.

Obiger, hier klein gedruckter Text steht in der ersten Ausgabe dieses Buches und führte dazu, dass diese meine Schwester (grundlos) beleidigt war, weil sie „dabei schlecht wegkommt". Wie oben erwähnt, versteht sie vieles nicht. Einige Zeit später beleidigte sie mich (grundlos) dermaßen, dass auch mein wohlwollender Gummigeduldsfaden riss und ich mein Motto „mit allen gut klar zu kommen" ad acta gelegt habe. Der Kleindruck bietet nun Platz für einige wenige andere Einschübe, ohne die „geheiligte" Seitenzahl (s. u.) zu ändern.

Apropos Geschwisterliebe – Geschwister sind „Leute", zu denen man im Allgemeinen, wage ich zu behaupten, wohl keine besondere Bindung einginge, wenn man sie zufälligerweise kennenlernen würde. Das ist keinesfalls böse oder negativ gemeint und ich schätze, dass mir die meisten Leser da zustimmen werden, wenn sie a) Geschwister haben und b) ehrlich sind. Aber da ist noch etwas anderes, das ich nicht erklären kann, und genau das ist (war) der Unterschied, jedenfalls was mich angeht. Vielleicht ähnlich wie bei Hühnern, die aus einem Stall kommen. Mit meiner „kleinen" Schwester liege ich am ehesten auf einer Wellenlänge, politisch, weltanschaulich, das liegt vermutlich daran, in welcher Zeit man aufwächst, auch wie lange gemeinsam, und die entscheidenden Impulse erhält – und zulässt, von diesen beeinflusst zu werden. Da können in jungen Jahren wenige Jahre Unterschied Welten bedeuten.

Und in späteren auch. Durfte ich früher keine kaputte Glühbirne ersetzen oder irgendwo eine Schraube eindrehen (das musste der „große" Bruder machen, acht Jahre älter), bin ich der einzige, der zeitweise mit großem Vergnügen seine halbe Wohnungseinrichtung zusammengezimmert hat (Regale, Bett, Tische) und den Geschwistern gerne (meist) hilft, ihren PC zu bedienen (falls zutreffend). Auch der „große Bruder" kommt damit gar nicht gut zurecht, technisch nicht völlig unbegabt, aber doch eher mäßig. Er wurde/war (bis zur Rente) ein sehr guter Augenarzt, ohne Zweifel. Seinen Metallbaukasten durfte ich nur mit strengsten Auflagen benutzen, falls überhaupt, habe aber nie gesehen (oder nur vergessen), dass er damit etwas gebaut hat, das funktionierte, oder überhaupt. Nicht böse gemeint, der eine hat die Talente, der andere die anderen. Tief in die Augen, wie ein Augenarzt, aber mit viel mehr Liebe, schaue ich gerne nur meiner besten aller Ehefrauen.

Schon immer habe ich viel und gerne Zeitung gelesen - seitdem ich lesen konnte, klar. Mit Schreibmaschine tippte ich endlose Olympia-Ergebnistabellen usw. ab, da gab's noch kein Tipp-Ex oder eine Backspace-Taste ... das war oft schwierig, aber hat mir Spaß gemacht. Olympia, Fernsehen – das gab's beim Nachbarn, wo ich gerne hin durfte, sowas Modernes hatten wir nicht.

Eines Tages las ich einen Artikel über vier Engländer, die „lange" Haare hatten und angeblich tolle und erfolgreiche Musik machten – so'n Blödsinn, dachte ich mir (bei aller Liebe für lange Haare)!

Kurz darauf hörte ich einen Song der Beatles, das waren diese Engländer, und – BAFF! – das war der „Urknall", der Moment, der mein Leben entscheidend beeinflussen sollte. Und der Urschrei: YEAH YEAH YEAH!

Ich weiß nicht mehr genau welcher Song es war, vielleicht „All My Loving", „From Me To You" – „Please, Please Me" kam etwas später, den ersten kleinen Hit „Love Me Do" hatte ich verpasst. Egal, ab da war's um mich geschehen. Die Beatles sind ein imposanter Beweis dafür, dass die Gesamtsumme größer sein kann als die Summe der Einzelteile, so beeindruckend diese auch sein mögen. Musikmathematik!

Zufall …? Meine „Weiße CD" der Beatles, zur damaligen, viel späteren und nun sehr lange zurückliegenden Kaufzeit in dieser Form noch eher eine Seltenheit (die Vinylausgabe hatte ich natürlich schon lange vorher) hat die Nr. 22044[*] und meine über alles (oder trotz allem, wie in einer Ehe so üblich) geliebte und beste aller Ehefrauen (sinngemäßes Zitat Ephraim Kishon[**]), Lucy (in the Sky with Diamonds) ist an einem 22.04. geboren, die zweite 4 der Nr. vergessen wir mal (oder sie steht für die Anzahl meiner Kinder), und meine erste Ehefrau hieß Michelle, oder wurde zumindest so genannt. Naja, auch Lucy heißt nicht wirklich so, aber immerhin fast - philippinische Frauen heißen immer anders als sie heißen. Eine Julia (wie Johns Mutter) hatte ich allerdings nie, auch keine Lovely Rita, geschweige denn Eleanor Rigby. Wie schon gesagt - oder, falls nicht, hole ich das hiermit nach - haben die Beatles mein Leben bestimmt, in eine Richtung gestoßen, auf vielfältige Weise. Nicht nur die Beatles natürlich, aber zu nicht unerheblichem Anteil – mit gerne und gierig aufgesogener Dominanz.

Und wie geht's jetzt weiter? Weiber oder (musikalische) Weisen? (Ich liebe Klammersätze oder -einschübe, Anführungszeichen = „Gänsefüßchen", Fußnoten, …, Bindestriche und Kommas – die Regeln bestimme ich, weitgehend).

Weiber – OK, machen wir zunächst mal damit weiter, mit Musik so etwa ab Seite 21 (oder auch schon 15), und immer wieder, eben die Hühnerleiter rauf und runter.

Es gibt alte Fotos, im Sandkasten, auf denen ich eine Anne-Marie, wenn ich nicht irre, liebevoll im Arm halte, frühe 50er Jahre. Einer Gabi aus der Nachbarschaft klaute ich etwas später mal eine kleine Puppenstuben-Käseglocke, die fand ich irgendwie besitzenswert (die Käseglocke). Das kam raus und

---

[*] … und die Seitenzahl dieses Buches … ich kann's kaum fassen! Glaubt mir keine Sau, ist aber … Zufall! Da könnte selbst ich fast abergläubisch werden.

[**] Ephraim Kishon - „… und die beste Ehefrau von allen: ein satirisches Geständnis", ©1981 by LangenMüller in der F.A.Herbig Verlagsbuchhandlung GmbH, ins Deutsche übertragen von Gerhard Bronner und Friedrich Torberg.

ich gab sie reumütig zurück, soweit ich mich erinnere (musste sie zurückgeben ...).

In den folgenden Jahren waren Mädchen einfach nur solche, uninteressant, überwiegend. Es gab in der Nachbarschaft und praktischerweise meiner Schulklasse Zwillingsschwestern, die einerseits ähnlich (blond, lange Zöpfe), andererseits aber ziemlich verschieden aussahen (zweieiige Zwillinge eben, so doof sich das anhört) und mit denen ich oft Völkerball, Verstecken und was sonst noch damals so aktuell war spielte. Sie waren Spielkameraden, mehr nicht, noch nicht. Oft waren andere Jungen, mit denen man Fußball oder Cowboy und Indianer spielen konnte, doch interessanter.

Allerdings erinnere ich mich, dass noch zu Volksschulzeiten (Klasse 1 – 4) ein Klassenkamerad/-freund (zu dem ich auch heute noch lockeren Kontakt habe, er wurde ein angesehener und sehr engagierter Rektor einer Grundschule) und ich und vor allem eine „attraktive" (andere) Klassenkameradin uns damals zu herbstlicher, frühabenddunkler Zeit auf einen Friedhof schlichen und auf irgendein Grab hockten, um besagte Kameradin öfter (!) und abwechselnd auf die linke und rechte Wange küssen zu dürfen. Tatsächlich auf einem Friedhof, denn dort waren wir in unserem lüsternen Treiben ungestört.

Volksschule – das waren nach heutigem Maßstab Zeiten harten Drills, an die ich gar nicht mal ungerne zurückdenke. Ich hatte zum Glück mit dem „harten Drill" keine Probleme, gehörte immer mit zu den Besten der Klasse, ebenso wie die hübschere (sorry!) der beiden Zwillingsschwestern und einige andere. Außer wenn's ums Singen ging – „da brummt doch schon wieder einer", grummelte unser Lehrer, das war ich. Musik ja, auch damals schon gemocht, aber selber singen ging und geht bis heute gar nicht. Als i-Männchen hatte jeder sein eigenes i-pad – eine Schiefertafel mit Griffel und einem Schwämmchen, darauf lernten wir schreiben. Dieses fiese Geräusch, wenn der Griffel beim Schreiben falsch gehalten wurde, geht mir noch heute durch Mark und Bein, und nicht nur mir, da bin ich sicher. Hefte mit monoton schwarzem Umschlag kamen erst später, bunte Hefte gab's damals nicht.

Ansonsten saß der Bambusstock locker, wer „Mist baute" musste nach vorne kommen und die Hand aufhalten, dann wurde der Stock dadurch gezogen. Es gab einige, die immer eine blaue Hand hatten, und wehe, man zog sie weg – mich hat's ein Mal getroffen, warum weiß ich nicht mehr. Trotzdem ist mir unser dicker Lehrer (mit Glatze), der immer auf einem kleinen Moped dahergeknattert kam und eine extrem feuchte Aussprache hatte, eher positiv im Gedächtnis geblieben.

Er konnte auch liebevoll und fürsorglich sein, sofern mich meine Erinnerung nicht trügt. Nach heutigem Maßstab untragbar, und jede Zeit hat ihren eigenen Maßstab, aber ist das auch immer der richtige? Die heutigen Maßnahmen scheinen mir oft übertrieben „fürsorglich", zwei, drei Wochen Eingewöhnung, Beobachten usw. - gut und schön, damals hieß es "hinsetzen, Schnabel halten und aufpassen". OK, Rohrstock muss und darf nicht sein, aber sonst ... hat niemandem geschadet, meine ich.

Bei mir kümmerte sich kein Schwein um meine schulischen Leistungen, meine Eltern und Geschwister auch nicht wirklich ... außer dass es mal ein Lob gab, wenn ich eine gute Note vorzeigte, aber das wurde auf Dauer auch langweilig, zumindest auf der Volksschule. Um Missverständnisse zu vermeiden – das soll kein Vorwurf an meine Familie sein, war normal. Man ging zur Schule, machte seine Hausaufgaben (möglichst schnell, um Zeit für anderes zu haben, Freunde, spielen, Badeanstalt, Fahrrad fahren, später Musik hören usw.), fertig, kein Problem. So war das damals, bei mir zumindest. OK, auf der Penne (Gymnasium) später war es schon mal etwas mühsamer, aber auch nicht wirklich.

Ich schweife ab – mit Höcksken und Stöcksken auf der Hühnerleiter ist das erlaubt, aber wir waren bei Mädchen, oder Weibern. Da fällt mir eine kleine Episode aus der Volksschulzeit ein – wir hatten einen kleinen, lockenköpfigen, „süßen" Mitschüler, der öfter mal aufstand und aufzeigte um anzukündigen: „Herr Lehrer, ich muss mal schütteln!" Dann war die Pfütze aber auch schon unter seinem Platz und es waren immer die Mädchen, die schnell Eimer und Aufnehmer holen mussten, um das Malheur zu beseitigen, was sie auch immer ohne Murren und Zurren taten, bewundernswert!

Es gibt schöne Erinnerungen an diese Zeit, überwiegend unbeschwert, spannend, man entdeckte langsam die kleine, große Welt – Lesen war toll, Mecki-Bücher gehörten zu meinen ersten Leseerlebnissen. Einmal verkloppten wir fast einen Mitschüler, der behauptete, der Nikolaus sei der Kaplan Schneider gewesen – so'n Blödsinn, geht doch gar nicht, das war doch der Nikolaus, ganz klar; doofer Kerl, dieser Mitschüler! Muss zweites Schuljahr gewesen sein, im dritten wussten eigentlich schon alle, dass das natürlich der Herr Kaplan war, oder sonst wer, auch wenn man zu Hause vorgab, noch an den Nikolaus usw. zu glauben. Aber wieso wusste dann der Nikolaus, dass wir mal im nahe gelegenen Kreisgarten (in/an dem auch die beiden süßen blonden Zwillingsschwestern wohnten, und der nicht rund war/ist) Äpfel geklaut hatten?

Gab es vielleicht doch … ach nein, ich hatte vertrauensselig meinem Bruder mal davon erzählt; alte Petze! Mein Glaube an Hühner wurde dadurch aber nicht erschüttert.

Zu einer netten Mitschülerin, mit der ich auch oft einen Teil des Nachhauseweges gemeinsam ging, ebenso wie mit den Zwillingen, sagte ich eines Tages unverblümt: „Sag, dass du mich liebst, sonst schubse ich dich vom Bürgersteig." Sie sagte: „Ich liebe dich!" Und ich schubste sie vom Bürgersteig … werde ich nie vergessen, keine Ahnung, was mich da geritten hatte. Ist nichts passiert, ich habe nicht doll geschubst, war aber wohl ganz schön bekloppt!

Die Aufnahmeprüfung zum Gymnasium, von den meisten mit Herzklopfen erwartet und mit Bravour bestanden, war das Ende dieser nicht nur für mich insgesamt schönen Zeit, mit aufregenden Weihnachtsaufführungen und ganz speziellen Gerüchen verbunden. Dazu gehörte auch der Chlorgeruch des unmittelbar benachbarten wunderschönen Freibades, in dem wir alle schwimmen lernten und das es ziemlich unverändert noch heute gibt, soviel ich weiß. Dem Ende folgte der Anfang einer insgesamt anderen schönen neuen Zeit.

Auch zu Hause war Weihnachten immer eine „Aufführung", mit viel Geheule allerseits vor Rührung, mit riesigem Baum, großer Krippe (vor der ich immer, zu Volksschulzeiten, ein Gedicht aufsagen musste, soweit mir das mit tränenstickter Stimme möglich war – und dabei schon auf den großen, prall gefüllten Gabentisch schielte), selbst meine Eltern redeten mal ein paar Worte miteinander anstatt sich anzubrüllen. Bücher gab's immer, Klamotten, Spiele („Monopoly" z. B.), Lego, später immer mehr Teile für die Eisenbahn, noch später auch mal 'ne Schallplatte von den Beach Boys oder Dave Clark Five (meine speziellen Lieblinge, zeitweise in den USA noch erfolgreicher als die Beatles, die einzige Band mit eigenem Düsenjet, vom Boss Dave Clark selbst gemanagt, auch das einzigartig. Ihre stampfenden Mega-Hits „Glad all Over" oder „Bits & Pieces" waren sozusagen der „Heavy Metal" des frühen Beat-Zeitalters (wie auch Songs der frühen Kinks)); Beatles Schallplatten brauchte ich zu der Zeit nicht, die hatte ja meine Freundin „Oma" – und ich sie alle auf meinem Tonband aufgenommen. Tonnenweise leckere, von meiner Mutter selbstgebackene Plätzchen gab's natürlich auch, das ging schon immer im November los, mit großer Vorfreude auf „das Fest".

Den großen Baum gibt's heutzutage immer noch, trotz Religionsabstinenz; die Musik (roter Faden meines Lebens) dazu liefern nun John Lennon mit „Happy Xmas (War is over)" oder „Imagine" – dieser zeitlos wunderbare Song sagt eigentlich alles, was es zu sagen gibt – die Beach Boys mit „Little Saint Nick" oder Kenny Wayne Shepherd mit seiner krachenden Version von „Rudolph the Red-Nosed Reindeer", Steve Vai nicht minder krachend mit „Christmas Time is Here" und viele andere: „Rockin' around the Christmas Tree" (Brenda Lee).

OK, das war's erst mal mit Mädchen, nicht wirklich viel. Als ich mit etwa elf, zwölf Jahren meinen Fähnleinführer, so hieß das beim katholischen ND (Neues Deutschland, keinerlei rechtspolitische Intentionen) damals, schöne Grüße an seine süße Schwester ausrichten ließ, meinte der nur, dafür wäre ich wohl noch etwas zu jung. Sie war in meiner Parallelklasse, aber ich traute mich nicht ihr direkt zu sagen, dass ich sie sehr ... nett fand. Später wurden wir Tanzstunden- und sogar Abschlussballpartner, sowas gab's damals noch, aber es wurde nix draus, der Funke sprang nicht über, beidseitig, denke ich – wir küssten uns zwar auch mal, aber sie war für mich irgendwie keine heiße Nummer mehr. Als sie mich einmal, vor dem Abschlussball, anrief, um mit ihr und anderen bei ihr zu Hause tanzen zu üben, fühlte ich mich zwar durchaus geschmeichelt und war leicht begeistert, aber sie war irgendwie nicht mehr der große Kick.

Der (das) ND war eine Jungensgruppe, wir hatten viel Spiel und Spaß, auch wenn bei jeder Zusammenkunft erst mal gebetet wurde. Das gehörte dazu, obwohl sicher da schon der eine oder andere seine Zweifel hatte (außer ich an Hühnern); Gebet runterrattern, fertig. Eine „große" Fahrt mit dem Fahrrad, über mehrere Tage geplant, endete schon nach einem in einer etwa 30 km entfernten Jugendherberge. Der „Herbergsvater" hatte aus einigen Metern Entfernung eine wagenradgroße Schüssel voll mit Kartoffeln an unseren Tisch geschmissen, nachdem niemand auf seine Rufe „Hier sind die Kartoffeln!" reagiert hatte, angeblich. Die Schüssel traf einen von uns am Kopf, zum Glück war außer Kopfschmerzen und einer dicken Beule am Kopf (konvex) und an der Blechschüssel (konkav) nix weiter passiert, aber das war's dann auch mit unserer Fahrt, es ging zurück nach Hause. Hoffentlich war's das auch mit diesem „Herbergsvater", ich weiß nicht, ob es noch weitere Konsequenzen gab.

Aber spätestens mit den Beatles und folgenden (und auch erst später entdeckten, vorhergehenden) Konsorten war's das auch mit Fähnlein und Co. – der Fähnleinführer hatte sein Abitur gemacht und war damit weg, ein sehr netter, lieber Kerl, nur wenige Jahre älter als wir. Das sind in diesem Lebensalter damals wie heute Welten, die mit zunehmendem Alter und entsprechender Erfahrung bis auf „null" zusammenschrumpfen. Die früher eher etwas argwöhnisch betrachteten „Halbstarken" mit Elvistolle wichen nun zunehmend den „Beatniks" mit zumindest angedeuteter Beatlesfrisur. Die echten Beatniks waren u. a. auch der Literatur von z. B. Jack Kerouac sehr zugetan, von mir später eher nur am Rande wahrgenommen.

Lebensmittelpunkt waren nun nur noch Musik und, zunehmend, Mädchen oder Frauen, wie wir auch damals schon die Wesen mit den allmählich mehr oder weniger wachsenden zwei Hügeln nannten.

Meine Aktentasche, so hießen die „Schulranzen" damals, von den Geschwistern geerbt, war nach einiger Zeit über und über mit den Namen meiner Lieblinge beschrieben, damit meine ich Musiker bzw. „Bands" oder Gruppen, wie es damals hieß. Ein guter Zeitvertreib, wenn's in der Schulstunde zu langweilig war ... Beatles, natürlich ganz oben, Rolling Stones, Beach Boys, Dave Clark Five, Searchers, Animals, Hollies, Yardbirds, Small Faces und und und. Meine Lieblingsmädchen wurden dort nicht verewigt, die änderten sich häufiger und waren auch irgendwie nicht so „treu" wie die Musiker.

Vor allen anderen Brigitte Bardot, häufig bestaunt in den Bildaushängen des örtlichen Kinos, mit dem Fahrrad nach der Schulzeit und plattgedrückter Nase, aber auch andere Sexsymbole dieser Zeit - obwohl ich dieses Wort damals noch nicht kannte - regten die zunehmende Fantasie an. Näher waren andere, zum Beispiel die Tochter des Kinobesitzers. Näher, doch endlos weit entfernt. Mit leichten, ganz leichten „Schlitzaugen" hübsch und leicht asiatisch anmutend, vielleicht ein Omen für spätere Zeiten (dann allerdings mit „Mandelaugen") – eine Klasse höher und für mich als schüchterner Jüngling unnahbar.

Doch dann gründeten einige Altersgenossen eine „Beatband" („The Chains"), durften dank ihrer „connections" im Kinosaal üben. Ich war neidisch, aber im Umfeld auch irgendwie dabei - und sie war gar nicht unnahbar, im Gegenteil.

Beatles-Fan erster Güte, ihr ganzes Zimmer war voll mit Beatlesbildern, und schon bald durfte ich mit meinem Tonband ihre Beatles Schallplatten aufnehmen. Bei ihr zu Hause, denn ausleihen wollte sie die Platten nicht, aus späterer Sichtweise durchaus in meinem Sinne, aber manchmal durfte ich sie sogar selbst „auflegen". Nach Hin- und Rückweg mit meinem schweren Tonbandgerät waren meine Arme dann doppelt so lang, aber das war die Mühe wert. „Oma" - so ihr Spitzname, weil sie eine Klasse über uns war - und ich wurden gute Freunde, später sehr kurzfristig und ansatzweise auch mal etwas mehr, Betonung auf etwas. Wenn ich nun mal ein Kino-Ticket bei ihr kaufte (falls sie gerade hinter dem kleinen Guckloch an der Kasse hockte), wurde ich jetzt auch nicht mehr knallrot wie eine Leuchtboje. Sie war (und ist – das ist eine Lebensaufgabe, genau wie für mich) Beatles-Fan bis in die letzten Haarspitzen, hat sogar ein Mal George Harrison vor dessen Anwesen getroffen und mit ihm gesprochen. Thema ausleihen: Schallplatten, Bücher und Frauen verleiht man nicht, sagten wir später noch oft. Kontakt haben wir immer noch, sporadisch.

Gemeinsam erlebten wir 1967 den bahnbrechenden Film „Blow Up" (mit kurzem Gastauftritt der legendären Yardbirds, mit Jimmy Page und Jeff Beck, die als „Ersatz" für die eigentlich geplanten, aber unabkömmlichen Who herhalten mussten und deshalb, eigentlich untypisch, musste Jeff seine Gitarre zerschmettern) und trafen uns auch zufällig (!) zu diesen frühen Hippie-Zeiten 1967 auf dem „Festival of the Flower Children" in Woburn Abbey, einem kleinen Kaff ca. 30 Meilen nördlich von London. http://www.ukrockfestivals.com/woburn-67.html

London, England, war der Mittelpunkt der Welt. Das Festival bot mit den Bee Gees, Move, Marmalade, Jeff Beck, Alan Price Set, Eric Burdon & Animals, Tomorrow, Small Faces, Zoot Money usw. die Crème de la Crème. Die Duchess of Bedford, Gattin des Geländebesitzers Duke of Bedford, bekam einen leichten Schlaganfall, als sie die Blumenkinder sah – sie hatte gedacht, es handele sich um eine Garten-/Blumenausstellung. Und ein Picard, Neffe oder Sohn des berühmten Höhen- und Tiefenforschers Jacques Picard ließ aus einem Heißluftballon kiloweise Blumen auf uns herunter regnen. Ansonsten regnete es nicht und es sprossen nur die Haare, Bärte, bunte Klamotten, ich trug stolz meine auf dem Portobello Road Flohmarkt erstandene „Jimi Hendrix"-Heilsarmeejacke. Überall lag ein süßlicher Geruch in der Luft, den ich liebte, aber ansonsten die Finger davon ließ. Ich war froh, mir mit „Holborn Tobacco" meine eigenen Zigaretten drehen zu können, ohne elterliche Aufsicht.

Dieses Festival werde ich nie vergessen. Ich war dorthin getrampt, etwa 30 Meilen nördlich von London. Endstation U-Bahn im Nirgendwo, dann zu Fuß zur nächsten Autobahnauffahrt, zum „motorway". Mein erster Urlaub alleine, in London, Stadt meiner Träume, Mittelpunkt der Welt, sagte ich schon, oder? Der Marquee Club, legendärer Auftrittsort vieler Rockgrößen, eine Institution. Und ich war mittendrin, im Tottenham Court Road YMCA, das „Zimmer" würde man heute keinem zur Todesstrafe Verurteilten zumuten. Egal, nach kurzem Schock – nette Leute, tolles Frühstück, Würstchen, Spaghetti, Spiegelei usw. (bis heute maßgebend, wahrscheinlich nicht nur deswegen), und ich konnte meine Zelle freiwillig verlassen und betreten, meistens – es gab gewisse Zeiten, mit An-/Abmeldung, kann mich aber an keine Probleme erinnern. Trotz aller Spießigkeit der Duft der großen weiten Welt (und von fried eggs = Spiegeleiern), der Geruch der Londoner U-Bahn, der „Tube" - einzigartig und herrlich! Und ich war ja sowieso den ganzen Tag lang unterwegs.

Zurück zum Festival. Ich war, wie erwähnt, dorthin getrampt, einige Hippies mit bunten Klamotten hatten mich mit meiner tollen Hendrix-Jacke mitgenommen, irgendwo an der Autobahn-Auffahrt am Endpunkt der U-Bahn-Station, wir hatten dann irgendwo geparkt, „deine Sachen kannst du ja später mal holen". Vertrauensselig und glücklich, dass ich mittlerweile nach Anlaufschwierigkeiten ganz gut mit der Sprache zurechtkam, ließ ich alle meine Habseligkeiten im Auto. Wir liefen los, verloren uns irgendwann aus den Augen, und später wollte ich mal mein Gepäck holen – das Auto stand nicht mehr da! Scheiße, die haben mich beklaut, was soll ich machen (ein paar Pennies hatte ich wohl in der Tasche, aber sonst nix) – hey, da ist ja einer von denen! „Hey…" „Ach, wir mussten nur mal einkaufen, unser Auto steht jetzt da hinten ... komm mit!" Nix geklaut, mein Vertrauen in die Menschheit, zumindest die der bunten Hippies, war wiederhergestellt!

Was die Menschheit allgemein angeht, dazu weiter unten noch mehr. Da hilft nur noch der Glaube an Hühner weiter, falls überhaupt[*].

Als später auf diesem Festival die angesagten (im doppelten Sinne des Wortes) Move auftraten, auch von mir sehr verehrt, kam irgend jemand auf die Idee, eine Wunderkerze auf das Bühnendach zu werfen, das zu damaliger Zeit noch aus einfacher Zeltplane bestand. Eine Wunderkerze, dann zwei, und drei ... und irgendwann brannte die ganze Bühne lichterloh. Chaos, Unterbrechung – und auf einmal reichte mir je-

---

[*] „Zynismus ist die einzig vernünftige Reaktion auf die Dummheit der Menschheit" (von mir übersetztes Zitat aus „The Long War" von Terry Pratchett & Stephen Baxter, Corgi Books, © Terry and Lyn Pratchett and Stephen Baxter 2013)

mand hastig ein Schlagzeugbecken, „hier, halt mal kurz", englisch natürlich. Ich tat wie mir geheißen, und bald darauf wurde das Teil auch brav wieder abgeholt, im allgemeinen Durcheinander geklaut von Bev Bevans Schlagzeug, dem Drummer der Move!

Drei Tage lang ging das Festival, die teilweise zerstörte Bühne wurde irgendwie wieder aufgebaut, nachts wurde auf offener Wiese im Schlafsack geschlafen, aber in London wartete ja meine süße Jean! In meinem Heimatkaff hatte das bisher nie so richtig mit den Mädchen geklappt, ich war schüchtern, die Auswahl begrenzt, die „Objekte" meiner Begierden nicht wirklich an mir interessiert, oder umgekehrt - in London war ich ein anderer Mensch.

Damit wieder zu den Weibern, ich sage mal lieber Frauen, neben oder sogar vor Musik Thema Nr. 1. Eines Abends hielt ich im Halb- bis Ganzdunklen des Marquee[*] eine kleine Engländerin („I Saw Her Standing There", Beatles) im Arm, warm, weich, anschmiegsam, die ich zum Tanz aufgefordert hatte („Do you wanna dance?", Beach Boys), ich weiß nicht mehr, welche Band gerade spielte oder welche Platte lief, beides wurde im Marquee abwechselnd geboten. Tanz hieß ein wenig Rumgehampel, dann ging's über zum Klammerblues. Und wen interessierte schon die Band oder sonst was, denn schon bald klebten unsere Lippen und Zungen aneinander, ein für mich absolut neues, überwältigendes Gefühl, die Hose platzte fast!

Auch bei Licht betrachtet erwies sich Jean als Granate – schulterlange rote Haare, nicht knallrot, rotblond mit Betonung auf rot, süße Sommersprossen, sehr hübsch und niedlich, elegante Figur, freundlich und lieblich, sechzehn Jahre alt, meine ich, vielleicht auch gerade noch fünfzehn, ein Traum! Meine Augen hatten mich im Dunklen nicht getäuscht und offensichtlich gefiel ich ihr auch! Wir verbrachten wunderbare Tage zusammen, im St. James Park, Hyde Park, sonst wo, wo man mehr oder weniger ungestört „petting" betreiben konnte, ohne großartig aufzufallen; mehr ging nicht damals. Aber eine neue Welt hatte sich aufgetan.

---

[*] DER Club – wahrscheinlich aller Zeiten. „Geburtstort" vieler Rockgrößen. Eigentlich überflüssige Fußnote – gibt es jemanden, der das nicht weiß?

Also zurück vom Festival zu Jean, Jeff Beck spielte gerade, oder ... ich weiß nicht mehr genau wer, doch die weibliche Verlockung war spannender. Ein paar Tage noch, dann hieß es leider Abschied nehmen ... bis zum nächsten Jahr?

Zum Soundtrack dieser Zeit gehörten „A Whiter Shade of Pale" von Procol Harum mit seiner majestätischen, überwältigend magischen Melodie (und dem mit Sicherheit am häufigsten falsch geschriebenen Bandnamen „Procul Harum") , „Let's Go ... to San Francisco" von den Flowerpot Men und, vielleicht der beste Hit, der nie einer war, „I See the Rain" von Marmalade, „Light my Fire" von den Doors nicht zu vergessen. Vor allem diese Songs tönten immer wieder aus allen Lautsprechern, und viele, viele andere schöne „Flower Power" Songs – „Hey Joe" von Jimi Hendrix, völlig neue Töne irgendwie, „San Franciscan Nights" von Eric Burdon & the Animals (s. o.), wie die bis auf Eric völlig neu formierte Truppe mittlerweile hieß, und (einer) dieser Jahrhundertsong(s) „San Francisco" von Scott McKenzie, der mir heute noch mit seinen flirrenden Gitarrenläufen, seiner himmlischen Schönheit und Unbeschwertheit jedes Mal fette Gänsehaut über den Rücken jagt. San Francisco allerorten, dorthin verschlug's mich aber erst zwölf Jahre später.

Zurück in Deutschland starrten mich alle blöden Spießer mit meiner tollen Hendrix-Jacke dermaßen bescheuert an, bis es selbst mir zu viel wurde und ich sie nur in den Schrank hängte. Meine Mutter: „Was ist DAS denn?"

Nicht nur wegen meiner ersten Erfahrungen (nicht ganz so weit, wie ich gerne wollte, aber immerhin) mit einer süßen jungen Frau (die „Mädchen" gehörten nun endgültig der Vergangenheit an) war 1967 ein besonderes Jahr, sondern auch musikalisch. Mit Jimi Hendrix und Cream begann der Übergang von der Pop-Musik zur Rock-Musik, ungeahnte Klangwelten taten sich auf und die Beatles brachten mit „Sgt. Pepper's Lonely Hearts Club Band" ein epochales Kunstwerk heraus, das (nicht nur) die gesamte Musikwelt staunen ließ. Selbst sogenannte „ernste" Kritiker (nicht, dass deren Meinung wichtig war) merkten allmählich, was sich musikalisch tat, fernab von verstaubten, langweiligen Mozart-, Bach- und Beethoven-Welten. Alles zu seiner Zeit, obwohl diese zweifelsohne großen alten Künstler in gar nicht unwesentlicher Manier so manche Rock-Musiker beeinflussten, als nur ein prominentes Beispiel sei Jon Lord[*] genannt (dessen Tod vor wenigen Jahren auch meine Tränen reichlich fließen ließen).

Vielleicht keine epochalen Kunstwerke, aber zumindest Mega-Meilensteine der Musikgeschichte sind spätere Werke wie „Deep Purple in Rock", „Led Zeppelin (I)", „Black Sabbath", „King Crimson – In the Court of the Crimson King" und … aber das würde jetzt zu weit führen. Damit wurden beispiellose Grundfesten für Generationen geschaffen (und jetzt musste ich tatsächlich erst mal unter „unprecedented" nachsuchen, damit mir das deutsche Wort einfällt … „unprecedented" ist besser, „beispiellos" trifft's nicht so ganz, vom Gefühl her).

Ein Jahr später, Abitur frisch in der Tasche und alle Abi-Feten – so nannten wir die „Parties" damals - waren gut überstanden und die Haare wuchsen nun rücksichtslos. Oftmals ging's erst am frühen Morgen nach Hause, es wurde hell, die ersten Vögel brüllten den neuen Tag an, herrliche Zeiten! Noch mal zurück in die „Gefängniszelle" YMCA, tolles Frühstück inklusive, kein Problem, billig, zentral, was wollte ich mehr? Diese Art Frühstück liebe ich bis heute, leicht verändert. Cornflakes gibt's jetzt nicht mehr, aber immer noch Spiegel- oder Rührei, oder Omelette, gebratenes Würstchen dazu und/oder gebackene Bohnen, gebratenen Schinkenspeck (Bacon) usw., Spaghetti habe ich nicht mehr auf dem Plan, wäre überhaupt mal wieder 'ne Idee. Außerdem war Tee nie meine Sache, Kaffee gehört dazu, im YMCA damals nicht, wenn's welchen gab, war der ungenießbar. In London trinkt man Tee, mit Milch. Heute gehören auf jeden Fall eine frische Chili, etwas Knoblauch und Zwiebel dazu, alles angebraten, vielleicht noch mit ein paar Kartoffelscheiben. Ich schweife ab – aber nach dem Motto „von Höcksken auf Stöcksken" ist das erlaubt, sogar beabsichtigt. Und Hühner picken sowieso fast alles auf.

London, d. h., die City, kannte ich mittlerweile wie meine Westentasche, aber mein sowieso spärlicher Briefwechsel mit Jean war zum Erliegen gekommen, sie hatte sich inzwischen

---

[*] Keyboarder, Komponist und Gründungsmitglied von Deep Purple. Falls es jemanden geben sollte, der das nicht weiß. Ein absolut großartiger Musiker.

verlobt; Engländerinnen, in dem jungen Alter ... schade, mehr nicht, ich hab's verschmerzt. Trotzdem schrieb ich ihr, ich bin dann und dann dort und dort, wahrscheinlich am Piccadilly Circus, Nabel der Welt, weiß ich nicht mehr genau, vielleicht können wir uns ja noch mal treffen, einfach nur so, und etwas miteinander quatschen.

Wo auch immer, ich war da, Jean natürlich nicht. Egal, auch andere Mütter haben hübsche Töchter. Aber davon fand ich keine, bis ... mir wenige Tage vor meiner geplanten Rückfahrt auf der Oxford Street ein mir aus dem YMCA bekannter anderer junger Deutscher meines Alters entgegen kam, Hand in Hand mit einer ... traumhaften Fee!

„Hey, blabla, usw., du fährst doch morgen zurück, oder?" „Ja ..." und, klopfenden Herzens, aber sonst ganz cool (glaube ich), zur Fee (auf Englisch natürlich), „Was machst du denn morgen Abend, vielleicht können wir uns ja mal treffen?" „Ja, gerne." Hatte sie das wirklich gesagt? Hatte sie, und mein Herz schlug Purzelbäume, doppelte und dreifache Saltos vorwärts und rückwärts, mit anderthalbfacher Schraube, mindestens. „OK, dann treffen wir uns morgen dort und dort", vielleicht Marquee, oder Piccadilly Circus, oder U-Bahn-Station Tottenham Court Road, weiß ich nicht mehr genau, ich meine Letzteres. Ganz schön frech, aber er hat's mir nicht übel genommen, habe ihn kurz vor seiner Abreise noch mal getroffen, wäre mir aber auch egal gewesen. Und er war ja sowieso weg, nach nur flüchtiger Feen-Bekanntschaft, wie er mir noch sagte.

Ich war im siebten Himmel! Audrey, schon ihr Name (erfuhr ich erst am nächsten Tag und ohne dabei an die Hepburn zu denken, weiß nicht, ob ich die da schon „kannte") zerging mir auf der Zunge, war nicht gerade groß, aber auch nicht klein, hatte sehr lange, pechschwarze Haare, hellbraune, makellose Seidenhaut, tiefbraune, große Augen, (nicht zu) kräftige schwarze Augenbrauen (natürlich), volle Lippen, ein leicht längliches Gesicht mit feinen Gesichtszügen, schlanke Figur, einfach gnadenlos hübsch, hübsch, hübsch, eine junge, rassige, exotische Tropenbilderbuchschönheit – aus einer Einwandererfamilie aus Mauritius stammend, wie ich noch erfahren sollte. (Exotisch ist immer nur eine Frage des Standpunkts.) Gnadenlos hübsch ohne großartiges Make-up oder sonst was wie heutzutage viele Models, die oft netto (= ungeschminkt) auch nicht viel besser aussehen als ein Baumstamm – nix gegen Baumstämme! Eine Mischung aus Indern, Afrikanern (als Sklaven dorthin gebracht), Franzosen, Briten, Niederländern und anderen Völkern. The best of many worlds!

Am nächsten Tag also unser erstes „richtiges" Rendezvous. Kommt sie wohl wirklich? Ja, sie kam, wie vereinbart, mit strahlendem Lächeln ihrer blitzblanken, weißen Zähne – ich schmolz dahin. „Wie heißt du denn überhaupt?" ... „Ach, ehrlich? Ich habe eine Freundin, die hatte letztes Jahr einen deutschen Freund, der hieß auch Ferdinand." (Föördinäänd, englisch gesprochen, in etwa.) „Wie heißt denn deine Freundin?" „Jean, und, das zeige ich dir mal später, er wollte sich sogar wieder mit ihr treffen in diesem Jahr, dann und dann, dort und dort".

Termin und Ort, wie ich es Jean geschrieben hatte, standen schwarz oder blau auf weiß in ihrem Schulheft!

„Geh' ruhig dort hin, kannst ihn ja mal treffen, wenn du willst, netter Kerl." Das hatte Jean ihrer Freundin Audrey gesagt, aber die hatte sich nicht getraut ...

Ein seltener Zufall in der Millionenstadt London - oder nicht? Egal, ich war auf jeden Fall mehr als happy, Audrey war mein Stern, meine Bestimmung, und schon bald stand meine Rückfahrt an. Scheiße, nur noch wenige Tage, sehr wenige Tage mit dieser bezaubernden Gazelle, meiner heißgeliebten Audrey, und kein Geld mehr, um meinen Aufenthalt im YMCA oder sonst wo zu verlängern! Ich war verzweifelt – und dann „du kannst ja noch ein paar Tage bei uns wohnen"! Ich glaube sogar, das kam von ihr, bin mir nicht sicher aber denke nicht, dass ich so unverfroren war, danach zu fragen, das habe ich vergessen. Wie auch immer, ihre sehr nette Mutter hatte mich sofort ins Herz geschlossen (und umgekehrt), der Bruder, etwa in meinem Alter, konnte mich auch gut leiden und ich ihn, einen Vater gab's irgendwie nicht (mehr), keine Ahnung ... hat Audrey mir sicher erzählt, das habe ich auch vergessen.

Himmelhoch jauchzend konnte ich irgendwie meine Rückfahrttickets ändern lassen, meinen Eltern zu Hause Bescheid geben – wie genau, liegt im Dunkel der Geschichte, das ging in den 60er Jahren nicht so einfach wie heute, doch es ging irgendwie. Wo ein Wille, da ein Weg.

Dass ich in diesem Jahr mit meinem Freund Ludger in London war, habe ich wohl vor lauter Begeisterung für Audrey vergessen, wie Ludger nach Lektüre dieses Buches (1. Fassung) anmerkte, und dass wir die Beatles sahen, als sie ins Kino zur Premiere von „Yellow Submarine" gingen …

Meine neue „Heimatstation" der Tube war nun Finsbury Park, nicht mehr Tottenham Court Road. Von dort bis nach Finsbury Park im Nordosten Londons dauerte die Fahrt mit der Tube etwa 20 bis 30 Minuten, wenn ich nicht irre, ein Mal umsteigen. Aber je nachdem, wo wir gerade waren, ging's auch mit der Piccadilly oder Victoria Line ohne Umsteigen. Egal, mit Audrey an meiner Seite hätten wir auch bis zum Nordpol fahren können, und die Tube liebte ich sowieso. Noch vielmehr liebte ich Audrey natürlich, allerdings knirschte es schon bald im Gebälk. Ich war (und bin) sehr besitzergreifend, höllisch eifersüchtig – und dazu, meinte ich zumindest, gab es jeden Grund.

Wo Audrey auftauchte, Clubs, Kneipen usw., mit mir im Schlepptau, ließ sie erst mal die Kinnladen aller anwesenden Männer und Jungmänner herunterklappen und sie dazu Stielaugen kriegen, begehrtes Objekt der Begierde. Sie wusste das ganz genau, liebte es zu flirten – ich sah meine Felle schwimmen, vielleicht unberechtigt, aber wahrscheinlich gerade durch mein wenig souveränes Verhalten verstärkt. Sie wollte halt grundsätzlich nur flirten, Spaß haben, tanzen, nicht viel mehr – ich hätte sie sofort geheiratet, wenn sie danach gefragt hätte. Ich war einfach nur ein unerfahrenes, blödes Greenhorn und spitz wie Lumpi, wie man damals so sagte. Dabei bis auf den heutigen Tag immer monogam veranlagt – einmal gewählt, eine der Schönsten der Schönen, niemals unter diesem Niveau, sah ich nie einen Grund, das zu ändern. Das taten dann die Frauen, meist - aber das ist generell gesprochen und Ausnahmen bestätigten die Regel. Und irgendwann viel, viel später fand ich dann die wirklich Richtige.

Meine Eifersucht und Besitzanspruch trugen dazu bei, dass wir bald nicht mehr so ein Herz und eine Seele waren – auch wurmte es mich, dass meine wunderschöne Audrey nicht so bereit für und viel zurückhaltender bei den schönen Spielchen war, mit denen ein Jahr zuvor Jean und ich uns in den Parks vergnügt hatten, obwohl wir ja nun fast den ganzen Tag zusammen waren, auch in Haus und Schlafzimmer. Wir haben uns nie gestritten, aber die Stimmung war nicht immer die beste und es kam unweigerlich der Tag des Abschieds, sehr schweren Herzens meinerseits, während ich den leichten Eindruck hatte, dass sie zumindest nicht unglücklich war, mich loszuwerden. Teenagerlove ...

Noch ein paar wenige Briefchen, Karten – ihre Weihnachtsgrüße (nicht der übliche Kitsch, sondern mit völlig unweihnachtlichen indisch-asiatischen Motiven, Volltreffer!) hingen noch lange später in meiner Studentenbude an der Wand und die habe ich sogar, glaube ich, immer noch irgendwo. Schon damals pure Nostalgie, ohne Reue oder Schmerz und in der Rückschau vielleicht etwas zu verklärend, war Audrey trotzdem eine für mich einschneidende Erfahrung, unvergleichlich und mit großer Dankbarkeit trotz unseres letztendlich gar nicht so harmonischen Verhältnisses.

Das neue Studentenleben bot zu viel Abwechslung und Neues, auch neue Frauen natürlich, um Audrey allzu lange nachzutrauern. Zeiten des Umbruchs an allen Fronten.

Ich war später noch relativ oft in London, „meine Heimatstadt" pflegte ich zu sagen; schon im Frühjahr 1969 wieder zusammen mit einem Kumpel aus unserer WG mit dessen Auto, Käfer natürlich, Linksverkehr ... wir haben es unfallfrei überstanden. Schon da, meine ich, oder möglicherweise auch erst noch ein Jahr später schlenderte ich über den Portobello Road Market, mal wieder (einer der spannendsten Flohmärkte, zumindest zu der Zeit), und hinter einem Stand hockte ... tatsächlich, das war Audrey, zusammen mit ihrem Freund, oder Mann. Wir haben ein paar unverbindliche Worte gewechselt, „Hey, wie geht's, usw., blabla", und sie sah einigermaßen abgewrackt aus, der jugendliche Glanz war dahin, Drogen, schätze ich. Schade – falls sie noch lebt, wünsche ich ihr von Herzen alles Gute. Sie war mein erster „Stairway to Heaven" (Led Zeppelin, ein paar Jahre später), mit Jean hatte ich die ersten Stufen erklommen.

Schon durch Jean, vor allem aber durch Audrey hatte ich enorm an Selbstbewusstsein gewonnen – wer eine dermaßen hübsche, obendrein intelligente junge Frau für sich gewinnen konnte, wenn auch nur für kurze Zeit, brauchte sich nicht zu verstecken! Andererseits – falls das Sprichwort „Die hübschesten Frauen haben die hässlichsten Männer" zutreffen sollte … dann musste das „Phantom der Oper" im Vergleich mit mir ein Beau sondergleichen sein. Schwamm drüber, ich bin kein Schönling und wollte auch nie einer sein, sondern einfach nur ich – und auch wenn meine Mutter und andere oft sagten bzw. sagen „auf die inneren Werte kommt es an", was meine volle Zustimmung hat, dann muss ich hinzufügen, dass es mir bei Frauen in Verbindung mit den „inneren" auch sehr auf die äußeren Werte ankommt, aber sowas von! Das Eine ohne das Andere – geht gar nicht! Zum Glück sind die Geschmäcker verschieden. Und wenn schon – dann war ich lieber hässlich; weibliche Schönheit bewundere ich bis heute, habe nie Mangel daran gelitten und bin zu Hause täglich damit umgeben.

Erst kürzlich kaufte ich die erste Dauerkarte meines alten Lebens für den VfL (Bochum, natürlich). Die dafür zuständige junge Dame im VfL-Stadioncenter, etwa Anfang zwanzig, höchstens … ein Traumgeschöpf, lange schwarze Haare … war mir gelegentlich vorher dort schon mal aufgefallen. Wenn unsere Jungs nur halb so gut spielen wie diese niedliche Zuckermaus hübsch war bzw. ist, dann steigen wir nächstes Jahr endlich wieder auf[*] und werden in der darauf folgenden Saison Deutscher Meister! Auf den Philippinen „Dutzendware" (sorry, Frauen sind nie und nimmer Ware, um Himmels willen, so meine ich das nicht!), sind solche das (oder mein) Männerauge erfreuenden Augenweiden hierzulande (zu) selten anzutreffen. Schon wieder ein Fettnäpfchen, Mist, ich will weder deutsche noch andere Frauen beleidigen, und, sagte ich bereits, die Geschmäcker sind verschieden, das ist auch gut so. Und wenn wir nur ein Viertel so gut spielen wie meine beste aller Ehefrauen hübsch ist holen wir sogar die Champions League. Ich greife mal wieder vor, so oder so … Hühnerleiter rauf und runter.

---

[*] Hat nicht ganz geklappt. 2 Ausgabe 2016/17.

Apropos Drogen – waren nie ein großes Thema für mich, dazu an anderer Stelle etwas mehr. Bei meinen weiteren Besuchen in London standen meist ganz klar London und die Musik, oder andersherum, im Vordergrund, später auch geschäftliche Angelegenheiten, Musik natürlich.

Zum Thema „Her mit den kleinen Engländerinnen" (so hieß ein wahrscheinlich eher doofer Film etwa Mitte der 70er Jahre, den ich nie gesehen habe) aber war's das für mich.

Sweet little Sixteen – Chuck Berry wusste schon, worüber er sang und dazu seine Gitarre abschrubbte, der alte Lüstling. Gut, schön, aufregend, unvergesslich, meine ersten nachhaltigen Erlebnisse mit dem schöne(re)n Geschlecht.

Jean und Audrey sollten aber noch lange nicht meine letzten „Sweet little Sixteen" sein, doch erst mal wieder die Hühnerleiter herunter und zurück zu den Zeiten davor.

Aktuelle Zwischennotiz:

Jetzt, zu dem Zeitpunkt zu dem ich dies schreibe, fast fünfzig Jahre später, merke ich, dass die Erinnerung an Audrey mich enorm aufwühlt, komisch. Es gibt viele blöde Sprüche, einer davon ist „Aller guten Dinge sind drei." Nicht, dass Frauen „Dinge" sind. Aber in der Rückschau, Gegenwart und Zukunft fest im Blick, habe ich das Gefühl, dass es drei wirklich wichtige Frauen in meinem Leben gab bzw. gibt – meine Mutter nicht mitgezählt, dann wären es vier, aber das wäre ein völlig anderes Thema. Audrey gehört dazu, definitiv und warum auch immer – wir waren ja nur einige Tage zusammen, trotzdem. Es gab später andere, mit denen schmerzhaftere Erinnerungen verbunden sind, Erinnerungen, die mich aber nicht aufwühlen, sondern die einfach nur archiviert sind. Auch Audrey ist archiviert – sie wäre heute eine etwa gleichaltrige, wahrscheinlich ziemlich runzlige alte Frau ... Was soll ich sagen? Jean hat das Schloss geknackt, aber Audrey hat die Tür dann ganz weit aufgestoßen, was mein „Ich" betrifft, ich will's mal so formulieren. Durch diese Tür gingen noch manche andere, aber zu den „Drei" zähle ich nicht, eigenartig, die Mutter meiner beiden ersten Söhne, obwohl das zeitweise auch eine schöne, aber die schwierigste, nervigste Beziehung überhaupt war.

Meine beiden Söhne aus dieser Ehe liebe ich nicht mehr und nicht weniger als meine beiden späteren Kinder – mit anderen Worten: sehr! Wir haben guten Kontakt.

Der Name der zweiten „Drei" fängt auch mit dem ersten Buchstaben des Alphabets an, das sehen wir noch. Und die dritte und wichtigste „Drei" ist natürlich die beste aller Ehefrauen, wie meine Freunde, die Beatles, es mir prophezeit haben: Lucy in the Sky with Diamonds! Diamanten sind teuer und wertvoll, aber wollen auch erst mal gefunden sein.

Der etwa achtjährige Weg (Kurzschuljahr) vom Ende der Volksschule bis zum Abitur begann in dem uralten Backsteingebäude unseres Gymnasiums, noch älter als das unserer Volksschule, aber anders als dieses war es mitten in der Stadt, der Schulweg wurde näher. Das dreistöckige Gebäude war keine Schönheit, aber hatte Atmosphäre – es lebte und atmete, auch wenn der Atem oft nach der Fahne unseres eigentlich ganz liebenswerten, aber auch oft grantigen Hausmeisters roch, dem schon oft vormittags bei der Kakaoausgabe der Schnaps aus den dicken Tränensäcken lief. Mein Vater hatte ihm den Job besorgt, ein besonderes Schicksal in Verbindung mit dem elenden, zum Glück seit langem (relativ) beendeten Krieg, mit dem ein tumber Österreicher die halbe Welt überzogen hatte, unterstützt von dem mindestens ebenso tumben deutschen Volk. Die ausgetretenen Treppen, knarzenden Holzböden, überwiegend ebenso uralten Schulbänke mit Ritzereien ungezählter Generationen (und meinen, wenn ich noch irgendwo ein Plätzchen fand), dunkler, unheimlicher Keller, ein „Karzer" – die könnten Geschichten erzählen! Ein ganz spezieller Geruch lag in dem Gebäude, nicht nur der Alkoholgeruch des Hausmeisters. Die Toiletten in einem kleinen Nebentrakt waren ein stinkendes Dreckloch, unzumutbar, das ich zumindest nur im alleräußersten Notfall aufsuchte, dann auch nur „für klein" und mit zugehaltener Nase, soweit möglich.

Schon als kleiner Junge durfte ich meinen Vater manchmal begleiten, wenn er nachmittags seine Physik- und Chemieexperimente akribisch vorbereitete. Der Physik- und Chemieraum, mit ansteigenden Stufen wie in einem kleinen Kino, war durch einen Zwischenraum mit dem Biologieraum verbunden. Dieser

Zwischenraum war faszinierend gruselig, mit dem großen ausgestopften Geparden und anderen toten Tieren und vor allem dem menschlichen Skelett (ein echtes? Keine Ahnung.) an der Stange. Und dieser Geruch – gleichzeitig abstoßend und anziehend, unvergesslich. Auch als „großer" Schüler hatte ich später immer einen gewissen Respekt vor diesem Sammelsurium der Untoten, teilweise auch in Gläsern eingelegt. Da war der Biologieraum mit seinen blubbernden Aquarien und lebenden Fischen und Schnecken weitaus beruhigender.

Irgendwann platzte der altehrwürdige Bau aus allen Nähten, ein Neubau wurde geplant und bis zu dessen Fertigstellung wurden wir und andere Schüler zeitweise, auch tageweise, in naheliegenden Baracken untergebracht. Da konnte man trotz geringer Entfernung auf dem Weg dahin oder von dorther zum Hauptgebäude schon mal klüngeln, „tut uns leid, ging nicht eher", dachte sich wohl auch mancher Lehrer, der dann schon mal zu spät zum Unterricht kam, hier oder da. Eine Uhr gab's in den Baracken nicht und eine nicht gerade sehr beliebte Lehrerin war auf uns Schüler angewiesen, um den Unterricht rechtzeitig zu beenden, damit sie noch ihren Zug nach Hause bekam.

Ihre Uhr ging ständig falsch, auf jeden Fall behaupteten wir das so, und ich kann mich nicht erinnern, dass wir sonst schon mal länger Unterricht haben wollten als vorgesehen. „Nö, ist noch Zeit, Frau …!" „Oh, hallo, Frau …, jetzt müssen Sie sich aber beeilen, wir sind schon mindestens fünf Minuten über der Zeit!" Und tatsächlich sogar manchmal noch mehr, aber wir wollten ja auch mal langsam nach Hause. „Hep, hep, hep!" riefen wir hämisch hinter ihr her, wenn sie dann zum Bahnhof rannte und sicher oft genug ihren Zug nicht mehr rechtzeitig erwischte. Andere ließen wir auch gerne schon mal eher nach Hause gehen, „Ihre Uhr geht falsch, wir haben es schon so … spät." Schüler können so gemein sein! Es war in der Quinta (6. Klasse), glaube ich, als wir einen Geschichtsreferendar nach kurzer Zeit heulend aus der Klasse trieben, er sprach nur leise und lispelte etwas. Keine Chance gegen eine Horde lärmender und tobender Blagen, die sich einfach nicht um ihn kümmerte. Er tat mir irgendwie leid, das hielt mich aber nicht davon ab, in dem Getümmel mitzumischen, der eigene Stamm geht vor. Ich denke, wir haben dem guten Mann einen Gefallen getan, das war nicht sein Job. Es gab eine Standpauke und wir haben ihn nie wieder gesehen.

Oben besagte Lehrerin, bei uns für deutsche Sprache zuständig, setzte sich gerne mit ihrem feisten Hintern auf meinen Tisch. Ich saß zu der Zeit zur Abwechslung mal in der ersten Reihe (ich war kein Streber; wenn auch meist gut, oder sehr gut und, OK, auch mittelmäßig, ein Mal sogar etwas knapp vorm gefürchteten „Sitzenbleiben"). Wäre sie eine junge, attraktive Lehrerin gewesen – die gab's damals irgendwie nicht an unserer „Penne" – hätte ich ja nichts dagegen gehabt, aber so gefiel mir das gar nicht. Ich pflückte irgendwo einen dicken, fetten Dorn und stellte ihn aufrecht auf meinen Tisch. Sie setzte sich mal wieder – ein spitzer Schmerzensschrei und ich fuhr schnell mit der Hand über den Tisch und wischte den Dorn zu Boden. Sie starrte mich böse an, „aber hier ist doch nichts, was ist denn los?" Die Bewunderung meiner Kameraden war mir gewiss, zumindest einige hatte ich natürlich eingeweiht. Ich glaube (außer an Hühner), danach setzte sie sich nie wieder auf meinen Tisch.

Das neue Gymnasium war und ist ein schmuckloser Zweckbau – aus Backstein, natürlich – und war etwa wieder fast genau so weit für mich entfernt wie früher die Volksschule, kein Problem, jetzt meist mit Fahrrad statt wie früher mit dem Tretroller oder zu Fuß. Der Bau war sicher irgendwie „schöner", auf jeden Fall moderner als der „alte Kasten", aber gesichts- und seelenlos. Natürlich hatte er seine Vorteile, aber es fehlte die „Atmosphäre", vielleicht sehe ich das auch nur etwas verklärt in der Nachschau. War OK für die letzten etwa zwei Jahre bis zum Abi, mehr auch nicht. Das alte Gebäude wurde später abgerissen, um einem 08/15-Supermarkt zu weichen, der nicht sehr erfolgreich war, wenn ich nicht irre.

Eine Schande, heute würde solch ein Gebäude unter Denkmalschutz gestellt werden und ich bin sicher, dass man manch sinnvolle Verwendung dafür hätte finden können.

Außer Susi, der Schwester des Fähnleinführers, in wirklich ganz frühen Jahren des erwachenden Interesses am anderen Geschlecht, der ich ja auch (erst mal) nur liebe Grüße hatte bestellen wollen, war da die Freundin meiner „kleinen Schwester" (sechs Jahre älter als ich, sagte ich schon), eine Nachbarstocher ein paar Häuser weiter. Die hatten einen blöden, ewig kläffenden Hund, Terrier oder sowas, der einen immer anknurrte, hinterherlief, bellte, vor allem, wenn man mit dem Fahrrad unterwegs war, und das war ich praktisch immer – und ich musste immer da vorbei. Mit wenigen Ausnahmen mag ich bis heute keine Hunde, schon gar nicht so doofe, zwar eher kleine, aber ständig kläffende und bläffende Köter. Ich hatte immer 'ne Scheißangst, dass das dumme Vieh mich beißt. Große, ewig sabbernde und meist stinkende Köter (ohne „h") mag ich übrigens erst recht nicht, eklige Viecher, die in keine Wohnung gehören. Anderes Thema, im Moment nicht wichtig.

Ich musste immer da vorbei ... wirklich? Meistens, aber später gab es in dem immer weiter wachsenden Neubaugebiet auch eine andere, etwas weitere Route, insgesamt einen Rundweg sozusagen. Um meine Kondition zu testen lieh ich mir eines Tages und sehr viel später, ich war vielleicht vierzehn, fünfzehn Jahre alt, ein ziemlich klappriges Rennrad (oder was eins sein sollte) vom Bruder meines zukünftigen Schwagers, mit Kilometerzähler. Eine Runde waren 600 Meter – also los! Ich fuhr tatsächlich 100 Runden am Stück, 60 km, und alle Nachbarn müssen gedacht haben, dass ich nicht alle Tassen im Schrank habe. War mir egal, ich war stolz auf meine Leistung und ziemlich ausgepowert. Mit dem eigenen Rennrad, nicht so wirklich eins, aber immerhin mit 4 Gängen und schmalen Reifen, schaffte ich auch später ziemlich locker den Weg nach Münster hin und zurück, auch insgesamt 60 km ohne die Gewissheit, jederzeit anhalten und aufgeben zu können. Aber aufgeben kam sowieso nie in die Tüte!

Zurück zur Nachbarstocher, von der ich mich damals umso lieber hätte beißen lassen. Leicht dunkler Teint, schwarze Haare, allerdings eher kurz – trotzdem ist auch da ein gewisser Trend zu erkennen. Ich mag zehn, elf Jahre alt gewesen sein und oft, wenn sie zu uns kam, habe ich mich mit hochrotem Kopf irgendwo verkrochen, um ihr nicht begegnen zu müssen. Aber es gab auch Zeiten, zu denen wir miteinander gespielt haben (nein, nicht solche Spiele) und ein Mal hat sie mir sogar erlaubt, sie zu küssen, und sogar auf den Mund – keine Ahnung, wo das dumme Hundevieh da gerade war, sonst hätte mich das kläffende Biest sicher in der Luft zerrissen. Irgendwie war ich schon als kleiner Junge ziemlich „scharf" auf Weiber.

Wir hatten immer viele Austauschschüler bei uns zu Gast, meist Franzosen, auch mal eine Französin, die ich gar nicht attraktiv fand, aber dann war da auch Ritva, ein Finnin, die perfekt deutsch sprach, hübsch, niedlich, rote Haare, Sommersprossen (hallo Jean, viel später, siehe oben) – leicht, wirklich nur leicht mehr als schlank, mit üppiger Figur. Mann-o-mann – schon bald hatten meine Geschwister spitzgekriegt, dass ich irgendwie eine besondere Affinität für Ritva hegte, ich war erst etwa zehn, elf Jahre alt (immer noch), sie „Sweet little Sixteen", auch wenn ich diese Worte damals noch nicht kannte.

Wie oft musste ich mal plötzlich in die Küche sausen, um irgendwas zu holen, wenn wir beim gemeinsamen Essen waren und meine Geschwister mich damit aufzogen – meinen puterroten Kopf haben sicher trotzdem alle mitbekommen, wie peinlich! Als Ritva nach sechs Wochen zurück nach Finnland fuhr, haben alle fürchterlich geheult, sie war wie ein Familienmitglied geworden, für mich vielleicht in ersten aufkeimenden Gedanken etwas mehr – aber kein Problem, aus den Augen, aus dem Sinn. Meine „große" Schwester hat noch heute Kontakt mit ihr. Mit ihrer Cousine – Ritvas Cousine, meine ich – führte ich danach eine Zeitlang Briefwechsel, ohne Fotos, und die waren lange nicht so spannend wie die mit meinen Briefmarkentauschpartnern aus allen möglichen anderen Ländern, vor allem mit einem bestimmten aus Ungarn. Ungarn wurde dann auch mein Spezialgebiet für Briefmarken. Post aus Ungarn, toll! Und erstaunlich, was alles noch auf der alten Festplatte im Hirn gespeichert ist, wenn man erst mal anfängt – die Hühnerleiter rauf und runter!

Austauschschüler aus Frankreich, Jean-Claude oder Jean-Paul, wir hatten beide bei uns, waren auch ganz nett, aber einer dieser beiden ärgerte mich mal besonders. Ich konnte damals

als kleiner Junge gut Fliegen* fangen (kein Mangel daran in unserer ländlichen Gegend) und als ich wieder mal stolz eine in meiner Faust hatte, sagte er „zeig mal". Ich hielt ihm die Faust entgegen – und er quetschte sie, dass es mir sehr weh tat und die Fliege darin Matsche war. Eklig! Und wäre ich größer und stärker gewesen ... hätte er sich nicht getraut bzw. hätte ich ihm ordentlich eins auf die Rübe gegeben. So habe ich nur geheult und diesen Blödmann zum Teufel gewünscht. „Austauschschüler" sagten wir damals, heute heißt das wohl eher und richtig „Gastschüler". Meine Geschwister und ich wurden nie ausgetauscht.

Noch häufiger als Gastschüler hatten wir Kinder, nein, Kleinkinder, meist sogar Babys bei uns zu Gast. Wenn irgendwelche Verwandten, teils auch nur Bekannten, ihre Hosenscheißer für ein Weilchen loswerden wollten, Urlaub, Krankheit, andere Gründe - ab zu uns! Später auch die ersten Enkelkinder (meiner Eltern) natürlich, relativ kurz vor meinem Auszug. Meine Mutter war eine Kindernärrin, und auch irgendwie eine „Kinderflüsterin". Manches unausstehliche, ewig plärrende, doofe Mini-Blag wurde in wenigen Wochen bei uns zu einem niedlichen, kleinen Krabbeltierchen. Die meisten waren aber per se ganz OK, ich mochte und mag Kinder auch gerne, es waren viele Vettern und Cousinen, Neffen und Nichten dabei. Auch wenn einer mal ein paar meiner wenigen Comic-Heftchen zerrissen hat, im Laufstall (!) ... und sie alle fürchterlich stanken, wenn sie wieder mal die Windel vollgeschissen hatten. Eigene Kinder stinken irgendwie anders, wie ich noch erfahren sollte, auch wenn ich mich meist erfolgreich ums Windel wechseln gedrückt habe, wie ich eingestehe. Aber nicht immer, auch das konnte und tat ich später, wenn's unbedingt sein musste – Nase zu und weg mit dem Scheiß!

Mit Rock'n'Roll und aufkommender „Beatmusik" – wer wollte bestreiten, das wäre nicht sexy - wuchs also auch das Interesse am „schwachen Geschlecht". Mädchen waren auf

---

* Ein (sinnvoller) Satz mit sechsmal dem gleichen Wort hintereinander: Wenn hinter Fliegen Fliegen fliegen, fliegen Fliegen Fliegen hinterher ... haha! Was man nicht alles so behält, Blödsinn und Nicht-Blödsinn. Wie den Satz mit acht Worten, der vorwärts und rückwärts gleich klingt. Da soll mal jede/r selbst überlegen!

einmal nicht mehr einfach nur doof. Auf der zweimal jährlich stattfindenden Dorfkirmes fußwippend auf der Raupe zu stehen und dabei zu versuchen, möglichst cool auszusehen, hatte schon was. Auch wenn „cool" damals eher „lässig" hieß. Im Blickfeld waren überwiegend die Mädchen aus der eigenen Klasse, naheliegend, und da gab's schon ein paar „heiße Feger".

Allen voran die hübschere der schon zuvor erwähnten Zwillingsschwestern, die andere war auf der Realschule, wenn ich nicht irre. Spielgefährtin aus Kindheitstagen, war sie nicht nur hübsch, immer schon, sondern wurde mit erblühendem Alter immer noch hübscher, mit toller Figur außerdem. Und war Klassenbeste in fast allen Disziplinen. Blond, hübsch, intelligent – im Gegensatz zu den Blondinenwitzen, die erst später aufkamen. Traum meiner schlaflosen Nächte, und obwohl wir uns ja seit „Urzeiten" eigentlich sehr gut kannten und befreundet waren, war ich schüchtern, sehr schüchtern – brachte es dann trotzdem irgendwann fertig, sie zu einer der immer häufiger werdenden Klassenfeten als „Partnerin" einzuladen. Sie sagte zu, ließ mich aber dann doch sitzen ... riesengroße Enttäuschung, Heulen und Zähneknirschen. Nicht allzu viel später, ein Jahr oder so, vielleicht weniger, kam nach den großen Sommerferien die „Sensation" – M (nicht die Chefin des MI6 aus den James Bond Filmen und mit richtigem Namen Marlene und mindestens so verführerisch wie die Namensvetterin Dietrich, auf andere Art) ist schwanger, kommt nicht mehr in die Schule zurück! Mitte der sechziger Jahre in einer münsterländischen Kleinstadt unerhört – eine sechzehnjährige (hallo Chuck Berry!) schwangere Schülerin!

Der dafür (mit)verantwortliche Abiturient, dem ihre Reize offensichtlich auch nicht entgangen waren und der damit ersichtlich auch auf Gegenliebe gestoßen war (nicht nur im Sinne des Wortes), wurde nicht von der Schule geschmissen - auch eine kleine Sensation. Die beiden wurden ein glückliches, lebenslanges Paar, mit diesem einen Sohn, beide (der Sohn später auch) beruflich erfolgreich, der Heimat verbunden – eine schöne Geschichte, die ich heute von Herzen gönne, die mich aber damals noch mehr schlaflose Nächte und literweise Tränen kostete. Und auch deutliche Hassgefühle gegenüber diesem Abiturienten ließen sich nicht unterdrücken.

Irgendwann war auch das überwunden, spätestens Jean und vor allem Audrey (s. o.) hatten mir diesen Zahn gezogen. Trotzdem nagte diese frühe „große" Liebe immer mal wieder an mir, nicht störend, aber hin und wieder im Hintergrund als „unerledigte" Angelegenheit empfunden. Mehr als vierzig Jahre später bei einem Klassentreffen haben wir uns „ausgesprochen", wie man so sagt – ich habe gesprochen, überwiegend, Marlene hat zugehört, überwiegend. Es war ihr damals gar nicht so bewusst, wie unsterblich verliebt ich in sie war, sagte sie - glaube ich ihr sogar, ziemlich. Wir haben uns lange und gut und auch über andere Themen unterhalten, gute alte Freunde aus Kindertagen: Angelegenheit erledigt. Und „blond" passt auch nicht wirklich in mein Beuteschema. Aber sie sah, für ihr Alter, immer noch gut aus, war und ist sehr lieb und nett. Ihr Alter ist gleich meinem Alter – nichts für mich, meine bestgeliebte Ehefrau ist siebzehn Jahre jünger als ich, das passt!

Genau siebzehn Jahre jünger als ihr Ehemann war auch meine Lieblingstante, vielleicht kann ich das trotz manch anderer netter (aber auch einiger doofer) Tanten so sagen, kaum älter als meine älteste Schwester – also nur ein paar mehr als zehn Jahre älter als ich. Auch sie fand ich immer irgendwie in gewisser Weise sexy, aber sie war ja meine Tante ... sie roch immer so gut und war auch hübsch. Ganz toll war ihr Ehemann, mein Onkel – so viel älter, nicht katholisch (soviel ich weiß „gar nichts"), eine (Fast-) Familienkatastrophe, soweit ich das als Knirps mitbekam. Aber man musste ihn einfach gerne haben und so hatte er es trotz aller Widerstände geschafft, seine „Angebetene" zum Traualtar zu führen, das musste sein. Ein weltgewandter, weltoffener Mann, als Ingenieur in Indonesien und Venezuela gewesen – zu damaliger Zeit unerhört. Die lasen den „Stern" ... ganz „schlimm". Sie führten eine glückliche Ehe, mit drei Kindern, bis zu seinem zu frühen Tode in den späten 80er Jahren. Bei seiner Beerdigung spielte eine Kapelle flotten New-Orleans-Jazz, das war sein Wunsch gewesen – toll! Intelligent, gebildet, freundlich und humorvoll, war er auch ein starker Kerl, fast so breit wie hoch, würde man heute sagen, und er war nicht klein – wenn er zu uns zu Besuch kam, durfte ich immer an seinem angewinkelten Arm turnen, Klimmzüge machen, versuchte ich wenigstens, Aufschwung usw. – ich war zwar eher ein „dürres Rippengespenst", wie meine Geschwister mich oft ärgerten, trotzdem nicht leicht wie eine Feder mit elf, zwölf Jahren etwa. Bei einem dieser Aufschwünge mit weit ausholenden Beinen passierte dann das Unglück in unserer nicht allzu großen Küche – ein überstehendes Kuchenblech mit von meiner Mutter frisch gebackenem Rhabarberkuchen war meinem Fuß im Weg und das war das Ende des Rhabarberkuchens. Eine große Matsche auf dem Boden ... wir haben die Schelte beide überstanden. Ein kleines, aber für alle Beteiligten unvergessliches Vorkommnis.

Fällt mir gerade so ein, warum auch immer, hat mit Rhabarberkuchen nix zu tun (oder doch?), sondern mit Beerdigung. Ich hatte - viel später - mal eine Art Testament gemacht, lange verschollen, in dem ich festgelegt hatte, was auf meiner Beerdigung gespielt werden sollte. „Epitaph" von King Crimson auf jeden Fall, seitdem hinzu gekommen sind „When Death Calls" der späten Black Sabbath, „Sometimes I Feel Like Screaming" der noch späteren Deep Purple. Steve Morse's (DP) repetitives Gitarrensolo zerpflückt immer noch und immer wieder und jedes Mal, wenn ich dieses geniale Meisterwerk höre, meine Haut in jede einzelne Zelle, schneidet Herz, Seele und Hirn in Stücke, lässt Tränen fließen, Rücken und Schultern verkrampfen – einzigartig! Tränen sind nicht immer Zeichen von Trauer und Unglück, sondern auch von Glück, Freude und Begeisterung, gerade bei solch einzigartigen Kunstwerken.

Mit anderen Worten und kürzer gesagt: Das haut mir voll auf die Glocke! Hört sich bekloppt an, ist aber so. Irgendwie greifen diese Töne wohl zufällig so in meine Psyche ein wie ein einziger Schlüssel zum Hochsicherheitstrakt von Fort Knox; meine Synapsen feiern Weihnachten, Ostern, Geburtstag und den ersten Sex zusammen. Diese überwältigende Reaktion hervorzurufen gelingt einigen sehr wenigen anderen Stücken ansatzweise. LAUT muss man das hören. Vielleicht erweckt mich das ja dann aus dem nicht mehr allzu lange (aber hoffentlich noch lange) entfernten Grab. Auch „Starless" von abermals King Crimson mit seiner unerhörten Dynamik von sanft über schrill bis zu fast unerträglichem Chaos hin zur ausklingenden berauschenden Harmonie gehört dazu. Auf jeden Fall. Da muss ich mich mal wieder drum kümmern. Songs der Beatles gehören nicht dazu, die sind zeitlos erhaben über Tod und Leben – „Lucy in the Sky with Diamonds" wäre eine Wahl.

Zurück zur damals aktuellen Gegenwart. Praktischerweise wohnten diese lieben Verwandten in der Nähe der Grugahalle in Essen, ca. 20 - 30 Minuten Fußweg entfernt, und so konnte ich einige Jahre später meine Eltern dazu bewegen, sie doch mal wieder zu besuchen, „zufällig" dann, als die Beatles in der Grugahalle auftraten. Wir hatten inzwischen nicht nur einen Fernseher, sondern auch ein Telefon und sogar ein Auto! Sowas hatten immer alle anderen eher als wir, aber der Zug der Zeit ließ sich nicht aufhalten. Und so bekam ich die einmalige Gelegenheit, im Jahre des Herrn 1966 die Beatles live zu erleben, auf ihrer letzten Tournee, wie sich später herausstellte.

Die Beatles! Live! Wahrhaft und wahrhaftig! Drei Vorgruppen, die Rattles, Peter & Gordon, Cliff Bennet and the Rebel Rousers – schnell, schnell, werdet fertig! Peter & Gordon mochte ich gerne, die anderen waren auch OK, aber was waren die schon gegen die Beatles? Würmer gegen Götter. Jeweils etwa eine halbe Stunde Umbaupausen ... endlich die Beatles, John, Paul, George und Ringo leibhaftig! Weit weg, ich wollte nicht zerquetscht werden, Gekreische ohne Ende. Trotzdem erkennbar, ich konnte sie aus der Ferne sehen und über all dem Gekreische auch ein paar Töne hören – ein unvergessliches Erlebnis! „Bravo-Beatles-Blitztournee" - das Ticket habe ich Jahrzehnte später wiedergefunden, oder vielmehr mein Sohn, und es hängt jetzt zusammen mit einem Beatles-Plakat (aus späteren Zeiten), das dort „schon immer" hing, an der Wand. Ich kenne zwei andere Leute, die auch dabei waren – „Oma" (s. o.) natürlich, aber nicht zusammen mit mir, und ein späterer Arbeitskollege, ein wohl noch verrückterer Beatles-Fan als „Oma" oder ich (mit 1000+ „Yesterday" Versionen in seiner Sammlung), den ich erst viele, viele Jahre später kennenlernte.

Hätte ich alle Konzert-Tickets gesammelt, wäre das jetzt ein dickes Buch, manchmal habe ich bereut, es nicht getan zu haben. Immerhin habe ich bis zu einem bestimmten Zeitpunkt

Buch darüber geführt, diese Unterlagen besitze ich noch. Aber man kann nicht alles sammeln; Briefmarken (habe ich heute noch, eine nicht unerhebliche Sammlung), Streichholzetiketten (tausende, auch noch vorhanden), Schallplatten, später durch CDs ersetzt – das ist eine gesonderte Geschichte. Last not least Mädchen, Frauen – nein, Scherz, die „sammelt" man nicht, ich zumindest nicht – auch wenn da so einige zusammen kamen im Laufe des Lebens.

Schon vor den Beatles hatte ich die Who live gesehen und auch die Rolling Stones, mit gnädiger Erlaubnis meiner Eltern in der Halle Münsterland. Ich war, seit frühesten Beatles-Tagen, hochgradig mit dem „Beat-Virus" infiziert und bin es verstärktermaßen immer noch, auf lange Sicht eher zum „Rock-Virus" mutiert.

Die Stones waren OK, sehr sogar, habe ich später noch oft gesehen, bis weit in die 80er Jahre hinein, immer klasse. Die noch späteren absoluten Mammutkonzerte bis in die Gegenwart habe ich gemieden. Die Who – damals fürchterlich. Nach elend langer Wartezeit, Vorgruppen, langen Pausen kamen vier besoffene, bekiffte oder was auch immer, Typen auf die Bühne, spielten eine Viertelstunde lang große Scheiße, zertrümmerten die Instrumente und verzogen sich wieder – große Enttäuschung! Später sah ich noch vier oder fünf großartige Konzerte der Who (genialer Name!), immer noch eine meiner Lieblingsbands. Konzerte … das wird jetzt endlos, das Thema kommt vielleicht später noch mal zur Sprache. You name 'em, I've seen 'em. Jimi (Hendrix) ist mir durch seinen leider viel zu frühen Tod quasi durch die Finger geronnen, wie auch die Doors durch Jim Morrisons ebenso frühen Tod (der „27"er Club), die Kinks sind immer irgendwie vor mir weggelaufen, aber sonst … bis in die 80er Jahre hinein habe ich „alle" gesehen, auch danach und bis heute noch sehr, sehr viele Künstler. Diese Liste wird erst mit meinem Tode abgeschlossen und ist um vieles, vieles länger als die Liste der (einigermaßen namhaften) Bands, Gruppen, Musiker, wie auch immer, die ich nicht live gesehen und gehört habe.

Den „Tanten-Service" in Essen nahm ich 1969 noch einmal in Anspruch, „Internationales Essener Pop & Blues Festival

'69". Obwohl ich quasi nebenan in Bochum studierte und wohnte, war es weitaus angenehmer, drei Tage lang um vier, fünf Uhr morgens etwa 20 Minuten lang zu meiner Tante zu laufen und dort zu schlafen als nach Hause zu fahren. Als lieber Neffe war ich gerne willkommen. Dieses Festival war gigantisch und da muss ich, dem Internet sei Dank, jetzt mal ganz genau werden. Musikfreunden wird's das Ohrenschmalz zum Kochen bringen, andere mögen ein paar Zeilen überspringen. Manche Bands traten an mehreren Tagen auf, die komplette (?) Liste: Fashion, Keef Hartley Blues Band, Pretty Things, Yes, Warm Dust, Fleetwood Mac, Free, Spooky Tooth, Hard Meat, Amon Düül II, Hardin & York, Champion Jack Dupree, Aynsley Dunbar Retaliation, Alexis Korner, Steamhammer, Muddy Waters, Taste, Shades, Tulliver's Brain, Cuby's Bluesband, Livin' Blues, Deep Purple, Nice, Tangerine Dream, Pink Floyd, Ekseption, Xhol Caravan.

Bis auf drei, vier Namen, die weder mir noch der Rockgeschichte im Gedächtnis geblieben sind, ist das ein unerhörtes (haha) Konglomerat musikalischer Talente dieser Zeit. Ich würde lügen zu behaupten, mich an alle Auftritte zu erinnern. Besonders im Gedächtnis geblieben sind mir Pink Floyd, Yes (ganz zu Beginn ihrer Karriere, großartig!), Taste – seltsamerweise gar nicht mal Fleetwood Mac (und dabei waren das noch die „echten"). Viele (und viele andere natürlich) habe ich später noch oft gesehen, vor allem auch Pink Floyd, beispielsweise im Urlaub an der Côte d'Azur, open air, viele Lautsprecher waren in den Bäumen ringsum verteilt, echter „Surround-Sound", toll wie immer! Fälschlicherweise verbinde ich unbewusst auch irgendwie einen Gig von Family damit, einige Zeit später auch in der Grugahalle, bei dem Roger Chapman seinen schweren, etwa zwei Meter langen Mikrofonständer in die Luft warf und dieser in der ungefähr zehn oder mehr Meter höheren UFO-förmigen Lautsprecherbox steckenblieb – besser dort als im Kopf eines begeisterten Zuhörers/-schauers wie ich es war, zum Glück mehr als zehn Meter entfernt!

Auch irgendwann in dieser Zeit, frühe 70er, erlebte ich Hawkwind in der Grugahalle – ihr hypnotischer, ausgeflippter Spacerock und die faszinierende Lightshow waren die einzig nötige Droge um abzuheben. Und in den wirbelnden Lichtern und abgedrehten Gebilden waren die üppigen Formen ihrer Nackttänzerin (!) Stacia zwar nicht detailliert auszumachen, aber mit angeregter Fantasie beflügelnd genug - meine feuchte Hose trocknete in der kochenden Atmosphäre schnell ... war mir irgendwie etwas peinlich, aber hat niemand gemerkt, schätze ich, und wenn schon. In diesen generell noch etwas prüden Zeiten war ich wahrscheinlich nicht der Einzige, dem es so ging, glaube ich (außer an Hühner sowieso). Obwohl Rock und Rock'n'Roll immer irgendwie sexy sind, ist mir so etwas nur ein Mal bei einem Konzert passiert und deshalb ins Hirn gebrannt. Für alle Unkundigen möchte ich hinzufügen, dass Hawkwind es absolut nicht nötig hatten, von ihrer grandiosen Darbietung mit billigen Tricks abzulenken – sie boten einfach ein beeindruckendes, hippiezeitgemäßes Gesamtkunstwerk, das alle Sinne ansprach.

1968 (das „Abi-, Audrey- und Erstsemester-Jahr", in dieser Reihenfolge, drei einschneidende Erlebnisse) erlebte ich im Marquee hautnah eine bis dato außerhalb Londons weitgehend unbekannte Truppe, deren Sänger auf einem Bein stehend Querflöte spielte – völlig verrückt, das waren die späteren Weltstars Jethro Tull und vor allem Ian Anderson. Im Jahr darauf, genau am 28. März 1969, wie meine Recherchen ergeben haben (dem Internet sei Dank), Hausrekord im Marquee mit Led Zeppelin, das einzige Konzert, bei dem mir fast schlecht wurde und ich mich etwas zurückzog, soweit das möglich war. Im Vergleich zu dieser Enge haben Sardinen in der Büchse eine enorme Bewegungsfreiheit, sind praktisch allein auf der Welt. Led Zeppelin – meine Superhelden, hautnah, später noch oft erlebt, meist etwas mehr aus der Ferne. Unvergleichlich auch ein Konzert der Beach Boys 1979 auf Hawaii – Sonne, Sand, Surf, schöne Frauen überall, perfekt (s. u.)!

Auch die Beach Boys habe ich öfter gesehen, aber nie so beeindruckend wie auf Hawaii - damals lebten und spielten auch noch Carl und Dennis, die beiden Brüder des Masterminds Brian Wilson. Die Beach Boys waren lange Zeit meine Nr. 2 nach den Beatles, kurz vor den Dave Clark Five, sind auch heute noch hochgeachtet – aber doch letztlich eine andere Liga, trotz Brians Genialität.

Die Beatles sind die Götter, die Ursuppe, Initiator, Innovator und Katalysator einer der größten kulturellen und sozialen Umwälzungen des 20. Jahrhunderts, mit Echo bis weit in unser Jahrtausend hinein und darüber hinaus. Wobei auch sie aus einer gewissen „Ursuppe" schöpften …

Viele, viele andere Protagonisten sind Halbgötter, Helden, große Meister, starke Typen, je nachdem – Beach Boys, Led Zeppelin, Deep Purple, Black Sabbath, Allman Brothers, Santana, Jimi Hendrix, Who, Wishbone Ash (meine ganz speziellen Lieblinge), Joe Bonamassa, um mal etwas „moderner" zu werden. Stopp – so viel kann ich hier gar nicht schreiben, um jetzt alle aufzuzählen. Was nicht heißen soll, dass Musik hier letztmals Thema war, im Gegenteil. Meine Begeisterung dafür ist ungebrochen, genau wie mein Glaube an Hühner.

Ein kleiner Nachtrag zu den Who – früh geliebt, kurz geschmäht (s. o), später immer hochgeachtet. Ich hatte mir mal aus England ein „Who-Pop-Art" T-Shirt bestellt, war 'ne Anzeige im NME (New Musical Express), die hatte mein Leib- und Magen-Freund aus damaliger Zeit abonniert, ich später ja auch. Das war DIE Musikzeitschrift, die Bibel. Bravo – pfh…, ging gar nicht, später Musik-Express, als deutsche Zeitschrift OK, und „OK" gab's auch mal, nicht so toll, meine ich mich zu erinnern. Der NME kam wöchentlich, auf billigem Zeitungspapier gedruckt, war wie 'ne Zeitung, und englisch natürlich, authentisch.

Weißes T-Shirt mit rotem Kreis mitten auf der Brust und blauem Kreis drum herum – eine mittlere Sensation in unserer Schule und ich war stolz wie Oskar. Nicht lange danach kam ein neuer Lehrer an unsere Schule, wurde unser neuer Klassen-, Deutsch- und Sportlehrer bis zum Abitur. Nach anfänglicher Skepsis zunächst wohlgelitten, aber nachdem er mir dann mal eine seiner Who Schallplatten ausgeliehen hatte – Top-Lehrer! Nein, nicht nur deswegen eine prägende Persönlichkeit, trotz gelegentlicher schulischer Differenzen der minderen Art. Bis heute ist unsere ganze ehemalige Klasse in gutem Kontakt zu ihm, auf „du" und „du", zwei, drei Leute besonders, zu denen auch ich mich zähle – im Alter ist er noch zum großen Globetrotter geworden, ein klasse Typ! Ein Lehrer, der die Who und andere hörte und nicht als „Negermusik" verteufelte – Bote einer neuen Zeit.

So jung und aufgeschlossen im Geiste und auch äußerlich, damals Ende Zwanzig, dass Folgendes passierte, nachdem er noch ganz neu an der Schule war und ihn kaum jemand kannte:

Als Pausenaufsicht wollte er Oberprimaner (heute: 12. bzw. 13 Klasse) aus dem Klassenraum des damals neuen Schulgebäudes auf den Schulhof schicken, denn der Aufenthalt im Klassenraum war in der Pause verboten. „Was willst du denn hier? Du hast doch gar nix zu sagen, hau ab, wer bist du überhaupt?"

Das machte schnell die Runde, aber nicht zum Nachteil – ich bin sicher, er ist souverän mit der Situation umgegangen.

Zum Abitur sollten wir alle ein Gedicht auswendig lernen, ich hatte mich für den „Osterspaziergang" des alten Herrn Goethe entschieden. Entschieden, mehr auch nicht und nichts gegen Herrn Goethe, auch wenn meist modernere Schriftsteller wie Handke und Konsorten auf dem Lehrplan standen, moderner Lehrer, sagte ich ja schon. Aber es gab interessantere Dinge als ellenlange Gedichte auswendig zu lernen, Musik und Frauen zum Beispiel, oder umgekehrt. Abitur, mündliche Prüfungen, es konnte sein, dass ich in Deutsch dran kam. Prüfungstag, „Herr (Name), falls ich in Deutsch dran kommen sollte, fragen Sie mich bitte nicht nach dem Gedicht, ich kann es nicht." „Jaja, schon gut."

Ich kam in Deutsch dran, die Prüfung lief ganz gut, fast fertig, „Dann sagen Sie uns doch mal ein Gedicht auf, wie wär's mit dem ‚Osterspaziergang' von Goethe?" Ich glaubte, ich hörte nicht recht, fing an zu stottern „Vom Eise befreit sind Strom und Bäche ... äh, äh ... weiter weiß ich nicht ..." „Hmm, naja, dann ist die Prüfung beendet."

Ich hätte ihn unangespitzt in den Boden rammen können ... später „warum haben Sie nach dem Gedicht gefragt, ich hatte doch gesagt, dass ich es nicht kann." „Ach ja, hatte ich vergessen, aber kein Problem, war auch so ganz gut." Ich hab's nicht übel genommen, war keine böse Absicht und heute lachen wir gemeinsam darüber, wenn wir uns bei gelegentlichen Klassentreffen auf „du und du" an alte Zeiten erinnern.

Nachdem sich die Hauptattraktion (und meine „unendlich große, unerfüllte" Liebe) unserer Klasse schwanger aus dem Staub gemacht hatte, verlagerte sich mein Interesse (und das anderer „Mitbewerber") zeitweise auf einige andere ansehnliche Klassenkameradinnen – mal wurde diese, mal jene favorisiert, reihum, ohne nennenswerte Erfolge. Bei späteren Klassenfeten (wozu ich auch oft die Musik beisteuerte) im Fetenkeller vor allem einer bestimmten, hübschen Kameradin – schwarze Haare ... reiche Eltern, großes Haus – kam man/frau sich schon mal etwas näher, aber nur etwas, wenn überhaupt und vor allem vor und kurz nach Abizeiten. Manch andere, weniger schüchterne Klassenkameraden prahlten schon mal unter der Hand mit mehr ... wer weiß, ob's immer so stimmte, falls ja, sei's nachträglich gerne gegönnt. Es gab zwei feste Pärchen in der Klasse, wenn ich nicht irre, ohne dass die meinen Neid erregt hätten, nix für ungut! Vorher, noch vor meiner ersten Londonfahrt und vor Jean gab es eine niedliche vierzehnjährige Maus auf der Schule, die dann natürlich auch mal fünfzehn wurde und die mich zumindest sehr gut leiden konnte und ich sie auch - aber ich war einfach zu schüchtern, den entscheidenden Schritt zu wagen, obwohl wir oft spazieren gingen, mit andern zusammen, etwas unternehmen, in der Schülerkapelle waren wir auch beide.

Da wäre was zu „reißen" gewesen, aber ... Ein Klassenkamerad, bei Mädchen allgemein gut gelitten und mit mir ständig um die Bestenkrone in Mathematik wetteifernd, wurde dann ihr Nachhilfelehrer in Mathe; ich meine sogar, weil ich – zu schüchtern – das abgelehnt hatte, bin mir aber nicht sicher. Egal, er gab immer groß damit an, was sie während der Nachhilfe sonst noch so alles anstellten ... grrr, wenn's stimmte! Ich ärgerte mich auf jeden Fall über die verpasste Gelegenheit. Wir, das heißt die niedliche Maus und ich, blieben zu Schulzeiten mehr oder weniger gut befreundet, mehr nicht. Dem Klassenkameraden bin ich auch nicht böse.

1966 große Skandinavientournee unserer Schülerkapelle. Wenn schon nicht in einer Beatgruppe, wollte ich wenigstens da die Trommel rühren, trotz viel Marschmusik und so – hat aber Spaß gemacht. Ich folgte meinen beiden „großen" Geschwistern, die auch beide in der Kapelle gewesen waren, als

Trompeter(in). Mein Trommellehrer, ein dicklicher Klassenkamerad, nicht der beste in der Schule und schon eher in die Kapelle eingetreten als ich, quälte mich einigermaßen, aber hatte dafür auch immer mal 'ne Fluppe parat. Wir verstanden uns später ganz gut, dann ging er irgendwann vorzeitig von der Schule ab, ich war nicht böse drum.

Es kam mein erster Aufmarsch als erster Trommler, der in der Pause zwischen den Musikstücken ja immer den Marschtakt trommeln muss, bei Schützenfesten, Schulumzügen usw. Oh weia, das ging fürchterlich in die Hose, trotz Übung gleichzeitig laufen und dazu im Takt für alle trommeln, das klappte gar nicht – peinlich und großes Chaos! Ich hab's dann bald begriffen, der Tag ging, glaube ich, ganz glimpflich zu Ende. Später hat es mir immer Spaß gemacht, alle anderen nach meinem souveränen Takt marschieren zu lassen, schon mit leicht „langer Beatlesfrisur" unter der Schülerkapellenmütze. Manchmal hatten wir Kapellisten eher frei, auf Umzügen gab's Bier/Cola und Kippen, aber Montagnachmittags war auch immer große Probe, in der Woche „kleine". Letztere immer weniger, je besser man wurde, oder kurzzeitig etwas mehr, wenn ein neues Stück einzustudieren war. War 'ne gute Zeit.

Es gab immer regen Austausch mit skandinavischen Kapellen gleicher Art, mit gegenseitigen Besuchen alle paar Jahre. Während der gesamten Schullaufbahn konnte man normalerweise maximal zwei solcher Fahrten mitmachen, ich war, wie gesagt, 1966 dabei – Dänemark, Schweden, Norwegen. Ein tolles Erlebnis, erste „große" Fahrt meines Lebens. Per Bus unterwegs, Unterkunft immer privat bei Eltern der anderen Schüler, wie umgekehrt auch. Verständigung mit Händen und Füßen und ein bisschen Englisch, oder auch mal Deutsch.

Ein Volkspark in Schweden, Kirmesatmosphäre, aber auch eine Bühne, auf der eine langhaarige schwedische Band ihr Bestes gab, gar nicht mal schlecht meine ich mich zu erinnern. Aber interessanter war eine junge Schwedin, dunkelhaarig und sehr hübsch, natürlich! Wir kamen uns irgendwie näher, die gegenseitige Sympathie war unverkennbar – und ich Trottel war wieder mal (immer noch) zu schüchtern. Ein forscher Mitkapellist nutzte die Gelegenheit schamlos und spannte sie mir einfach aus, hatte wohl gemerkt, dass die junge Dame etwas mehr von mir erwartete als ich es wagte zu riskieren. Mist, wieder 'ne Gelegenheit verpasst! Die beiden zogen irgendwo ab ins Gebüsch, etwas rumknutschen, rumfummeln möglicherweise – egal, ich hab' mich schwarz geärgert! Naja, ewig dauerte der Abend sowieso nicht, wir hatten ja nicht so lange Ausgang, obwohl wir schon „groß" waren. Und am nächsten Morgen ging's weiter, Richtung Oslo, wo wir unter anderem die große „Lümmelsäule" bestaunen konnten. Wer schon mal in Oslo war wird wissen, was ich meine.

Insgesamt eine tolle Fahrt, ein tolles Erlebnis und ein Grund mehr, weshalb es sich gelohnt hat, der Schülerkapelle beizutreten und einen Teil der Freizeit zu „opfern". Sie war Teil der Freizeit, ein kleiner nur, und obwohl Marschmusik usw. nicht gerade angesagt war, bei mir schon gar nicht, hat es mir und allen Kapellisten immer viel Spaß gemacht, soweit ich weiß. Niemand wurde dazu gezwungen und wer keine Lust mehr hatte, hörte einfach auf, was ich allerdings nie erlebt habe, wenn ich mich nicht täusche.

Das waren im Wesentlichen meine Erfahrungen als schüchterner Jüngling; erstmals in London mit meiner bezaubernden Jean und vor allem danach mit Audrey war aus mir ein „Mann" geworden, zumindest fühlte ich mich so. Nicht, dass ich der große Draufgänger wurde, musste auch nicht sein, aber wenn ich etwas wollte, habe ich es auch angepackt – ob im Einzelfall erfolgreich oder nicht steht auf einem anderen Blatt. Die Damenwelt möge mir verzeihen, dass auch sie zu „etwas" gehört, und zwar an allererster Stelle!

Da fällt mir noch etwas ein, nebensächlich. Anfang der 60er Jahre, immer noch nur elf oder zwölf Jahre alt, war ich mit einer Onkel-und-Tante-Familie im Urlaub in Zandvoort, Niederlande. Deren Kinder natürlich auch, meine Vettern und Cousinen, altersmäßig von … bis … einigermaßen gut passend. Ich hatte einen Tag lang fürchterliches Heimweh und habe geheult und geheult, wurde liebevoll umsorgt, danach war das erledigt. Alles prima und eine schöne Erinnerung! Mit dabei war auch die Halbschwester meines Onkels, sechzehn, oder achtzehn Jahre alt, in etwa, und ein properes Mädel, auf jeden

Fall. „Verliebt" war ich nicht in sie, aber ich weiß noch genau, dass ich immer mal wieder versuchte, am Strand einen tieferen Blick in das wohlgefüllte Oberteil ihres Bikinis zu werfen – ich meine mich zu erinnern mit geringem Erfolg, aber das war auch so schon spannend genug. Mir soll nur niemand erzählen, dass ihn weibliche Brüste nicht interessieren – außer, er ist schwul. Das sind andere Themen, Brüste vor allem, schwul am Rande, was mich angeht (damit meine ich, dass mich die Probleme schwuler Leute eher randläufig interessieren, aber ich bin tolerant, was das angeht).

In Zandvoort entdeckte ich damals in einem kleinen Laden auch zwei etwa zigarettenschachtelgroße Science-Fiction-Romane, mit buntem Umschlag, ziemlich dick, in deutscher Sprache. Die konnte ich mir sogar leisten und habe sie quasi am Stück verschlungen, Spannung ohne Ende, sogar noch etwas spannender als der Bikini meiner entfernt Verwandten. Irgendwann waren diese Mini-Bücher weg, und ohne jemandem etwas Böses unterstellen zu wollen, hatte (und habe) ich meine Cousinen oder meinen Cousin in leichtem Verdacht, ohne diesen damals zu äußern. Ich selber bin schon immer mit Büchern, später Schallplatten und CDs und vor allem Frauen (man möge diese Sequenz entschuldigen, zu jener Zeit aber noch in dieser Reihenfolge) sehr sorgsam umgegangen und habe sie keinesfalls selbst verschlampt. Ich hatte zwar beide Bücher vollständig gelesen, aber diese beiden kleinen Schmöker waren mein ganz besonderer Schatz und ich war traurig und sauer über ihren Verlust. Mir ist nie wieder etwas Ähnliches begegnet, trotz aller Bemühungen und Recherchen. Sachdienliche Hinweise, aus nostalgischen Gründen, sind höchst willkommen, nach all dieser Zeit.

Noch mal zurück zur Schülerkapelle, auf der Hühnerleiter hin und her, kein Problem. Den Kontakt dazu hatte ich schon früh, durch meine „große" Schwester und meinen Bruder, wie erwähnt. Der Sponsor der Kapelle, ein ehemaliger Schüler dieses ehrenwerten Gymnasiums mit jahrhundertealter Tradition, der nun in Hamburg wohnte und sich sehr engagierte, schenkte mir, ich war vielleicht fünf Jahre alt, eine „Clarina". Das war ein kleines Blasinstrument, ähnlich einer Klarinette, auf dem die Tasten mit Zeichen oder Nummern versehen waren, genau weiß ich das nicht mehr, und die dazugehörigen „Noten" in den Notenblättern ebenso. Es gibt putzige Fotos, auf denen ich als Solist der ganzen Kapellenmannschaft in meinem späteren Gymnasium etwas auf der Clarina vorspiele, mit offensichtlich großem Erfolg. Auch anderweitig hinterließ die Kapelle einen deutlichen Eindruck bei mir, speziell zwei skandinavische Kapellenmitglieder, die als Besucher ein paar Tage bei uns wohnten, auch da war ich noch nicht mal in der Volksschule. Im Kindergarten war ich nie, das war etwas für „arme Leute", oder so, diesen Dünkel hatte meine Mutter.

Habe ich auch in der Nachschau nicht vermisst, ich bin immer in der Gegend herumgeflitzt (aufgeschrammte Knie waren sozusagen der Normalfall) und hatte genügend Kinder als Spielkameraden. Den geringen Nachteil, dass manche sich schon in der ersten Volksschulklasse vom Kindergarten her gut kannten, habe ich schnell wettgemacht.

Wie auch immer, die beiden skandinavischen Jungs hatten offensichtlich tiefen Eindruck bei mir kleinem Knirps hinterlassen, denn bald darauf verfestigten sie sich in meiner lebhaften Fantasie als meine beiden russischen Freunde „Klotschka" und „Mischenhofen", bis heute ein running gag in unserer Familie, wenn wir uns (teilweise) treffen. Keine Ahnung, wieso die beiden aus Russland kamen (damals hoch gehandelt in der Politik, über die mein Vater gerne sprach, vielleicht daher) und wie ich auf die Namen kam.

Meine beiden Freunde waren real für mich und eine andere verbriefte Familienanekdote (an die ich mich sogar erinnere, vielleicht auch nur wegen der vielen Erzählungen) ist, dass ich eines Morgens tränenüberströmt aufwachte und auf Nachfrage kundtat, dass Klotschka und Mischenhofen eine „fünf" in Latein geschrieben hatten. Solche Ergebnisse hörte ich schon mal von meinen Geschwistern, sicher auch manchmal mit Geheule verbunden. Das passierte mir später sehr selten, falls überhaupt, auch wenn ich Latein so gerade an der Kante beendete. Irgendwann verschwanden Klotschka und Mischenhofen aus meinem Blickfeld. Eine gewisse spätere Analogie, einige Jahre später als ich schon lesen konnte und das auch mit großer Begeisterung tat, waren Quellmann und Pidolke, ein Comic in der

Tagesszeitung, dem sollte ich vielleicht mal nachgehen. Aber Klotschka und Mischenhofen bleiben immer Teil der Familie und meiner Erinnerungen

Thema Urlaub - zu späteren Studentenzeiten wohnte ich durch Vermittlung eines Bekannten mal in einer WG in London, eine Woche oder zwei, deren Chefin eine durchaus auch sehr hübsche, etwas flippige junge Frau war, in meinem Alter, Anfang zwanzig. Nett, sehr zuvorkommend, „klar, kannste auch hier bei uns wohnen, such' dir irgendwo 'n Platz" – aber nicht so auf meiner Wellenlänge, um mich in sie zu verknallen (verlieben heißt das, falls jemand das nicht wissen sollte). Frühe 70er Jahre, bunte Klamotten, Hosen mit riesigem Schlag und hochhackige Schuhe auch für Männer, auch für mich, war doch klar. „Irgendwo" waren ein, zwei dreckige Zimmer mit meist ziemlich vielen Leuten, darunter einige jüngere Geschwister der „Chefin", ihren Namen habe ich vergessen. Ihr Freund war natürlich auch da, ein etwas angeberischer angehender „Rockstar" eigener Gnaden mit angeblich kurz bevorstehenden „auditions" bei David Bowie, T. Rex usw. Ich weiß nicht, ob bzw. was aus ihm geworden ist, bei Bowie gab es später mal einen Gitarristen, der ihm irgendwie leicht ähnlich sah, aber mehr auch nicht, glaube ich (an Hühner umso mehr).

Viele Erinnerungen habe ich insgesamt nicht daran, wir gingen auch schon mal gemeinsam mit einigen Leuten aus, in Klubs oder Kneipen. Etwas nervig war nur, dass die kleine Schwester, zwölf oder dreizehn Jahre alt, immer laut heulte, wenn die Chefin und ihr Gitarrero nachts noch lauter miteinander bumsten. Wir schliefen ja alle in einem Zimmer und sie war auch heimlich in diesen Kasper verliebt ...

In London war ich später noch mal mit meiner Freundin Andrea, zwei, drei Tage nur auf der Durch-/Rückreise aus Cornwall, noch weit später mit meiner ersten Ehefrau und schon zwei kleinen Kindern, auch eher kurz und in erster Linie geschäftlich. Danach noch ein, zwei oder drei Mal alleine geschäftlich, seitdem wiederum viel später nur noch ein Mal mit kurzer Zwischenlandung auf dem Flughafen Heathrow mit meiner besten aller Ehefrauen und Baby-Tochter. Schon vorher – andere Geschichte – war ich mal kurz in Heathrow, und auch etwa Mitte der 70er mit meinem damaligen Chef und einem

Kollegen noch mal für ein paar Tage geschäftlich in London. Der alte, frühe Reiz aus Zeiten der Beatgeneration (und Jean und Audrey) war oder ist dahin, aber London wäre sicher noch mal 'ne Reise wert. Nicht zuletzt auch wegen der hervorragenden indischen Restaurants, in denen „scharf" auch scharf ist und äußerst schmackhaft. Ich war, so oft es in späteren Jahren ging, immer gerne im „Golden Shalimar", Nähe King's Cross. Nach heutigen Maßstäben eher eine kleine „Kaschemme", aber schon bei dem Gedanken daran laufen mir alle Wasser im Munde zusammen. Ob es das noch gibt, mit inzwischen sicher anderem Koch, aber guter Tradition?

Bevor's nun bald weitergeht mit den spannenden Studentenzeiten und sicher auch später einigen weiteren Rückblenden noch ein paar Dinge, die ich im Zusammenhang mit dem Bisherigen erwähnenswert finde. Ein zeitlich kurzer, aber doch großer, wichtiger Teil spielt sich in England ab, viel hat mit englischsprachiger Musik zu tun. Wie kam ich denn da überhaupt mit der Sprache zurecht?

Englisch gefiel mir irgendwie schon immer, keine Ahnung, wieso. Durch die Musik in frühen Jahren vielleicht, durch die Zeit allgemein, Englisch war in den Nachkriegsjahren „in", ist es heute mehr denn je. Ich erinnere mich an eine kleine Begebenheit - schon seltsam, was man sich so alles merkt - bei der ich meinem Bruder, meine ich (könnte auch 'ne Schwester gewesen sein, eher nicht, denke ich, ist auch egal) den englischen Text einer Schuhschachtel vorlas, die irgendwo bei uns rumlag. „Made in usw.", aber auch noch ein paar andere Worte, vielleicht in Richtung „The perfect pair of shoes for you" oder ähnliches, habe ich vergessen. Er meinte, das hätte ich absolut richtig und perfekt ausgesprochen. Das machte mich stolz, zu Volksschulzeiten, und ich schätze auch, er wollte mir nicht nur schmeicheln. Wieso konnte ich das?

Englisch in der Schule fiel mir nicht schwer, zeitlich nach Latein, vor Französisch – dann natürlich irgendwann alle drei Sprachen gleichzeitig. Ich war kein sprachliches Glanzlicht, anders als in Naturwissenschaften, und Schule war sowieso eher was für nebenbei. Englisch in der Schule war auch langweilig, aber es ging. Mein Busenfreund Uli abonnierte irgendwann den NME (ich etwas später auch, s. o.), den ich regelmäßig bei ihm las, vielleicht sogar mehr als er selbst, und meine Englischnote wurde automatisch um eine Stufe besser, ohne dass ich etwas dafür tat – ich wollte ja nur über die neuesten Platten, Hits und Gruppen lesen und informiert sein. „Gruppen" – Beatgruppen, Rockgruppen, Musikgruppen, einfach „Gruppen" eben, so hieß und heißt das.

Als ich dann eines Morgens nach langer Zug-Schiff-Zugfahrt übermüdet am Victoria Station stand und meinen Weg zum YMCA erfragen musste, kriegte ich kaum ein paar Worte heraus und verstand nur Bahnhof, da war ich ja auch, und war von mir selbst enttäuscht – ich hatte gedacht, ich „könnte Englisch". Zum Glück gab sich das recht schnell, ich kam einigermaßen gut zurecht und mit so charmanten und hübschen Gefährtinnen wie Jean und später Audrey ging auch das immer besser.

Musik, später erste englische Bücher, seit etwa 20 Jahren lese ich ausschließlich englisch-/amerikanischsprachige Literatur, Geschäftsbeziehungen (ich war immer der Import-Export Manager), 3 Monate USA – weit davon entfernt, perfekt zu sein, spreche ich fließend Englisch, liebe diese Sprache und betrachte sie als meine zweite (erste?) Muttersprache. Ich denke oft englisch statt deutsch, mache Übersetzungen – dazu später mehr.

Mit anderen Worten: Nach kurzen Anlaufschwierigkeiten kam ich als Teenager auf Frauensuche in England leidlich gut zurecht, habe sicher manche sprachlichen Böcke geschossen, aber nie echte Probleme gehabt. Englisch liegt mir im Blut, den Beatles sei Dank, nicht nur dafür!

Ein musikalischer Nachtrag zu dieser Zeit. Eines Abends während meines ersten Londontrips ging ich in einen Club an der Oxford Street, muss das „tiles" gewesen sein. Auch weiß ich nicht mehr genau, ob ich da alleine war oder mit Jean, ich meine aber zusammen mit ihr. Egal, schon auf der Treppe, das „tiles" war im Untergeschoss, kam uns der Sound der Beach Boys entgegen. „Good Vibrations" war zwar schon etwa ein Jahr alt, aber das spielte keine Rolle. Prima, die spielen gute Platten hier, dachte ich. Als wir den eigentlichen Club betraten

… stand da eine Band auf der Bühne, ich traute meinen Augen und Ohren kaum, und spielte „Good Vibrations"! Vorne auf der kleinen Bühne stand der Drummer und sang dabei, im Hintergrund zwei Gitarristen und ein Bassist. Ich schreibe „stand" und das ist kein Schreibfehler. Soweit ich weiß, ist das bis auf den heutigen Tag einzigartig – ein hinter seinem Schlagzeug stehender Drummer, der noch dabei ausgezeichnet sang! Einige Zeit später erklang „Hey Joe" von Jimi Hendrix, tolle Platte – aber wieder war es diese unglaubliche Band, die den Song zum Besten gab, keine Schallplatte. Und mittlerweile bin ich mir sehr sicher, dass ich mit Jean da war und wir in irgendeiner Ecke rumknutschten, denn viel mehr ist mir von diesem Auftritt nicht in Erinnerung geblieben, das wäre sonst anders; erst im Nachhinein, schon damals, wurde mir klar, dass ich da etwas Einmaliges, zumindest Ungewöhnliches miterlebt hatte. Den Namen hatte ich mir aber gemerkt – The Human Instinct!

Eine Band aus Neuseeland, deren wenige zukünftige Single-Veröffentlichungen ich im NME mit großem Interesse verfolgte, die aber nirgendwo zu hören, geschweige denn zu kaufen waren. Die Band ging sang- und klanglos unter, obwohl sie damals oft sogar im Vorprogramm etlicher Rockgrößen spielte, last not least der Rolling Stones. Solche Informationen und ihre drei offiziellen LPs (als CDs mit ausführlichen Booklets) gelangten erst viele, viele Jahre später in meinen Besitz, dem Internet sei Dank – schöne neue Welt, zumindest, was solche Recherchen und Rückblenden angeht. Die CDs bieten nach heutigem Maßstab ziemlichen Rumpelrock mit leicht psychedelischen Elementen, wie es damals angesagt war, „muss" man nicht wirklich haben (ich schon). Eine unbedeutende Fußnote[*] der Rockgeschichte, aber ich habe und hatte schon immer ein Herz für die „Kleinen", in jeder Beziehung. Eine beeindruckende musikalische Erinnerung für mich – andernfalls hätte ich's vergessen. Für meinen menschlichen Instinkt war Jean zu diesem Zeitpunkt auf jeden Fall weitaus wichtiger.

„Große Fahrten" nach London, vorher schon nach Skandinavien mit der Kapelle – die erste als solche wahrgenommene

---

[*] Genau das, wie gesagt.

„große Fahrt" war die mit meiner Familie 1959 nach Terschelling, der niederländischen Nordseeinsel. Mit Zug und Schiff, natürlich, erster und einziger Urlaub mit der gesamten Familie. Sand, sehr viel Sand, Meer, Wälder, Seesterne, (etwas) anderes Essen im Hotel – ich fand's toll, ich denke, wir alle, obwohl das Wetter insgesamt nicht so toll war, im Frühjahr um Ostern herum, oder sogar zu Ostern, weiß ich nicht mehr genau.

Ansonsten waren „große Fahrten" die nach Dortmund zur Oma (die nie im Hühnerstall Motorrad fuhr), einmal pro Jahr im November, oder mit dem Nachbarn über die 30 km entfernte Grenze nach „Holland", zum Einkaufen. Der hatte einen großen Citroën, die „Flunder", unglaublicher Luxus!

Meine Oma mütterlicherseits war die einzige meiner Großeltern, die ich erleben durfte, alle anderen waren schon länger tot, als ich geboren wurde. Ich mochte sie sehr gerne, meistens, eine liebevolle, resolute, wenn sie später zu meiner Teenagerzeit mal bei uns zu Besuch war auch nervige Frau. Konservativ, katholisch – und mutig. Während des „dritten Reiches" hatte sie trotz aller Widerstände die Tradition der Sankt-Martins-Umzüge aufrechterhalten, nach dem Kriege in großem Stil wiederbelebt – eine Person der Dortmunder Stadtgeschichte. Auch wenn ich nichts mehr mit Religion am Hut habe, außer vehement dagegen zu sein (und an Hühner zu glauben), fand ich die Umzüge damals immer toll, und wer den Scheißnazis, alten und neuen, die Stirn bietet hat auf jeden Fall meinen höchsten Respekt verdient. Immer zwei Tage nach ihrem Geburtstag[*], häufig Anlass großer Familientreffen, bei denen ich dann immer ein Gedicht aufsagte/aufsagen musste (meist von meinem Vater verfasst, der darin ein großer Künstler war[**]) fanden diese Umzüge statt. Auch sonst waren das tolle Reisen nach Dortmund, große Stadt, große Kaufhäuser. Allerdings ließ der Reiz mit zunehmendem Alter nach, diese Reisen dann auch. Ich war sehr traurig, als sie in hohem und hochverdientem Alter in den späteren 60er Jahren starb.

---

[*] Dasselbe Datum wie der Geburtstag unserer Tochter, noch so'n Zufall ...
[**] Dieses „Dichtergen" haben, trotz aller naturwissenschaftlichen Vorbelastung durch unseren Vater (Mathe, Chemie, Physik), vor allem meine „älteste" Schwester ganz hervorragend und ich in Maßen „geerbt". Der Apfel fällt nicht weit vom Stamm, manchmal.

Beim Besuch einer kleinen Zirkusbude auf der Kirmes in unserem Kaff wurde ich, sieben oder acht Jahre alt etwa, in die Manege geholt; meine Oma und auch, meine ich, hübsche „Lieblingstante" (s. weiter o.) waren zu Besuch und auch dabei. Ein Äffchen musste mir auf den Rücken springen, dann weiter „und dann lass dich auf den Arsch fallen, als hätte das Äffchen dich umgestoßen" raunte mir der Budenchef zu. Das tat ich gekonnt, mehrmals, und die Menge war begeistert, vor allem meine Oma hat das noch Jahre später immer wieder gerne erzählt, auch wenn ich den „Trick" hinterher verraten hatte. So kann man mit kleinen Sachen Freude machen.

Zwei, drei Jahre nach unserem Familienurlaub auf Terschelling fuhren meine Geschwister und eine Freundin meiner ältesten Schwester sowie deren Schwester in meinem Alter erneut nach Terschelling, für mich damals der Inbegriff von Strand und Meer. Das war auch eine sehr schöne Zeit, wir lernten ein nettes Paar mit einem eigenen VW Käfer kennen, die uns öfter mitnahmen, trotz anfänglich leichter Bedenken allerseits aber ohne irgendwelche Hintergedanken, einfach nur nette Leute. Ein ganz leichter Hintergedanke war, dass meine Schwester und ihre Freundin vorhatten, mich und die Schwester der Freundin zu „verkuppeln". Sie war ein nettes Mädchen und wir verstanden uns gut, mehr nicht, dafür waren wir auch noch zu jung, niedlich, aber auch nicht sooo umwerfend.

Von Höcksken auf Stöcksken oder die Hühnerleiter rauf und runter – ich habe gewarnt. Die ersten zwanzig Lebensjahre sind prägend, sagt man so, ich will mich mal daran halten und noch etwas mehr aus dieser Zeit plaudern.

Der „blaue Dunst" war immer schon faszinierend, wenn auch bei uns zu Hause streng verpönt. Auch im weiteren Verwandten- und Bekanntenumfeld wenig verbreitet, wenn ich mich recht entsinne – vielleicht gerade deshalb so verlockend. Ein Onkel allerdings, der höchstens einmal jedes Jahr zu Besuch kam, hatte immer eine hübsche blaue Pappschachtel dabei, die richtig aufzuklappen war, darin unter knisterndem Stanniolpapier verborgen waren ovale Zigaretten ohne Filter mit herrlichem Tabakgeruch, ich konnte gar nicht genug daran schnüffeln. Achtung, Schleichwerbung – „Nil" hieß die Marke, keine Ahnung, ob es die noch gibt. Ach was, keine Ahnung – das Internet weiß (fast) alles. Schnell mal nachgeschaut, tatsächlich, die gibt es immer noch! Ob diese Glimmstängel immer noch so lecker riechen?

Rauchen musste mein Onkel im Garten, das Haus war dafür tabu – völlig in Ordnung, das halte ich heutzutage auch so. Trotz des verführerischen Duftes hatte ich deshalb nicht das Verlangen, selbst zu rauchen. Aber auch schon während der Volksschulzeit hatte schon mal hin und wieder jemand irgendwo her eine Fluppe aufgetrieben, selten, aber die wollte geraucht sein. Schmeckte nicht wirklich toll, aber man wollte ja „groß" sein, der Mann von Welt rauchte halt. Die vehemente Antiraucherhaltung vor allem meines Vaters machte es vielleicht noch interessanter. Ich begrüßte ihn immer besonders gerne und innig, wenn er vom Kegelabend mit seinen Kollegen zurückkam, vollgequalmt bis zum geht nicht mehr, da waren einige heftige Qualmer dabei, auch Zigarren wurden geraucht, da bin ich sicher. Unterlegt mit Biergeruch – herrlich, obwohl mein Vater nur Malzbier trank, ehrlich.

Zu Weihnachten, Ostern und Pfingsten, später Verlobungen, Hochzeiten usw. gab's dann zur Feier des Tages Wein. Mein Bruder durfte ab ca. 16 Jahren zum Abendessen ein Glas, oder zwei, Pils trinken (0,2 l, kann sich heute niemand mehr vorstellen, ein Fingerhut voll), was er auch in Maßen tat. Schon als kleiner Junge durfte ich Malzbier trinken, vor allem zu Sauerkraut, Püree und Würstchen – ein Hochgenuss bis heute, ohne Malzbier, dafür gerne mit „richtigem".

Ich schweife ab, Rauchen war das Thema, zum Bier kommen wir später. An unserer Terrasse hatten wir eine große Buchenhecke mit entsprechend vielen Blättern, die vertrocknet doch irgendwie verdammt ähnlich aussahen wie Tabakblätter, wenn auch viel kleiner. Vielleicht kann man die ja auch rauchen ... das ist kein Tabak, also durfte ich das sogar, circa zwölf, dreizehn Jahre alt. Zerkrümelt, in welches Papier eingerollt weiß ich nicht mehr, es ging irgendwie und als besonderer Pfiff wurde das Ganze mit Zitronensaft beträufelt (der dann natürlich erst mal trocknen musste). Schmeckte mir gut, aber war etwas mühselig und wurde nach einiger Zeit uninteressant.

Mit zunehmendem Alter kamen dann mehr Kippen (Fluppen, Zigaretten, Glimmstängel usw.) ins Leben, insgesamt zunächst aber wenig – und die ersten Lungenzüge, nach denen einem richtig schwindelig wurde, aber da musste man durch! Mein Bruder, acht Jahre älter, rauchte inzwischen Pfeife, wenn er zu Hause war und nicht im Ausland studierte. Überwiegend war er aber zu Hause und, obwohl wir uns prinzipiell gut verstanden, wie bei dem Altersunterschied möglich, oft „im Weg" – in seinem Zimmer neben meinem (Schlaf-)Zimmer (ein „richtiges" eigenes Zimmer hatte ich nie) stand ein altes Radio, auf dem ich abends gerne Radio Luxemburg hörte oder später BFBS. Oder ich hörte sonntagabends mein Tonband ab, auf dem meine Mutter nachmittags die aktuelle Hitparade aufgenommen hatte. Die wollte ich nicht verpassen, war aber sonntagnachmittags bis (früh)abends zunehmend auf Beat- und Tanzveranstaltungen unterwegs, oft per Anhalter, was meist ganz gut ging, alleine oder mit einem oder zwei Kumpels – zwei weitere waren schon grenzwertig, als Anhalter. „Mach mal leiser, ich muss lernen!" Was war denn schon wichtiger, als die neuesten Chartplatzierungen zu hören? Auch wenn ich meine Geschwister alle (s. o.) sehr gerne mag, heute noch mehr als damals (s. o.), war ich nicht unfroh, als sie nach und nach „abhauten" und ich dadurch mehr und mehr Freiheiten genoss.

Mit 16 Jahren durfte ich dann offiziell zu Hause die Pfeife stopfen, und rauchen natürlich, im Garten, klar. Was mein Bruder durfte, durfte ich schon lange – trotzdem war ich etwas stolz darauf. Als Jüngster durfte ich „schon immer mehr", wie meine Geschwister oft neidvoll bemäkelten, bis heute, allerdings inzwischen nicht mehr neidvoll, denke ich. Aber ob ich durfte oder nicht – ich habe mir genommen oder erkämpft, was ich wollte und brauchte, ohne dabei rücksichtslos zu sein, aber eben mit manchen „Kämpfen" verbunden. Taschengeld – das war für meine Geschwister ein Fremdwort (außer als sie später in der Ausbildung außer Haus waren), ich hab's erstritten und trotz späterer „langer Haare" beibehalten (s. o.).

Als Student ging die Qualmerei dann richtig los, auch noch Pfeife eine Zeitlang, und schon bald wurden dann aus den gekauften die mit Maschinchen selbstgedrehten Zigaretten, meistens zumindest, die sind billiger und schmecken besser, mit Filter natürlich! Um mich noch weiter zum Raucher-, Nichtraucher-, Verbotswahnsinn zu äußern finde ich vielleicht später noch Platz und Gelegenheit.

Aktuelle Zwischennotiz:

Ich merke, dass es vielleicht zu viel auf und ab auf der Hühnerleiter gibt, ich will nicht tausend Seiten schreiben, zumindest jetzt nicht. Auch fällt mir auf, dass die ursprüngliche Idee, ein Buch über die lustigen und auch unlustigen Erlebnisse meines letzten Jobs zu schreiben immer mehr in den Hintergrund rückt, meine Lebensrückschau und –ansichten immer mehr in den Vordergrund.

Sei's drum, die lustigen Erlebnisse (wie eingangs erwähnt) werden berücksichtigt, aber wer diese Zeilen nur deswegen liest oder gekauft hat, wird enttäuscht sein.

Wer trotzdem weiter liest ist herzlich willkommen, wer nicht, soll dieses Werk ruhig aus dem Fenster werfen, ist mir völlig egal. Halt – nicht völlig. Papierrecycling ist ein wichtiges Thema, außerdem kann man Papier für vieles andere verwenden, z. B. dafür, was Araber nur mit der linken Hand tun, angeblich … und ich sowieso, weil ich Linkshänder bin. Damals in der Volksschule auf Rechtsschreiben getrimmt, war das aber kein großes Problem. Das Herz schlägt links, und außer Schreiben (mit Hand) mache ich alles mit links, mit der linken Hand, meine ich … und links … sowieso, s. u.

Bevor es gleich tatsächlich zur Studentenzeit geht, und auch damit im Zusammenhang, geht es nun noch kurz um Politik und Religion und prägende erste zwanzig Lebensjahre.

„Gut katholisches" Elternhaus, nicht übermäßig streng, einigermaßen auf Etikette bedacht, der sonntägliche Kirchgang war Pflicht. Die CDU war die einzig wahre Partei, ohne eine große Rolle zu spielen – oft habe ich mich mit meinem Freund Uli gestritten, der aus evangelischem, SPD-nahem Elternhaus kam. Nicht wirklich gestritten, schon in frühen Gymnasialzeiten „diskutiert". SPD - die Sozis, die wollen uns unser kleines Häuschen nehmen.

Auch Messdiener war ich lange Zeit, da hatte man was zu tun und der „Gottesdienst" war nicht ganz so eintönig. Hin- und herlaufen, Glöckchen bimmeln, Wein und Hostien anreichen, endlose lateinische Sprüche murmeln, die dann auch oft in „abrakadabra" untergingen. Bei den Schwestern im Kloster, ab und zu dazu „abkommandiert" und dafür elend früh aufgestanden, noch lange vor der Schule, gab's anschließend immerhin leckere Brötchen und Muckefuck (so hieß das, Malzkaffee). Selbst bei der Hochzeit meines Bruders und auch meiner wirklich „ältesten" und Halbschwester nahm ich dieses Amt noch wahr, innerlich längst abgeschworen (meine Götter waren die Beatles, und niemand außer ihnen).

Kirche und Religion wurden zunehmend langweiliger und fragwürdiger. Warum war alles, was Spaß machte mit der Entdeckung des eigenen Körpers verboten und man musste es später schlechten Gewissens und trotz Dunkelheit im Beichtstuhl hochroten Kopfes „beichten" und dabei schon genau wissen, dass die „guten Vorsätze" kaum länger als ein paar Tage halten würden? Warum mussten meine Eltern sich selbst und damit teilweise auch uns Kindern das Leben zur Hölle machen, wenn sie doch jeden Sonntag brav zur Kirche gingen, in der Frieden und Eintracht gepredigt wurden, im Großen und Ganzen, das sei ihr zu Gute gehalten.

Warum kam Helga Anders* nicht um mich zu besuchen, die etwas pausbäckige, hübsche und in ihrer Rolle aufmüpfige Schauspielerin als Teenager-Tochter aus der „TV-Serie" (sowas in der Art gab's damals auch schon, anders als heute) „Die Unverbesserlichen", und kaum älter als ich? Die musste doch auch wissen, dass ich nächtelang nur von ihr träumte, oder? Warum wurde Jahre vorher John F. Kennedy ermordet? Meine Mutter und ich weinten bittere Tränen. Irgendetwas konnte da nicht stimmen mit diesem „lieben Gott", der zudem Hunger und Krieg überall in der Welt zuließ. Die Zeiten änderten sich, die Beatles kamen und damit ganz andere Welten und Werte, reale Götter, Einsichten und Ansichten änderten sich, im Geschichtsunterricht tauchten später Marx und Engels auf, mehr

---

* Schwärmerei für „Stars", viel, viel später, ohne „Verlangen" – Denise Richards (absolut umwerfend in „Starship Troopers"), Halle Berry, Zoë Saldana, andere. Filmmäßig aufgehübscht fast so schön wie meine beste aller Ehefrauen „netto".

oder weniger zusammen mit einem eher gehassten Geschichtslehrer, was auf Gegenseitigkeit beruhte, meine ich. Nur der Glaube an Hühner blieb unerschütterlich.

Klassenfahrt 1967 nach Berlin, Begegnung mit der „Kommune" bei einer Demo, Rainer Langhans und Fritz Teufel leibhaftig (aus Zeitung usw. bekannt), meine schwarz-weiß Fotos des Polizeieinsatzes betitelte ich im Fotoalbum als „Schlägertruppe im Einsatz". Auf der Rückfahrt trug etwa die Hälfte der männlichen Klassenkameraden stolz den Button „Enteignet Springer", von unserem fortschrittlichen Klassenlehrer (s. o.) anstandslos geduldet.

Das kann jetzt ausufern, muss aber auch erwähnt werden, wegen „anstandslos geduldet." Das tat mein damaliger Englischlehrer, allseits gefürchtet, mit fettem Schmiss auf der Wange und als Altnazi bekannt, gar nicht, als er einem befreundeten Mitschüler, auch schon „langhaarig" und eine Klasse tiefer, auf dem Schulhof mal so richtig eine tafelte, weil dieser ein Mao (Tse Tung) Abzeichen trug. Es gab, wenn ich nicht irre, keine weiteren Folgen, heutzutage undenkbar – aber auch unser flotter Klassenlehrer hat sich öfter mit diesem alten Sack angelegt, wie er auf späteren Klassentreffen erzählte. Ich kam immer leidlich mit ihm aus, seltsamerweise – naja, ich konnte ganz gut englisch, den Beatles sei einmal mehr Dank, und war Kollegenkind ...

Die Berlinfahrt war der Tropfen auf den heißen Stein, schätze ich. Spätestens seitdem oder kurz danach bezeichne ich mich als Kommunist, bis auf den heutigen Tag, das Herz schlägt links, und wer das mit DDR und anderen Diktaturen assoziiert hat keinerlei Ahnung, was Kommunismus bedeutet. Trotzdem habe ich es im Abitur geschafft zu „beweisen", dass Karl Marx mit seiner These der „Verelendung des Proletariats" unrecht hatte, wie auch immer ich das geschafft haben mag, Note 1. Denn er hatte und hat definitiv recht, anderes Thema. Mein ungeliebter Lehrer hätte mich danach am liebsten geherzt und geküsst (Karl Marx mich sicher nicht), war stolz auf mich, hat er auch Jahre später noch erzählt, wie ich weiß. Ich war froh ob der guten Note, habe mich aber auch schon bald darauf wie ein Judas gefühlt.

Schon einige Zeit zuvor waren die sonntäglichen „Kirchgänge" zu Spaziergängen, oft mit Freunden, umfunktioniert worden. Das mussten meine Eltern, vor allem meine Mutter, nicht unbedingt wissen – Streit galt es möglichst zu vermeiden, führte zu nichts, es gab eh schon genug davon, wegen Klamotten, „langer" Haare usw.

Streit und Gewalt sind nicht mein Ding, im Allgemeinen. „Flower Power" und das Bestreben nach Harmonie überwiegen, der Slogan „Make Love not War" kam bald auf, einige Zeit später irritierten John Lennon und Yoko Ono die Welt mit ihrem berühmten „bed-in" in Amsterdam. Schon 1967 hatten die Beatles mit der weltweit ersten global gleichzeitig ausgestrahlten TV-Sendung „All You Need Is Love" verkündet. Pop- und Rock-Kultur, Musik, Toleranz (außer den Intoleranten gegenüber)[*] und Kommunismus gehören zusammen und sind keine Widersprüche.

Amsterdam war, nebenbei bemerkt, ein beliebtes Ausflugsziel am Wochenende in den ersten Studentenjahren, oft zu viert oder fünft im Käfer eines Kommilitonen. Geschlafen wurde auch in dem Vehikel, oder eher nicht, war zu eng, sonst wie wurde die Nacht vertrieben. Wer Böses ahnt liegt falsch, Drogen waren nicht das Thema, vielleicht hat der eine oder andere mal etwas gekifft, weiß ich nicht mehr, auf jeden Fall nie auffällig und wenn, dann in geringen Maßen. Der tolle Amsterdamer Flohmarkt, das Paradiso mit seiner prickelnden Atmosphäre und Musik, sicher Drogenhochburg, aber nicht für uns, einfach das gesamte Flair zog uns damals in den Bann. Paradiso – eine etwas umgebaute, umgewidmete Kirche, klasse als Rock 'n' Roll Paradies! Ein vernünftiger Zweck für einen schönen Bau! Mein Freund Werner und ich fuhren mal in den frühen 70ern an einem Abend mit meinem Käfer dort hin und zurück, um Led Zeppelin im Paradiso zu hören, zu sehen und zu bestaunen. Eine mehr als lohnenswerte Fahrt!

Streit und Gewalt – ein schwieriges Thema. Gegen Sachen – wenn nötig, dann nötig. In unserem Kaff gab es damals einen Zeitungsschaukasten mit dem Geschmiere der Nazi-Zeitung

---

[*] „Toleranz endet dort, wo sie den Intoleranten Macht verleiht."
Zitat Ferdinand Köther.

„Neues Deutschland" (hatte nichts mit meinem früheren Fähnlein und der katholischen Jugendorganisation zu tun). Nach einem der abendlichen Kneipenbesuche, Vorabi-Zeiten etwa, überkam es mich – ein heftiger Schlag gegen die Glasscheibe, Streichholz an die Zeitung, und bald brannte die ganze Kiste lichterloh! Danach gab es nie wieder einen Schaukasten für „Neues Deutschland" in unserem Kaff, fand und finde ich gut. Daraus ergab sich viele Jahre später die Idee, dass man doch auch mal bei Neo-Nazi Aufmärschen die Wasserwerfer mit Benzin füllen könnte, glimmende Kippe hinterher werfen ...

Gewalt gegen Personen – von gerade genannter Fantasie mal abgesehen, nein, kein Thema. Später kamen die Zeiten der RAF, ideologisch etwas abgedreht, prinzipiell in Ordnung – doch die gewalttätige Umsetzung fand ich nicht so in Ordnung. Obwohl – Schleyer, ein zynischer, ekliger, menschenverachtender Kapitalist, wie er im Buche steht, schade war's nicht um ihn, eine geheime Schadenfreude konnte ich mir nicht verkneifen. Aber sein Tod hat der Sache nicht gedient, im Gegenteil natürlich. Er wurde zum unverdienten Märtyrer, einfach nur ein dämliches Arschloch, krass und unverblümt ausgedrückt. Wenn ich heute eine Deep Purple CD „Live in der Hans-Martin-Schleyer-Halle" in der Hand halte, dreht sich mein Magen um – warum muss ein Ort öffentlicher Kultur nach solch einem gemeinen Menschenverächter benannt sein, wie tragisch sein Tod auch gewesen sein mag?

Heutzutage mit IS, Neo-Nazis und anderem Geschmeiß („Dschihadisten"), das sind keine Menschen, das sind keine Sachen – Gewalt dagegen ja und gerne, je mehr je besser und ein für allemal, ein unerfüllter Wunschtraum!

Stopp, ich lasse mich hinreißen, das ist selten gut – dies soll keine politische Abhandlung sein (ein bisschen vielleicht), sondern in erster Linie meine ganz persönliche Rückschau, mit aktuellen Ein- und Ansichten gemischt. Von Höcksken auf Stöcksken und die Hühnerleiter auf und ab.

Bei einer Demo, später in Bochum, standen irgendwann mal ein Polizist und ich uns als einzige und letzte im Hahnenkampf gegenüber in der Frontlinie, wie früher auf dem Schulhof mit Kameraden, alle anderen auf beiden Seiten hatten sich zurückgezogen. „Ey, komm zurück!" – nichts passiert, es war eine friedliche Demo. Ich hatte keinen Pflasterstein in der Hinterhand und er hatte seine Hand nicht am Knüppel.

Was ich geschrieben habe mag sich teilweise böse anhören (ich kann auch mal böse sein), aber mein Statement ist: „Gewalt kann immer nur das letzte Mittel sein und hat in unserer Gesellschaft nichts verloren." Oder, so haben wir Kinder es gelernt: „Was du nicht willst, das man dir tu', das füg' auch keinem andern zu." Ganz einfach. Um noch einen Allgemeinplatz draufzusetzen: „Jedem Tierchen sein Pläsierchen" – sofern das Tierchen keinem anderen Tierchen damit schadet, das muss ich hinzufügen.

Ein paar weitere Leitsätze zum vorläufigen Abschluss der Politik: „Religion ist die Wurzel allen Übels!" Ich dachte immer, das ist ein Zitat des großen Philosophen Karl Marx, finde es aber nicht bestätigt. Sollte das tatsächlich von mir stammen? Auf jeden Fall ist das die Wahrheit, wie gerade unsere Zeit einmal mehr beweist. Und: „Die schärfste Waffe ist das Wort!" Das haben so oder ähnlich viele gesagt, die Bescheid wussten.

Auch Karl Marx, dessen Waffe aber leider abgestumpft ist. Der Kommunismus scheitert an der Gier der Menschen nach Geld und Macht, und die Menschen scheitern an ihrer Gier. Eine Fußnote[*] in der Geschichte unseres weit weniger als unbedeutenden Planeten.

Und „damals", fällt mir gerade so ein, hatten die Frauen noch meist Kleider oder Röcke, und es war insgesamt manches einfacher (und schöner oder auch nicht). Seit der eigentlich schon lange überfälligen (Neu-) Erfindung des Mini-Rocks durch Mary Quant (und andere) verhüllen heutzutage meist Hosen die Beine der weiblichen Bevölkerung, was in vielen Fällen auch besser ist, leider zu selten nicht – fette oder spindeldürre Stempel in Wurstpelle sind nicht attraktiver als ohne Wurstpelle. Ach, ich liebe es manchmal, in Fettnäpfchen zu treten.

Ein Hoch dem Mini-Rock (ganz hoch), wem's steht, und der knackigen Hose! Gibt es überhaupt noch Kleider oder Röcke, außer zu irgendwelchen Gala-Anlässen?

---

[*] Winzig kleine Fußnote.

VON ETWA 20 AUF GROß DOPPELT SO VIEL

Das ist ein halbwegs passender Übergang, endlich, zur Studentenzeit, da waren Röcke und Kleider schon weitgehend „out", meine ich und mag mich irren. Das Herz schlägt links, ganz links, und in erster Linie weiter für Frauen und Musik. Das ist bis heute unverändert, außer dass es schon seit über zwanzig Jahren nur noch für meine einzige geliebte Frau schlägt, was Frauen angeht, musikalisch aber durchaus vielseitig ausgerichtet, wenn auch dort mit vielen „ewigen Lieben". Politisch links ist unverändert, das Herz hat nur einen Platz! Ach, wüsste ich nur eine Lösung, das „einzig Wahre" umzusetzen ohne gleich diese kleine Welt in Schutt und Asche zu verwandeln, das ist auch irgendwie blöde. Leider ist die Spezies „homo sapiens" auch viel zu blöde - dagegen kommen Karl Marx, ich und andere als Individuum nicht an.

Zurück aus London, Audrey noch schwer im Herzen, stand das Praktikum in einer relativ großen Metallfirma an, denn ich wollte als Diplom-Ingenieur später mal Formel-1-Rennwagen bauen. Dafür war ein insgesamt sechsmonatiges Praktikum nötig, teilweise schon vor dem Studium. Geplant war ein Studium in Berlin oder München zum Beispiel, da, wo „was los war". Raus aus dem netten, aber irgendwie einengenden Mief der münsterländischen Kleinstadt, weg von zu Hause, das ich zwar auch liebte, aber in dem ich mich auch nicht weiter mit läppischen Streitereien über lange Haare, Klamotten, Politik usw. herumärgern wollte.

Also Praktikum, mit meinem Schulfreund Ludger zusammen, der ebenso wie ich Maschinenbau studieren wollte. „Gehen Sie erst mal zum Friseur, so geht das hier nicht an den Maschinen, zu gefährlich." Haarnetze gab's anscheinend noch nicht ... mit grimmiger Miene Haare ab, selbst gemacht natürlich; Scheiße, wie sieht das denn aus?

Schon hatte ich die Schnauze voll, nach ein paar Tagen Rumfeilerei an einem Metallklötzchen (wo waren die Maschinen?) noch mehr – mein Freund ebenso, obwohl der nicht das Haarproblem hatte. „Nee, das mache ich nicht länger" sagte er, „ich auch nicht", sagte ich. Wir schmissen hin, er wurde über den Umweg der freiwilligen Bundeswehr Pilot bei der größten deutschen Fluggesellschaft ... ich über viele Umwege Fachverkäufer in der größten hiesigen Elektro-Fachmarkt-Kette als letzte Station meines Berufslebens. Sozialer Auf- und Abstieg ... nein, Quatsch, zwei völlig verschiedene Lebenswege. Gut befreundet sind wir bis heute, und jeder auf seine Weise glücklich geworden, wenn auch mit großem finanziellem Unterschied. Egal, was zählt, sind Zufriedenheit und Gesundheit, und da sind wir beide auf gleichem Level, soweit ich weiß.

Meine Vorstellung des großen Formel-1-Konstrukteurs wollte ich aber nicht so einfach unter die Räder kommen lassen, haha. Ich hatte da doch mal was gelesen, Maschinenbaustudium ohne Praktikum, neue Wege gehen ... Bochum, da gab's 'ne neue Uni, genau, das war's! Die erste Hochschulneugründung der Wirtschaftswunderrepublik, mit neuen Ideen. Bochum? Ruhrgebiet – naja, in Bochum waren wir mal mit der Schulklasse im Bergbaumuseum gewesen, meine Eltern stammten beide aus dem „Pott". Die Besuche bei der Oma in Dortmund waren immer spannend, auch den (damals noch) allgegenwärtigen Rußgeruch mochte ich gerne. Direkt hinter dem Grundstück meiner Oma fuhr die Krupp-Werksbahn öfter vorbei als nicht, so ungefähr – schnell hinlaufen, Eisenbahn gucken! Und in Essen hatte ich die Beatles erlebt, so ganz ohne war der Kohlenpott auch nicht.

Thema Bundeswehr – wollte ich gar nicht! Nicht nur aus politischen Gründen, ich war auch in gewisser Weise immer noch ein „Mamasöhnchen". Und spätestens seit frühen Gymnasialzeiten bis Ende meiner 20er Jahre (mit allmählich nachlassender Intensität) litt ich enorm an Heuschnupfen, Rotznase ohne Ende, Halsjucken, rot tränende Augen, die Hölle, echt. Alle Antiallergika und -histaminika halfen wenig, schufen bestenfalls etwas Linderung. Da sollte doch wohl das Attest des Hausarztes etwas helfen. Erste Musterung im Winter, heuschnupfenlose Zeit, „da müssen Sie noch mal wieder kommen". Zweite Musterung Ende Mai, ein schöner, sonniger Tag, ideale Heuschnupfenzeit, es prickelte schon gewaltig. In weiser Voraussicht ging ich vorher durch eine Wiese und stopfte eine mitgebrachte leere Streichholzschachtel voll mit den Samen dieser langen Grashalme, die überall wuchsen.

Zwischen allen einzelnen Untersuchungen sog ich eine kräftige Prise davon ein, schnell wieder in die Turnhose (ideale und gewünschte Kleidung bei dieser Prozedur) gesteckt – ab ging die Post! Husten, Krächzen, Jucken, Atembeschwerden, unerträgliche Qual, meine knallrote Rübe fühlte sich doppelt so dick an wie normal und die Rotze floss aus allen möglichen Löchern. Kurz vor der letzen Untersuchung dachte ich, mich vielleicht besser dieser Helferlein zu entledigen, sie aus dem offenen Fenster zu schütten. Eine Windbrise – und überall im Warteraum verstreut lagen Grassamen, ach du liebe Scheiße! Schnell notdürftig mit bloßen Händen zusammengefegt und gerade noch entsorgt (ohne Brise), bevor die Tür aufging und ich zur abschließenden Untersuchung hereingebeten wurde – mit dem berühmten „Eiergriff" und „husten Sie mal", das konnte ich nun besonders gut. „Tut uns leid, Herr Köther, Sie sind leider nur Ersatzreserve II." Sprich, die Sache war für mich erledigt, ach wie schade! Nötigenfalls hätte ich wohl verweigert, trotz der damaligen enormen bürokratischen Hürden. Mein Leiden hatte sich gelohnt und obwohl es mir körperlich echt scheiße ging, verließ ich den Bau ganz fröhlich, hatte sogar, wie ich glaube (außer wie immer an Hühner) auch noch 'n Streichholz übrig, um mir 'ne Fluppe anzustecken. Ich hatte noch nicht mal betrogen, sondern nur die Bedingungen im Feld nachgeahmt, ehrlich. Man stelle sich nur vor wie ich durchs Gras krieche, der Feind nähert sich – und ich lasse einen Nieser los, der alles im 10-Meter-Umkreis platt walzt. Vielleicht den Feind ja auch, so gesehen wäre ich möglicherweise auch die ideale Nahkampfwaffe gewesen ... lieber nicht.

Heuschnupfen – so übel wie er immer war, hatte ich irgendwann keinen Bock mehr auf den ganzen Medikamentenkram mit geringer Wirkung (falls überhaupt) und das Problem erledigte sich nach und nach von selbst, der Körper weiß sich selbst am besten zu helfen. Und Alkohol und Nikotin – raffen die Bazillen hin! Anders ausgedrückt: Gut eingelegtes, geräuchertes Fleisch hält am längsten! ☺

Die zuvor erwähnte neue Uni, nebenbei bemerkt, wurde und wird gerade jetzt, 50 Jahre später, aufgrund gravierender Baumängel für viele Millionen Euros mehr als damals D-Mark für den Neubau teilweise abgerissen und neu gebaut, unglaublich! Vielleicht hätte ich doch als Ingenieur arbeiten sollen, aber als Maschinenbauer (und nicht Bauingenieur) hätte ich das auch nicht verhindern können, zeitlich schon gar nicht.

Trotzdem, ich wollte in eine „Weltstadt", nicht in eine „Provinzstadt". Aber mal gucken, dieses Praktikum und „Haare ab" gingen gar nicht! Also erst mal dort anmelden, Zimmer suchen – das AKAFÖ* bot WGs in Uni-Nähe an, in prinzipiell normalen Familienwohnungen in neu gebauten Hochhäusern, inklusive Einrichtung (Bett, Sessel, Regal, Schrank, Schreibtisch) und mit Gemeinschaftsküche und -bad, günstig und gut. Eigenes Zimmer, klasse, wer waren die Mitbewohner?

Zwei andere angehende Maschinenbauer, wenn ich mich recht entsinne, weitere in diesem und später auch in benachbarten Hochhäusern. Man hatte Ansprechpartner, kannte schon erst mal ein paar Leute, mit denen man die große, neue Uni erkunden konnte – größtenteils eine riesige Schlammbaustelle. Eher etwas biedere Leute, aber nett und angenehm. Ein angehender Jurist war dabei, mit feuerroter Hendrix-Mähne, Musikfan wie ich, politisch linksorientiert – wir machten schon bald einen gemeinsamen Londontrip, s. o.

Es gab Konstanten, es gab viele Wechsel in unserer WG und anderen - damit könnte ich ein einziges Buch füllen. Säufer, Kiffer, Nette, Doofe, politisch weitgehend Uninteressierte, soweit das damals möglich war, extrem Linke. Rechts gestricktes Pack gab's in unseren Kreisen nicht, die hätten auch keine Chance gehabt. Eine (spätere) gar nicht mal unhübsche, zierliche Mitbewohnerin, eher als „illegale" Freundin eines offiziellen Mitbewohners geführt, wenn mein Gedächtnis mich nicht täuscht, und ihr Freund gerieten später zumindest ins Umfeld der RAF, so weit ich weiß. Die beiden waren nette, liebe, mir sehr sympathische Mitbewohner, die wie ich und im Gegensatz zu vor allem einem anderen (verbal auch linken, und großem Eric Burdon-Fan) Saufkopp Ordnung in Küche und Bad hielten, oder zu halten versuchten, soweit das möglich war.

Der Wechsel war die einzige Konstante (mit wenigen Ausnahmen), eines Tages kam mal wieder ein neuer Mitbewohner, ein evangelischer Theologiestudent. „Auch das noch", dachte

---

* Akademisches Förderungswerk – nur falls jemand das nicht wissen sollte. Und WG heißt Wohngemeinschaft, vorsichtshalber gesagt.

ich. Etwas älteres Semester, zweiter Bildungsweg – er mochte auch Musik, vor allem Jethro Tull, war aber auch Led Zeppelin und Co. nicht abgeneigt, trank gerne Tee, machte hervorragende überbackene Toasts und Sandwiches, kam aus Norddeutschland, per se sehr sympathisch – ein seltsamer, liebenswerter Theologe, dessen Theologieverständnis sehr ungewöhnlich war und das ich sogar ansatzweise nachvollziehen konnte, ansatzweise aber auch gar nicht verstand. Wir wurden sehr gute Freunde, über lange Zeit, mit Unterbrechungen und leider Abbruch im Alter, warum auch immer, nicht alles währt ewig.

Dieser Kumpel wird noch später auftauchen, ich will jetzt nicht zu weit abschweifen und die Richtung auf der Hühnerleiter zu oft wechseln.

Die „68er" Generation, meine Generation. Schon bald nach Studienbeginn bildeten wir die ersten linken „Basisgruppen" der Ingenieure, außer mir gab es unter den weitgehend konservativen Mitstudenten noch ein paar andere bärtige, langhaarige (bei mir nach dem Praktikumstrauma schon wieder nachgewachsen) und linksorientierte Kollegen, die den anderen zeigen wollten, dass auch die Ingenieurwissenschaften nicht ideologiefrei im Raum stehen. Meinen Bart färbte ich mir zu dieser Zeit dunkel, denn er war zwar durchaus vorhanden, aber so hell, dass er kaum sichtbar war. Das änderte sich zum Glück recht bald.

Basisgruppen, Vollversammlungen, Demos, Stiefel, enge Hosen, Parkas und Schaffellmäntel, „Palästinensertücher" (wer sie noch kennt, weiß Bescheid) – alles gut und schön, doch Musik und vor allem Frauen waren weit interessanter! Was war das alles schon ohne die richtige Frau an meiner Seite?

In London hatte ich damals zwei Bochumer Jungs kennengelernt, Zufall!? Den Kontakt nahm ich gerne wieder auf, um über die Grenzen meiner WG hinwegzuschauen. Sie zeigten mir die wenigen Discos und Kneipen, die halbwegs interessant waren – ansonsten damals nur „tote Hose" in Bochum (heute nicht nur mit seinem „Bermuda3eck" DIE Kneipen-, Vergnügungs- und Kulturhochburg des Ruhrgebiets, mindestens). Gar nicht mal schlecht war die „Disco", so hieß der Laden sinnigerweise, heutzutage ist dort ein Steakhouse. Der DJ lieh mir sogar mal einen ganzen Packen Singles, um sie mit meinem Tonband aufnehmen zu können. Großes Vertrauen, und die Scheiben gingen in besserem Zustand zurück als sie vorher gewesen waren.

Im Umfeld meiner beiden Bochumer Bekannten war eine „lockere" Ex-Mitschülerin, die sich immerhin bei einem Besuch in meiner Studentenbude mal die Bluse ausziehen ließ, mehr nicht. Auf einer Studentenfete im ersten Wintersemester schleppte ich Karin ab, mit toupierter Frisur, Silberblick auf einem Auge, aber hübsch und niedlich. Das heißt, sie, noch Schülerin, schleppte eher mich ab, um sie durch tiefen, feuchten Schnee im Morgengrauen zu Fuß nach Hause zu bringen, von der Uni über die Unistraße, den damals toten Stummel der NS VII (heute zur durchgehenden Autobahn geadelt, aber Alt-Bochumer sagen immer noch gerne NS VII) und irgendwie weiter querfeldein bis zur Hattinger Straße. (Für Unkundige: das heißt „Nord-Süd-Straße 7", hat nix mit NS = Nazipack zu tun, um Himmels willen!)

Ihre Eltern waren nicht zu Hause, da ließen sich dann gleich noch weitere Feuchtgebiete erkunden, oberflächlich zumindest. Und anschließend alleine zurück, da hatte ich einige Kilometer auf dem Buckel. Insgesamt spielte sich aber viel mehr als Bluse ausziehen auch nicht ab und nach einigen Wochen war die Geschichte erledigt, zu meinem kurzfristigen Leidwesen. Ihr Stielkamm ist irgendwie bei mir liegen geblieben, den habe ich sogar heute noch, und ihr späterer Mann (und noch viel späterer Ex-Mann, mit wilder roter Mähne, netter Kerl) sollte in Zukunft ein guter Kunde an unserem Schallplattenverkaufsstand in der Mensa werden, wir haben uns gut verstanden (und „wussten voneinander"). Schallplattenverkauf in der Mensa – ein großes Thema, kommt demnächst.

Mittlerweile hatten wir 1970, da gab's noch Schnee im Winter (s. o.) und die Wörter Umweltschutz und Klimaveränderung (diese selbst aber schon in Ansätzen, „Club of Rome", das merkte nur niemand) gab's noch nicht. Eine linke (politisch links, natürlich!) Uni-Vollversammlung, hunderte Leute in einem großen Hörsaal, immer mehr drängten unten links und rechts von der „Bühne" herein. Da unten eine Gestalt – lange schwarze Haare, großgewachsen, sehr hübsches Gesicht, soweit aus der Ferne erkennbar, ganz gut erkennbar, mein Puls auf hundertachtzig, mindestens! Das ging nicht nur mir so, auch andere hatten dieses Fabelwesen im Visier, wie ich kurz darauf erfuhr. Seit 1969 hechelte ich nach einer Frau, nach meiner Traumfrau. Auch wenn meine beiden früheren „Traumfrauen" Jean und Audrey nur kurze Episoden waren, „zählten" sie, und wie! Seitdem ... wenige ganz flüchtige Bekanntschaften, habe ich schon erwähnt oder tue es noch, nichts „Richtiges", obwohl auch schon mal 'ne Bluse ausgezogen wurde, wie gesagt.

Sex war vor, mit und neben Politik und Musik Thema Nr. 1, aber ich war irgendwie nie darauf aus, nur schnell mal 'ne Braut ins Bett zu kriegen. Ich WAR wählerisch (jetzt nicht mehr, habe meine Wahl ja seit langem getroffen) und die lange Durststrecke lag nicht am mangelnden Erfolg. Ich war und wollte nie der „Aufreißer" sein, sondern war immer auf der Suche nach der Liebe meines Lebens. Nicht Gott sei Dank, denn den einen Gott oder überhaupt einen gibt es nicht – wenn, dann vier, die Beatles – sondern glücklicherweise leb(t)e ich lange genug, um sie, die Liebe meines Lebens, zu finden.

Es lag einfach nur am mangelnden „Futter". Wenn mir dann die richtige „Beute" über den Weg lief, konnte ich zuschnappen und tat das auch.

Schon kurz nach besagter Vollversammlung große Unifete in der Mensa. Mit Cuby + the Blizzards und den Pretty Things, oder war das etwas später (ich meine nicht)? Egal, weit wichtiger war die Frage, ob diese Schönheit auch da war. Rumlaufen, suchen, gucken, tausende Leute ... da saß sie an einem Tisch! Mein Herz klopfte bis zum Hals, ran an den Feind! „Tanzt du mal mit mir?" Das war damals immer noch der „opener".

„Ja" – wir tanzten, unterhielten uns etwas, soweit im Lärm der Musik möglich. Musik zu Ende, Geleit zurück zum Tisch – Himmel hilf, was nun? „Wann können wir uns mal wieder treffen?"

„Nächste Woche ist eine große Fete an der neuen Uni in Dortmund, da können wir ja hingehen." Hatte sie das wirklich gesagt? Hatte sie, und wir trafen uns dort irgendwo, ich war mit Bus und Bahn und wieder Bus irgendwie dorthin gekommen, sie ebenso. Tiefer Schnee, große Dunkelheit außerhalb der paar Straßenlaternen, Kälte, sie mit langem Fellmantel, „ich will noch mal meine Schwester anrufen". Wir zwängten uns zusammen in eine Telefonzelle, kamen uns dabei zwangsläufig sehr nahe, küssten uns schon da, falls ich nicht irre – „das wird einige überraschen, wenn sie erfahren, dass wir zusammen sind". Sagte sie, noch bevor der Abend richtig losging, und ich war am Ziel meiner Träume, einmal mehr. Am nächsten Morgen war ich gegen 5 oder 6 Uhr wieder zu Hause, nach durchtanzter Nacht, viel Knutscherei, Wartezeit am Bahnhof, hundemüde und King of the World! Hildegards Aussehen, so ihr in krassem Gegensatz zu ihrem Äußeren (und Inneren) unspektakulärer Name, ging nicht ganz, aber prinzipiell in Richtung Audrey. Lange schwarze Haare, braune Augen, nicht „exotisch" – auf jeden Fall bildhübsch! Die halbe männliche Uni war hinter ihr her, leicht übertrieben gesagt, aber nur leicht. Und ich hatte mir dieses Schmuckstück geangelt! Aber nein, als bloßes „Schmuckstück" habe ich sie nie angesehen. Und sie trug sogar oft Röcke und Kleider, falls ich mich nicht täusche.

Als ich das erste Mal der Familie vorgestellt wurde, bekam die Mutter fast einen Herzanfall, hat hinterher geheult und gezetert, wie ich von Hildegard erfuhr, dass ihre Tochter sich mit „so einem" abgibt. Die Schwester fand mich cool, der Vater machte wohl irgendwie gute Miene zum bösen Spiel. Hildegards Elternhaus war „gut katholisch", sie selbst auch in kirchlichen Kreisen engagiert, zumindest zu ihrer Schulzeit, soweit ich weiß. Dabei ein Kind ihrer Zeit, fortschrittlich, linkem, sozialem Gedankengut zumindest nicht abgeneigt – und hatte sich einen langhaarigen, bärtigen „Revoluzzer" als Freund auserkoren, oh Gott-o-Gott!

Das störte uns nicht weiter, wir waren zusammen, so weit es ging, und obwohl es trotz aller Liebe auch nicht zu viel mehr reichte als Bluse ausziehen, war mir das relativ gleichgültig, einfach abwarten ... Sex war mir immer sehr wichtig, keine Frage, aber lange nicht der einzige Beweggrund, mit einer Frau zusammen zu sein.

Ich werde nie vergessen, wie ich eines nachmittags nach Hause kam - vielleicht war ich sogar tatsächlich in einer Vorlesung gewesen - und mein neuer Theologiefreund mich empfing mit der Bemerkung „du hast Besuch in deinem Zimmer". Ich öffnete meine Zimmertür und Hildegard strahlte mich an „ich hatte noch Zeit, die wollte ich doch nutzen". Seltsam, wie sich kleine, eigentlich unbedeutende Momente im Gehirn einnisten.

Hildegard war leicht frankophil veranlagt, ich anglophil, aber das passte – französische Restaurants, die wir gelegentlich besuchten, waren eindeutig besser als englische, die es ja auch gar nicht gab.

Französisches Essen ist hervorragend, insbesondere in Camembert könnte ich baden, eine der besten kulinarischen Erfindungen aller Zeiten.

In diesem Frühjahr kaufte ich mein erstes Auto, einen Käfer, nachdem wir zuvor nach London noch im Käfer meines WG-Genossen gefahren waren. Kein Samendruck in London, denn zu Hause war ja meine wunderhübsche Hildegard. Stolz präsentierte ich ihr dann irgendwann meinen Käfer, für ein paar hundert D-Mark gebraucht gekauft, sattgrün mit einem handbreiten schwarzen Streifen von vorne bis hinten auf der Fahrerseite. Das hatte der Vorbesitzer gut gemacht und ich hatte das Gefühl, dass dieser Käfer (mit seinen bescheidenen 34 PS) besonders gut fuhr. Den langen Schaltknüppel sägte ich später mal ab und ersetzte ihn durch einen kurzen „Rallye-Schaltknüppel" mit knackigem Holzgriff. Damit fuhr sich die Karre noch besser, bis … naja, siehe weiter unten.

Ich konnte meinen Schatz nun nach Hause bringen, dort abholen, relativ weit im Osten Dortmunds, Sprit kostete weniger als 50 Pfennig pro Liter. Am Wochenende konnten wir die Umgebung erkunden, lange Spaziergänge in Wald und Feld unternehmen, herrlich!

Hildegard war bildhübsch, sagte ich schon, groß, schlank und als Sozialpädagogikstudentin, Deutsch auch, meine ich, der eher intellektuelle, leicht bürgerliche Typ, während ich etwas mehr „down to earth" war, auch nicht „unintellektuell", aber, um es mit einem leicht abgewandelten Slogan der Zeit zu sagen, waren „Sex, no Drugs, and Rock'n'Roll" eher meine Leitbilder, mit linkem Gedankengut gemischt, „rockin' rebel".

Da war der Bruch, trotz aller gegenseitiger Anziehungskraft, schon irgendwie vorprogrammiert. Nach etwa einem halben Jahr eröffnete Hildegard mir, ich kam gerade aus dem Frankreich-Urlaub mit einem früheren Klassenkameraden zurück, dass es „aus" sei mit uns. Wir haben nicht gestritten, sondern gemeinsam geheult, Händchen gehalten, die Schwester inklusive, sie war irgendwie dabei. Trennung „im Guten" – meine Welt brach ein. Da war so 'n Studienkollege von ihr, der ständig um sie herum schlawenzelte, war er der Grund? Angeblich nicht, vielleicht doch, ich weiß es nicht mehr genau.

Zwei Fragen bewegten mich: warum, und was konnte ich dagegen tun? Der Psychologie schon lange zugetan, Freud etc. waren „in", kaufte ich mir Bücher, studierte sie, analysierte die Lage, bis ich ein Konzept erarbeitet hatte. Das brachte mir Hildegard zwar nicht zurück, aber ich konnte klar erkennen, warum sie mich verlassen hatte. Aber stimmte das auch so?

In meiner Verzweiflung durchsuchte ich das Telefonbuch, bis ich irgendeinen „Dipl.-Psych." fand, in Nähe der Uni. Mir war alles egal, ich rief ihn an, schilderte mein Problem und dass ich den Rat eines Fachmannes brauchte. Dieser liebe Mensch hörte mir zu, ohne mich zu kennen, erklärte sich zu einem Treffen bereit – er musste wohl bemerkt haben, wie beschissen es mir ging. Ein Privatmann, Dozent oder Assistent an der Uni, kein praktizierender Psychologe – ein bewundernswerter Fall praktischer Nächstenliebe.

Ich durfte ihn zu Hause besuchen, meinen Fall und meine Theorie schildern, der er sogar zustimmte. Es war ein eingehendes Gespräch mit einem sehr sympathischen Menschen, der mir das Gefühl gab, eine psychologisch fundierte Theorie erarbeitet zu haben. Diese Bestätigung, ob ehrlich oder nicht, denke aber schon ehrlich, gab mir enormen Auftrieb – und auch falls nicht ehrlich, war er auf jeden Fall ein sehr guter Psychologe und hatte meine Situation erkannt und entsprechend „therapiert".

Ich war sehr, sehr dankbar, schickte kurz darauf seiner Frau einen dicken Blumenstrauß als kleine Anerkennung, wofür er sich auch herzlich bedankte. Es gibt viele, zu viele Idioten, aber auch tolle Menschen auf dieser Welt!

OK, nun wusste ich, warum Hildegard mich verlassen hatte – Elternhaus, Bindungsängste und was weiß ich, das kriege ich nicht mehr auf die Reihe – aber das änderte die Lage nicht, schuf immerhin eine gewisse „wissenschaftliche" Grundlage. Zu allem Überfluss zog Hildegard bald in eine WG im Nachbarhaus ein – wir sahen uns noch relativ häufig und ich besuchte sie auch hin und wieder. Wir hatten ja keinen Streit, waren immer noch „gute Freunde" …

Einmal mehr zu Besuch bei Hildegard, ich hatte solche Sehnsucht und wir endeten zusammen in ihrem Bett, „petting" … vielleicht hatte sie Mitleid.

Auf dem anschließenden sehr, sehr kurzen Nachhauseweg machte es plötzlich „Paff!" und Hildegard war Vergangenheit! Ein ganz besonderer Moment, den ich auch nie vergessen werde. Ich fühlte mich frei, ungebunden und frisch, wie neugeboren. Wieso? Keine Ahnung, Psychologen an die Front! Wieso war mir auch völlig egal, das Kapitel Hildegard war abgeschlossen.

Wir sahen uns noch hin und wieder, verloren uns dann aus den Augen. Eine schöne und schmerzhafte Erinnerung mit happy end!

Frei und ungebunden, auf zu neuen Taten – auch andere Mütter haben hübsche Töchter, war mir schon immer klar! Das Studium lief so nebenbei, mein Interesse an Formel-1-Autos ließ rapide nach, meinen Eltern unterbreitete ich, dass ich die "Vordiplom Teil A" Prüfung wohl kaum schaffen und mich dann anderweitig orientieren würde, Psychologie vielleicht? Seufz, wenn's sein muss … „aber erst mal gucken". Ein zynischer Professor, später mit seinem eigenen erfolgreichen Ingenieurbüro ein „berühmter" Menschenquäler, meinte, ich könne besser „Beat-Sänger" werden, mit meinem Aussehen, nachdem ich die Prüfung verrissen hatte. Für mich eigentlich ein Kompliment, aber ich wusste wie er es meinte … Hätte ich auch nur ein bisschen singen können, wäre das meine Wahl gewesen.

Fachlich unbestritten eine große Nummer, war dieser „Herr Professor" menschlich ein armer Wicht. Die anderen Prüfungen schaffte ich irgendwie, diese konnte ich nachholen – in Ermangelung einer klaren Alternative machte ich weiter, so nebenbei, bis zum Diplom-Abschluss einige Jahre später, so ziemlich als letzter oder sogar tatsächlich letzter meines Anfangsjahrganges. Mit wahrscheinlich der kürzesten Diplom-Arbeit der Fakultät jemals, etwa 30 Seiten, wenige Minuten vor Abgabeschluss abgegeben und mit Schreibmaschine und Tipp-Ex geschrieben bzw. korrigiert, wie zu der Zeit üblich.

Ich wies nach, dass die gestellte Aufgabe nicht lösbar war – Note „Gut"! Vielleicht ist tatsächlich ein guter Ingenieur an mir verloren gegangen, aber das war so langweilig und hätte mich nie zufriedengestellt.[*]

Ich greife vor, zurück zu schönen Töchtern, viel interessanter! Uni-Feten, immer die große Brautschau, vor allem im Winter und zur Karnevalszeit, ohne Karneval, diesen Blödsinn brauchten wir in Bochum nicht. Rumlaufen, gucken, Frauen suchen – da vorne, die süße Maus kenne ich doch irgendwie! Monate vorher hatte ich mal bei irgendeiner Gelegenheit in einem Studentenwohnheim flüchtig eine Schülerband kennengelernt, die dort ihre Proben abhielt, eine junge Mitschülerin im Schlepptau.

Da waren diese Jungs, oder einer oder zwei von ihnen, und diese ... junge Frau, Mädchen waren ja passé. „Hey, kennen wir uns nicht?" „Ehhm, ach ja ...!" Wir tanzten, ich brachte sie mit meinem flotten Käfer nach Hause, nach Essen, andere Richtung als Dortmund.

Uta war ein süßer Fratz, „Sweet little Sixteen" (einmal mehr), lustige Frohnatur, burschikos, knackige Figur. Sie hatte keine sehr langen Haare, war vielleicht nicht auf den ersten Blick knallhübsch wie früher Jean, Audrey oder Hildegard - aber doch sehr hübsch und niedlich, attraktiv und knuddelig. Zack – Uta war mein Stern der Stunde, ein süßer Teeny, ich gut vier, fünf Jahre älter, na und? Es funkte sofort zwischen uns.

Ich holte sie oft von der Waldorfschule in Bochum ab, auf die sie ging, ihre Eltern mochten mich, der kleinere Bruder auch, soweit ich mich erinnere. Ich blieb oft dort zum Abend-

---

[*] Mein zweitältester Sohn ist mit Bestnoten sozusagen in meine nie betretenen Fußstapfen getreten – Ingenieur für Fahrzeugelektronik! Macht ihm Spaß und er verdient gutes Geld – klasse! Jeder tut das, was er tun muss, um glücklich und zufrieden zu sein – insofern ist er voll in meine Fußstapfen getreten. Mein ältester Sohn ebenso, auf seine (etwas andere) Weise – so gesehen sind mir beide gefolgt. Die beiden anderen (Tochter und Sohn) brauchen noch etwas, sind aber auf gutem Wege ...

essen, nachdem wir die Nachmittage, falls nicht sonst wo, meist im Bett verbrachten, ohne „richtig" miteinander zu schlafen, uns aber ansonsten gut vergnügten.

Leberwurstbrote mit Gürkchen – nicht nur das ist auf immer und ewig mit Uta verbunden, heutzutage außerdem mit scharfem Senf darauf. Herrlich, wenn ich sie nach Hause brachte und gleich in netter Familienrunde mit „Abendbrot" essen durfte. Nicht, dass ich bei jedem Leberwurstbrot mit Gürkchen, Cornichons heißen die jetzt, an Uta denke, dafür lebe ich zu sehr in der Gegenwart. Aber beim Kramen in Erinnerungen tauchen solche Verbindungen natürlich wieder auf, denn die Leberwurst/Gurken Combo kannte ich bis dato nicht. Das war 1971, wie ich anhand alter Fotos eruieren konnte. Das „Uta-Jahr", naja, immerhin circa auch ein halbes ...

Wie ich später mal erfuhr, hat es Uta nach England verschlagen und sie hat dort geheiratet. Ich hoffe und wünsche ihr, dass sie dort glücklich geworden ist.

Auf Waldorfschulen ist manches anders, also durfte ich auch in den Sommerferien mit Uta und Klassenkameraden/innen und Lehrer natürlich mit in die Schweizer Alpen, nachdem ich mich beim deutschen Alpenverein angemeldet hatte. Der Lehrer war OK oder sogar ganz nett, meine ich, einmal gab's eine kleinere Meinungsverschiedenheit, falls ich mich recht entsinne. Insgesamt prima und was Neues für mich. In der Hütte in den Bergen durfte ich auch mal meine Kochkünste an der ganzen Truppe (ca. 15 Leute ...?) ausprobieren, zur allgemeinen Freude, und das Klettern mit Seil an der Steilwand, wenn auch nur vielleicht 10 m hoch oder so, hat Spaß gemacht, hätte ich nicht gedacht.

Die Wanderung über den Piz Buin Gletscher, in Seilkolonne und mit manchem dank Seil ungefährlichem Ausrutscher war auch ein spannendes Erlebnis. Die Berge haben schon was, auch wenn ich sowas nie mehr wiederholt habe und grundsätzlich heiße Tropenstrände bevorzuge, möglichst im Schatten und/oder Wasser.

Die Hinfahrt in meinem Käfer war ein ganz besonderes Erlebnis. Morgens etwa um 5:00, Autobahn A 3 irgendwo zwischen Köln und Frankfurt. Uta, ihr Bruder (ca. 13 Jahre alt), eine Freundin von ihr und ich als Fahrer. Der Käfer voll bepackt, soweit das mit vier Leuten bei einem Käfer noch möglich war. Auch vorne unter der „Motorhaube" ... ach nee, der Motor war ja hinten.

Mit satten 110 bis 120 km/h rasten wir über die fast leere Autobahn, als es auf einmal einen lauten Knall gab, gefolgt von einem lauten Dauergeräusch und der Wagen hinten irgendwie niedriger wurde. Im Rückspiegel war ein 2 bis 3 Meter großer, prächtiger Funkenbogen zu sehen, Silvester war doch schon lange vorbei! Sofort Gang raus, voll auf die Bremse – geschmolzene Butter war dagegen steinhart. Nix Bremse ... das Auto wurde trotzdem allmählich langsamer, auf dem Standstreifen kamen wir zum Stehen. Durchatmen – alle da, alles klar, mal aussteigen und nachsehen.

Huch, das linke Hinterrad war nicht mehr da! Der Radteller und auch die nebenliegende Stoßdämpferhalterung waren auf etwa dreiviertel teilweise sauber abgeschliffen, das war der hübsche Funkenbogen! Aber wo war das Rad? Utas Bruder lief zurück und fand es einige hundert Meter zurück im Gras neben dem Standstreifen, schleppte es an, sogar noch komplett mit Radkappe. Darinnen die große Radmutter, die das Rad auf der Achse hätte halten sollen, aber ohne den Sicherungssplint!

Kurz vor dem Urlaub hatte ich die hinteren Bremsbeläge in Heinz' Werkstatt erneuern lassen. Heinz war „'n tofften Typ" (toffte = cool, oder klasse usw.), um die 40 Jahre alt, schätze ich, Bart, ständig 'ne Kippe zwischen den Lippen oder in der Hand. In seiner Hinterhofwerkstatt durften wir Studenten nach Herzenslust an unseren Karren rumschrauben, wenn Platz war. Platz war knapp, aber meistens trotzdem irgendwo in einer Ecke, und sei's im Regen auf dem Hof. Rat und Tat und Werkzeug waren kostenlos, auch mal 'ne Kippe – Letztere in beide Richtungen. Und wenn ... für relativ kleines Geld wurden Reparaturen natürlich auch kostenpflichtig ausgeführt, Cash Kralle, wie man so sagte. Heinz war ein erstklassiger und liebenswerter Fachmann, keine Frage. Vielleicht mal etwas rau, selten, aber das Herz auf dem rechten Fleck, typisch Kohlenpott! „Ey, hasse ma 'ne Fluppe?" „Jau, hier!"

Meine Bremsbeläge hatten seine Lehrlinge erneuert, da traute ich mich nicht ran oder hatte keine Lust oder Zeit dazu gehabt.

Heinz war aber nicht an der Autobahn. Also Abschleppdienst, Reparatur, ein oder zwei Tage Aufenthalt, Heinz angerufen – er hat nach der Rückkehr alle Kosten anstandslos ersetzt, mit großem Bedauern. Bedauern für unseren zum Glück „harmlosen" (sage ich jetzt) Unfall mit allen Unannehmlichkeiten und Bedauern für die Kosten, die er anstandslos ersetzte – ein toffter Typ, sagte ich schon.

Den treuen Käfer zerdepperte ich später mal an einer Straßenlaterne, die daraufhin einen ziemlich geknickten Eindruck machte. Lange Kurve, Regen, vielleicht etwas zu ... schnell, mein Kumpel in seinem Käfer war vor mir, das konnte ich nicht dulden. Schwein gehabt, außer kaputtem Auto und kaputter Laterne nix passiert – das hätte auch ganz anders enden können, ohne diese Zeilen ...

Von oben auf der Hühnerleiter zurück zum Boden, zu Uta. Urlaub vorbei, alles gut und schön, und irgendwann war's auch mit uns vorbei. Ein Klassenkamerad hatte ihr Herz erobert und mich verdrängt – welche Schmach und welcher Schmerz! Heulen und Zähneknirschen – wieder allein, wieder ohne „Frau"!

Ein Scheißgefühl, wenn auch nicht ganz so tiefgreifend wie zuvor bei Hildegard. Ich lernte langsam, dass es nicht nur „die eine" Frau im Leben gibt, sondern vielleicht „One in a Million", wie Journey einige Jahre später sangen. Millionen gab es ja einige, also war noch nicht aller Tage Abend. Trotzdem war erst mal wieder Hängen im Schacht angesagt ...

Uta verblasste langsam (nicht sie natürlich, sondern ihre Spuren in meinem Herz und Hirn), Betonung auf langsam. Aus meinem Zimmer im vierten Stock konnte ich schräg gegenüber auf dem Balkon manchmal ihre nicht unhübsche Schulfreundin sehen, was mich aber auch nicht weiterbrachte. Über das ganze Fenster hatte ich irgendwann mal in Riesenbuchstaben und psychedelischen Formen und Farben das Wort „LOVE" gemalt, im Stil des Yellow Submarine Beatles-Zeichentrickfilms von Heinz Edelmann. Toller Film! Mein schönes, buntes Fenster gefiel mir und auch anderen zwar gut, das half mir aber auch nicht aus der Patsche.

Drogen vielleicht? Die gab's an jeder Ecke, waren allüberall zu haben und gegenwärtig, von mir immer kritisch und abwehrend beäugt. Seit etwa dem sechzehnten Lebensjahr war (und ist) die „Volksdroge Nummer 1", Alkohol, zwar ständiger Begleiter, aber in Maßen, manchmal Unmaßen, meist in Form von Bier, selten auch härteren Sachen. Zu Studentenzeiten war eine Zeitlang billiger Lambruscowein aus dem Supermarkt „in", die 2-Literflasche für 2,50 D-Mark, in etwa. Gar nicht schlecht, aber auf Dauer auch nicht so toll.

Joints waren häufig anzutreffen, ich liebte den Haschischgeruch, der vor allem bei vielen großen und kleinen Rockkonzerten durch die Luft waberte – aber selbst ein paar Mal probiert, brachten die mir irgendwie nix; ein Glas bzw. 'ne Flasche Bier, oder ein paar mehr, und schmackhafte selbstgedrehte Zigaretten, mit Filter natürlich, waren besser. Es gab damals diese schönen (Achtung, Schleichwerbung!) Gizeh Zigarettenpapierpäckchen mit den herrlich bunten Oldtimer-Abbildungen*. Die hatte ich ringsum in meiner Studentenbude als „Leiste" an die Wand geheftet, über Eck und mindestens drei bis vier Meter lang, alle verschieden. Darüber und darunter, soweit Platz vorhanden war, Poster dieser und jener Art, Hieronymus Bosch (grandios!), Beatles, auch ein, zwei nette nackte Mädels natürlich (arme Wesen, die nichts anzuziehen haben – Armut ist ein großes Problem, vor allem bei hübschen, gut gewachsenen jungen Frauen), Postkarten, u. a. Audrey's Weihnachtsgrüße, s. o.

Wir waren bei Drogen. LSD – Thema der Zeit, Hippies, Flower-Power, immer noch, Bewusstseinserweiterung ... man hörte von Horrortrips und tollen Trips, verlockend. Soll ich, soll ich nicht? Ein guter Freund aus dem Nachbarhaus, auch Maschinenbaustudent und Kommilitone, war ebenfalls neugierig – also wagen wir's mal. Dessen hübsche Teenyschwester, irgendwann mal kurz kennengelernt, war übrigens auch mehr als ein paar sündige Gedanken wert, aber zu jung, vierzehn oder fünfzehn Jahre alt, meine ich, wirkte jedoch um einiges „reifer". Ich glaubte sogar, ihrerseits auch eine gewisse Sympa-

---

* Die heutzutage (2016) üblichen, neuen Sammelbildchen sind nicht so toll, lohnen nicht – wer sammelt schon Bilder aus'm OP? Also was die sich dabei gedacht haben ....ts, ts. Es gibt doch nur einen Weg zur Lunge, und der muss geteert werden, haha! Nicht hust, hust, dann würde ich aufhören (sowieso nur mäßig) zu teeren.

thie zu erkennen – aber egal, zu jung, zu weit weg, im nördlichen Münsterland, aus den Augen, aus dem Sinn. Viele, viele Jahre später, als dieser Kommilitone, ein weiterer und ich unsere gemeinsamen „120 Jahre" groß feierten (wir wurden alle drei innerhalb von 4 Wochen 40 Jahre alt) traf ich sie als etwas biedere, aber immer noch attraktive Frau wieder. Ohne jegliche Hintergedanken meinerseits, auch dann nicht, wenn ich geahnt hätte, dass meine damalige Ehe da schon auf der Kippe stand, im Prinzip schon heruntergerutscht war.

Zurück zum „Stoff", Sicherheit geht vor - typisch Ingenieur. Mein neuer Theologiefreund erklärte sich bereit aufzupassen, damit wir (in meinem Zimmer im 4. Stock!) nicht möglicherweise auf die Idee kämen, wir könnten wie die Vöglein fliegen und aus dem Fenster springen.

Also aus „zuverlässiger Quelle" 'n Trip gekauft, nur 'ne halbe Tablette für jeden, Vorsicht! Und ab ging die Reise!

Erst mal passiert gar nichts, mal 'ne Schallplatte auflegen, mein Kumpel sieht irgendwie komisch aus, wie er da so sitzt. Da bewegt sich doch was – die Vorhänge, Gardinen kommen ins Schwanken und schweben durch den Raum …

Es gibt (nicht nur diese) vier sehr berühmte Porträts der Beatles, realistische Fotos surreal und psychedelisch verfremdet, genial! Ringo mit Taube auf der Hand und vielen Blautönen, George mit grünen und orangefarbenen Elementen verändert, seine offene Hand mit einem Auge verziert, Paul mit Blumen und türkisfarbenen, violetten und gelblichen Tönen und John knallrot, gelb und lila und Spiralenmuster in den Gläsern seiner berühmten, großen runden Brille. Natürlich hingen diese wundervollen Bilder an meiner Wand, wenn auch nur im DIN-A4 Format.

Die Spiralen aus Johns Brille waberten durch und durchströmten den ganzen Raum, ebenfalls viele Strukturen aus Hieronymus Boschs Bildern, die an meinen Wänden hingen. Die Formen standen dreidimensional im Raum, bewegten sich durch diesen – angenehm, überraschend, toll! Ich wusste zwar irgendwie noch „ich bin auf'm Trip, das gibt's eigentlich gar nicht", es war aber doch wunderbar, überwältigend und eigentlich mit schnöden Worten nicht zu beschreiben, unbeschreiblich schön und fantastisch!

Mein Kumpel saß nur da, guckte entrückt in der Gegend herum und betastete dauernd seine Arme – weil er dachte, die seien aus Glas, wie er mir später sagte, ohne aber dabei Angst zu empfinden. Mein Aufpasser-Freund schaute ab und zu vorbei, niemand wollte aus dem Fenster springen und wir erkundeten nur unsere neue Fantasiewelt, die uns um- und einhüllte.

Das Tollste aber war Folgendes: Die Musik, die wir hörten, bzw. bestimmte Töne – Hendrix' Gitarrensoli vor allem – konnte ich beliebig oft im Kopf wiederholen, weil ich sie so toll fand (wie auch sowieso im wirklichen Leben), ohne dass ich die weiterlaufende Musik verpasste! Ich konnte die Zeit anhalten wie ich wollte und beliebig wiederholen, ohne die laufende Zeit zu überspringen, die war sozusagen auf Abruf immer bereit! Wenn ich nur diese Wirkung ohne Nebeneffekte verewigen könnte …

Nach und nach verblassten die tollen Eindrücke und zurück blieb das herrliche Gefühl einer Reise in unbekannte, normalerweise unerreichbare und überwältigend schöne Dimensionen. Meine alte Schulfreundin „Oma" erzählte mir später mal von einem Horrortrip, bei dem sie auf einer endlosen, grauen und konturlosen Ebene war, zeitlich und räumlich ohne Anfang, ohne Ende, kein Entrinnen … fürchterlich! Jemandem, der als Besucher in unserer WG einmal während eines Trips ständig in seine offene Hand schaute, ließ ich nur so aus Jux ein rotes Gummiband in die Hand fallen, das gerade irgendwo herumlag. Er schrie auf und rannte wie verrückt herum, hatte „gedacht", dass seine Hand aufplatzt und Blut daraus spritzt!

Um keine falschen Gedanken aufkommen zu lassen – unsere WG war keine „Drogenhöhle", weit davon entfernt. Gesoffen wurde zeitweise reichlich, auch gekifft, je nach teilweise wechselnder Belegschaft und Besuchern, aber harte Drogen waren prinzipiell tabu, LSD tauchte mal am Rande auf, wie bei unserem Feldversuch oder, selten, irgendeinem Besucher. Der „harte Kern", zu dem ich gehörte und auch die meisten anderen, wechselnden Mitbewohner waren „sauber" – von Bier, Lambrusco und dem einen oder anderen Schnaps abgesehen, mal mehr, mal weniger, aber nie wirklich exzessiv. Ich hatte und habe zum Teil immer noch gute Kontakte zu vielen Leuten und kenne zum Glück niemanden, der abgerutscht ist – im Gegenteil, kenne ich und bin gut befreundet mit einem Ex-Alkoholiker (aus etwas späterer Zeit und nicht aus dieser WG), der in bewundernswerter Weise die Kurve gekriegt hat.

Das war auf jeden Fall ein Supertrip und es stellte sich bald die Frage, ob ich dieses herrliche Erlebnis nicht noch mal wiederholen sollte und wollte, es war doch so schön gewesen! Vielleicht nur noch ein Mal ... und dann noch ein Mal ... und ... NEIN! Es war eine grandiose, einmalige Erfahrung, die ich nicht missen möchte, aber ich war mir auch der Gefahren bewusst und wollte nicht im Drogensumpf versinken. In Abwandlung des berühmten Spruches hieß und heißt meine Devise „Sex, no Drugs, and Rock 'n' Roll!" Meine Droge ist die Musik, bis ins Alter, mit dem Sex lässt das dann so langsam nach (früher für unmöglich gehalten!) – das Bedürfnis nach Nähe und Zärtlichkeit bleibt und Wohl denjenigen beiderlei Geschlechts, die eine/n so tolle/n Partner/in haben wie ich.

Noch was zum Thema Saufen - habe ich exzessiv nie getan, in dem Sinne, von zum Glück sehr seltenen Ausrutschern abgesehen. Die ersten Bierchen zu Schülerzeiten gab's noch in den 0,2-Liter-Fingerhüten, reichte auch erst mal, eins nach dem anderen. Ein paar Mal war es nicht nur mir nach dem Kneipenbesuch schlecht, auch andere wankten und mussten schon mal kotzen, insgesamt selten. Ein neuer, dicker Lehrer kam an unser Gymnasium, Glatze, feuchte Aussprache (die Kombination kannte ich noch von der Volksschule), Latein, Geschichte, soweit ich mich entsinne. Wir, d. h., meine Klasse, hatten nie bei ihm Unterricht und man munkelte, dass er schon mal Rektor gewesen war ... Er kam nach einiger Zeit gerne in unsere Stammkneipe und schmiss die Runden, konnte richtig fuchtig werden, wenn man nicht schnell genug austrank. Da wurde manches noch mehr oder weniger volle Glas heimlich unter der Jacke oder sonst wo versteckt, „ich muss mal gerade" und dann auf der Toilette ausgekippt. Unbemerkt auf den Tisch zurückgestellt, „Herr ..., schon wieder leer, nächste Runde!" Das freute ihn, und er war öfter in der Schule mit fliegender Fahne anzutreffen, Frauen mochte er nicht so ... Wie man hörte, lud er schon mal Schüler (nicht –innen) zu sich nach Hause ein, ich kenne niemanden, der dort war. Er war irgendwie gar nicht mal unsympathisch, hatte auch gerne Spaß und erzählte Witze, andererseits auch etwas eklig. Ausgerechnet mein asketischer Vater freundete sich später gut mit ihm an – habe ich nie verstanden und wer Böses dabei denkt, liegt völlig daneben. Ich möchte auch niemanden diffamieren oder beschuldigen aufgrund irgendwelcher Gerüchte. Das einzige Gerücht, das kein solches war, war, dass er ein Säufer war. (Reim!)

Schnitt – erstes Semester, ein paar Wochen erst in Bochum und der neuen WG. Ein paar Kommilitonen, praktischerweise aus meiner WG und andern in diesem Hause, und ich gingen in eine nahe gelegene Kneipe, um gemeinsam ein paar Aufgaben zu lösen, Mathe und andere Fachgebiete, der Schulkinderkram war hinter uns. Die Köpfe rauchten (Zigaretten auch) und wollten gekühlt werden, ein Rentnergedeck (Pils + Korn) nach dem anderen, obwohl ich Schnaps gar nicht so gerne trinke. Scheißaufgaben, die entzogen sich unserem Zugriff ... und irgendwann ging's irgendwie nach Hause, ein paar hundert Meter nur, überwiegend auf allen Vieren durch den Matsch gekrochen. Als ich am nächsten Tag aufwachte, hundeelend, lag ich in meinem Bett ohne zu wissen, wie ich dort hingekommen war. Ein lieber Wohnungsgenosse, der auch mit von der Partie war, hatte mich vor dem Fahrstuhl aufgesammelt, vor dem ich bewusstlos liegen geblieben war, hatte auch später dort meine Kotzerei aufgewischt. Ein toller, sehr liebenswerter Kerl, wir hatten und haben auch immer noch Kontakt, hin und wieder.

Seine später geerbte, mittelständische Maschinenbaufirma hat er leider nicht nur ein Mal an die Wand gefahren, er war und ist nach eigenem Bekunden ein „guter (nach meinem Bekunden hervorragender) Ingenieur, aber schlechter Geschäftsmann". Kommt mir irgendwie bekannt vor, Ingenieur durch Musikexperten ersetzt, dazu kommen wir später. Aber er hat sich immer wieder durchgewurstelt und seine Firma gibt es immer noch, unter geringfügig verändertem Namen und auf etwas kleinerer Flamme kochend. Das freut mich sehr, und wenn es einer verdient hat, dann er. Er hat mir tolle Geschichten erzählt, was seine Firma angeht und, wenn auch anfänglich gar nicht mal so „auf meiner Linie", merkte ich schon damals bald, dass unter der teilweise etwas rauen, auch äußerlich eher robusten Schale ein herzensguter Kern steckte und steckt. Schön, solche Menschen in seinem Leben zu treffen.

Schnitt – einige Jahre später, der „Rub-Pub" war die angesagte Kneipe, neben der alten Mensa und von unserer WG nur etwa 2 km entfernt, höchstens. Eines Abends, gar kein besonderer, wurde es spät und später, wieso weiß ich nicht mehr, vielleicht Frauenfrust oder einfach nur so, und gegen 4 oder 5 Uhr morgens wankte ich aus dem Laden, war irgendwie versackt. Vielleicht hatte ich später noch in die Stadt fahren wollen, auf jeden Fall war ich nicht dorthin gelaufen, sondern mit meinem Käfer dorthin hingefahren. Ich glaube, das war der blaue (Mistkarre!), den ich zwischen dem schönen grünen und dem noch schöneren gelben Cabrio hatte. Ich wankte und schwankte, aber fiel auch gleich wieder um. Hmm, und jetzt? Nach Hause laufen ging nicht, weil ich immer wieder umfiel, auf allen Vieren wie damals – dafür war es zu weit. Mit dem Auto fahren konnte ich auch nicht ... oder? Mal überlegen, soweit möglich, das ging vielleicht noch halbwegs. Laufen konnte ich nicht, einfach liegen bleiben wollte ich nicht – also musste ich fahren. Wenn ich sitze und mich am Lenkrad festhalte, kann ich wenigstens nicht umkippen, das spricht dafür. Aber ich bin sternhagelvoll und kann sicher nicht gut Auto fahren, das spricht dagegen. Und die Bullen ... liegen sicher schon lange im Bett. Also – ins Auto gekrochen, fester Vorsatz: nur 1. Gang, das müsste klappen! Mit vier, fünf Stundenkilometern oder so bin ich unfallfrei nach Hause gezuckelt, mir immer wieder vorredend „du bist stinkenblau, gaaaanz langsam fahren, nicht hochschalten, voooorsichtig". Das war vor vielen Jahrzehnten mein letzter völliger (fast) Filmriss, und völlig bekloppt. Sich zu besaufen ist einfach ekelhaft!

Ich habe den teuflischen Freund Alkohol gut im Griff, oder er mich, wie manche meinen. Nein, hat er nicht. Tagsüber ... bääh! Auch nicht auf Fahrten zu Auswärtsspielen des VfL, wenn die Kumpel sich schon mal einen zischen. Im Stadion sowieso nicht, der Ekel vor den Toiletten ist zu groß (mein Durchlauferhitzer funktioniert sehr schnell und gut). Abends gebe ich mir meist Mühe, die deutsche Brauindustrie nach Kräften zu unterstützen, aber weit von Filmrissen entfernt. Die stetige Übersetzungsarbeit verbraucht Energie, genau die liefert der Alkohol, und das bisschen was ich esse kann ich auch trinken – und habe deshalb auch keine „Bierwampe", die auch nicht vom Bier kommt sondern davon, dass die Leute zu viel fressen. Das ist die Wahrheit!

Bier ist ein gutes, gesundes Nahrungsmittel! Zu Weihnachten mal 'ne Flasche guten Whisky – in kleinen Portionen genossen, nicht zum „Saufen", dafür ist dieser Göttertropfen viel zu schade. Und ab und zu mal ein Lockstedter (Schleichwerbung), vor vielen Jahren mal bei einem Freund kennengelernt. Ein Ingwerlikör, der auch richtig schön scharf ist; wunderbar, wenn die Röhre von oben nach unten abfackelt und der Schmerz dann langsam nachlässt. Zumindest damals, seitdem bin ich so angeschärft, dass … er immer noch schön scharf ist, wenn auch nicht gerade höllisch. Meine Suche danach, auch im Internet, war lange erfolglos, bis mir bei einem Klassentreffen vor einigen Jahren mein hochgeschätzter und lieber alter Klassenlehrer (s. o.) den Tipp gab, als irgendwie die Rede darauf kam, doch mal bei facebook in die Runde zu fragen. Auf die Idee hätte ich auch selbst kommen können, war ich aber nicht! Treffer!

Wieder meine Zwischenwarnung: „Von Höcksken auf Stöcksken", in diesem Falle Zigaretten als Stöcksken, das passt sogar. Saufen, nein, aber trinken und rauchen gehören auch irgendwie zusammen. Für die Tabakindustrie bin ich keine so gute Stütze wie für die Brauindustrie; die paar Selbstgedrehten, mit Maschinchen und Filter, machen nicht viel her. Seit etwa dem achtzehnten Lebensjahr war bzw. bin ich den Glimmstängeln mehr oder minder regelmäßig, zeitweise heftig zugeneigt, mit zwei Mal vier Jahren Pause, jeweils von jetzt auf gleich aufgehört. Das geht ganz einfach, wenn man es will. Wollte ich, und wenn es Stress mit Frauen gab, wollte ich wieder anfangen, schwacher Ersatz zwar, aber immerhin. Ich habe mir immer den Idealzustand gewünscht, nicht rauchen zu „müssen", und genau den habe ich seit vielen Jahren erreicht. Ich bin ein Genussraucher, etwa fünf Kippen oder sechs am Tag, im

Schnitt. In der Wohnung sowieso nicht, das stinkt, sage sogar ich als Raucher und mein bestes aller Eheweiber würde mir gehörig die Leviten lesen, mindestens.

Manchmal nur zwei oder drei am Tag, im Stadion beim VfL auch schon mal zehn Stück in 90 Minuten, wenn die Jungs es mal wieder nicht so auf die Kette kriegen – aber auch, wenn sie die Kette besonders gut spannen, auch das kommt vor. Im Winter, wenn ich mal nicht raus gehe, gibt es Tage ganz ohne, im leider viel zu seltenen Urlaub auf den Philippinen erfreuen mich die enorm billigen und leckeren Mentholzigaretten (nur dort rauche ich gekauftes und vor allem Mentholzeugs, das erfrischt in der Tropenhitze so herrlich) leicht schon mal mit dreißig oder vierzig Stück am Tag. Generell, wie gesagt, sehr in Maßen, und ich finde es ganz erbärmlich, so etwas in Kneipen und immer mehr in der Öffentlichkeit zu verbieten. „Raucherzonen" auf'm zugigen Bahnsteig, wie albern! Und soll doch jeder Wirt selbst entscheiden, ob er eine Raucherkneipe führen will oder nicht und jeder Gast, ob er in eine Raucherkneipe gehen will oder nicht, dieses diktatorische Generalverbot spricht jeder demokratischen Grundgesinnung hohn. Bei Umfragen haben laut Zeitung erstaunlich viele Nichtraucher gesagt, dass sie gerne in eine Kneipe gehen, in der geraucht wird, weil das einfach zur Atmosphäre gehört. Eine autoritäre Zwangsmaßnahme, genau wie diese vermaledeite Rundfunkgebühr. Warum soll man für etwas zahlen, das man nicht nutzt? Jeder Bundesbürger muss dieses Buch kaufen, auch wenn er es gar nicht lesen will, oder mir eine gewisse Gebühr zahlen dafür, dass er es ja immerhin kaufen könnte – über solche Maßnahmen würde ich glatt noch mit mir verhandeln lassen, ganz oben auf der Hühnerleiter.

Genug von elender Undemokratie, flüssigen und gasförmigen Drogen und endlich zurück zur anderen, real dreidimensionalen Droge – Frauen! Zu damaliger Zeit ließ der Sex absolut nicht nach, im Gegenteil. Ich weiß nicht, ob ich alle mehr oder weniger interessanten Frauen, bei denen ich nicht landen konnte, in die richtige Reihenfolge kriege (muss auch nicht sein), zwischen all den Jahren und den Frauen, die mir wirklich wichtig waren und die hier auch näher im Fokus stehen.

Eine Maria mit seidenglatten, langen blonden Haaren, meist ziemlich bunten Hippieklamotten, willkommen linker Gesinnung und einem engelsgleichen Gesicht (Studienkollegin meines hendrix-rotmähnigen WG-Genossen), schon fast zu perfekt hübsch, war immer irgendwie einen Gedanken wert (oder mehrere), aber auch nicht wirklich, komisch, keine echten Avancen meinerseits trotz zeitweilig heimlicher Bewunderung. Dann war da mal eine Gabi, auch Studentin, hellrote Haare, sommersprossig, hübsches Gesicht (natürlich!) und sehr attraktiv (wer gut mitgelesen hat, dem wird das bekannt vorkommen), auch mit dieser süßen kleinen „Hasenlücke" zwischen den beiden oberen Schneidezähnen, wie die Bardot, wir freundeten uns an, aber mehr lief da nicht. Karin – klein und zierlich, kurze schwarze Haare, irgendwie etwas ausgeflippt, mein Freund Charlie hatte sie irgendwo aufgetan, ohne zum Ziel zu kommen, ebenso wenig wie ich - wir freundeten uns an, aber mehr lief da nicht. Maria (eine andere), Studentin, „Schönheit vom Lande" sage ich mal, etwas spröde, aber auch sehr attraktiv – sie widerstand allen Bemühungen, nicht nur meinerseits, über mehrere Jahre, die ich als ihr „platonischer" Freund verfolgen konnte. Einmal haben wir uns geküsst, das war sogar recht enttäuschend, fand ich. Wir verloren uns aus den Augen, trafen uns nach Jahren mal wieder, kamen auch da prima miteinander klar, als Freunde, aber mehr lief da nicht.

Egal – allesamt sehr nette, hübsche Frauen, denen ich nicht nachweine, aber an die ich mich gerne erinnere und von denen ich hoffe und es ihnen wünsche, dass sie ihr Lebensglück gefunden haben.

Auch Beate, Studentin aus Dortmund mit sehr aus- und einladendem Oberteil; ein paar Wochen kamen wir uns näher, ich vor allem auch dem Oberteil. Schluss, aus, kein Problem.

Ein besonderer Fall war Brigitte, eher klein, kurze brünette oder rötlich gefärbte Haare; dass sie sehr hübsch und attraktiv war, muss ich nicht extra erwähnen. Ihr umwerfendes Lächeln mit Grübchen ließ jedes Männerherz aufflammen. Sie war sehr linkspolitisch engagiert, aber auch „down to earth" – und hatte immer ihren Freund dabei, auch sehr linkspolitisch orientiert, und auch „down to earth". Außerdem wohnten sie zusammen, und wenn ich gemein wäre, würde ich einmal mehr das Sprichwort bemühen, dass die hübschesten Frauen ...

Lassen wir das, er war auch sehr nett und lieb, wir freundeten uns an und irgendwann brachte ich es sogar mal fertig, ihr meine „große Liebe" zu gestehen, ich meine sogar zu Zeiten meiner damals wirklich großen Liebe Andrea. Das blieb ohne Konsequenzen in jeglicher Hinsicht, vertiefte vielleicht sogar noch ein bisschen die Freundschaft, und auch als sie und ihr Freund sich Jahre später trennten, aber erst mal noch weiter zusammenwohnten, änderte sich nichts. Brigitte und ich machten sogar später mal gemeinsam Urlaub, schliefen im selben Bett – als Freunde, kein Sex, ihr Herz hing zu der Zeit ganz woanders und meins auch, also gar kein Problem (hätte ich mir vorher nicht vorstellen können). Soweit ich weiß, hat sie ihr Glück in Frankreich gefunden, ich wünsche es ihr von Herzen.

1972 („Willy wählen" prangte auch an meinem Auto, die reaktionären Kräfte mussten gestoppt werden) sollte sich als ein ganz besonderes Jahr entpuppen, wenn man schon den endlosen Zeitablauf des Universums in solch kleine Abschnitte unterteilen will, damit wir unwissenden Wesen uns im Strom der Zeit etwas besser orientieren können. Und diese Zeitrechnung gilt ja auch nur im „westlichen" Teil dieser kleinen Welt.

Im Frühjahr starb meine geliebte und verehrte Mutter[*], mit niemandem habe ich mich öfter und lieber gestritten, von wollenen Unterhosen über lange Haare (darüber allerdings eher mit meinem Vater), Jeans, die ich nicht haben durfte, obwohl alle anderen die hatten, Schuhe, die ich nicht anziehen wollte, aber sollte, später Kirchenaustritt usw. usw. – und niemanden liebte ich mehr auf dieser Welt, wobei man natürlich „Liebe" und „Liebe" unterscheiden muss. Meine Mutter hatte ihre Familie liebevoll im Griff, hat sich dafür von morgens bis abends abgerackert. „Mutti, Mutti, der Vati schmiert sich selbst ein Butterbrot, darf der das?"

Ein damals zukünftiger Schwager amüsierte sich, zu Recht, dass ich als etwa 15- oder 16-Jähriger durchs Haus rief „Mutti, wo ist meine frische Unterhose?"

---

[*] Ihr Todestag ist der 22.04. – wer (halbwegs) aufmerksam mitgelesen hat, dem wird das vielleicht auch etwas ... unheimlich vorkommen.

Zu meiner Ehrenrettung muss ich sagen, dass ich auch nie einen eigenen Kleiderschrank hatte, im Gegensatz zu meinen älteren Geschwistern, denn meine Klamotten waren hier und da verteilt. Im Gegensatz zu meinen Geschwistern hatte ich aber auch manche Privilegien, oder nahm sie mir einfach – ausgleichende Gerechtigkeit, ich will mich nicht beschweren.

Seit ich denken konnte, klagte meine Mutter über Schwindelgefühle, mal mehr, mal weniger, tageweise ging es ihr richtig schlecht. Von einem Arzt zum anderen, Untersuchungen hier und dort, diese und jene Tabletten – alles erfolglos. Als noch angehender (!) Augenarzt verwies mein Bruder sie nach einem gründlich untersuchenden Blick in ihre Augen an einen Gehirnspezialisten in Bochum, ausgerechnet – dort lebte und studierte ich ja inzwischen, Letzteres so nebenbei. Mein Bruder wurde ein sehr guter Augenarzt.

Unsere Mutter wurde operiert – Gehirntumor. Im Knappschaftskrankenhaus, damals ein kleines, zweistöckiges Backsteingebäude – heute riesige, dreizehnstöckige, landesweit renommierte Universitätsklinik (die ich Jahrzehnte später, nach erfolgreicher Leisten-OP und nur einem Tag, lebend verließ, im eigenen Auto, trotz „Verbot", selbst zu fahren. Unser Sohn – mein jüngster – wurde dort geboren.).

Operation gut verlaufen, Patientin nach drei Tagen tot. Ich kann und will niemandem einen Vorwurf machen, die medizinischen Möglichkeiten waren damals anders als heute und sowas entzieht sich auch völlig meinem Urteilsvermögen.

Der große Schock! Die erste richtig vernichtende Begegnung mit Gevatter Tod! Der Tod meines guten Freundes und Klassenkameraden im ersten oder zweiten Volksschuljahr durch Gehirnhautentzündung hatte mich schon enorm mitgenommen und die Parade am toten, aufgebahrten Pastor vorbei nur wenige Jahre später extrem angeekelt und verunsichert – warum mussten Kinder sich eine Leiche anschauen?

Die Welt brach kurz und heftig zusammen – aber ich hatte inzwischen meine eigene Welt aufgebaut und das half, schon bald diesen Schock zu überwinden. Life goes on ... nicht so einfach, wie es sich anhört, aber es ging, irgendwie.

Später in diesem Jahr, Spätsommer, Frühherbst oder so, meine ich. Ein Freund, der selbst kein Auto hatte, „überredete" mich, zu einer Veranstaltung in Essen zu fahren, irgendeine Schule, Aula oder ähnliches, Konzert, Filmvortrag – ich weiß es nicht mehr genau, kleiner Rahmen. OK, hatte ja sonst nix besseres zu tun, warum nicht, dann kann ich mich auch da langweilen.

In einer Pause drehte sich ein „Mädchen" in der Sitzreihe direkt vor uns um und fragte: „Hat mal einer von euch 'ne Zigarette?" Ich bot an, ihr eine zu drehen, hatte sie vorher gar nicht wahrgenommen, und mein Freund rauchte nicht.

OK, also gehen wir irgendwo nach oben oder hinten, da gab es eine Art Kneipe in der man rauchen konnte. Wir unterhielten uns ... sie war groß, schlank, mit langen brünetten Haaren und toller Figur (ich glaube, das merkte ich erst später). Sie trug eine Brille mit großen runden Gläsern („John-Lennon-" oder „Janis-Joplin-like"), Schülerin, sechzehn Jahre alt ... und war verdammt noch mal wunderhübsch, vielleicht zu der Zeit noch eher niedlich zu nennen. Du meine Güte, wer hatte mir diesen Engel beschert? Nicht nur wunderhübsch, sondern auch klug und insgesamt voll auf meiner Linie.

Laber, laber – „vielleicht kann ich dich ja nach Hause bringen?" „Ja, gerne." Mit meinem Freund und ihrer Freundin im Gepäck ging's dann irgendwann los, Endstation im Essener Süden, gutsituierte Gegend, schon wieder Richtung Bochum ... tschüss, schluck, äh – „Können wir uns mal wiedersehen?" brachte ich zum Glück noch heraus.

Andrea wurde mein Lebensstern für die nächsten sechs Jahre; sie war sieben Jahre jünger als ich, na und? Eigentlich hatte sie meinen Freund im heimlichen Visier gehabt, der auch lange Haare aber keinen Bart hatte, geraucht hat sie auch nie, außer an diesem Abend als Vorwand und dann nur ein bisschen mit mir gepafft. Der Vorwand sollte nur dazu dienen, meinen Freund anzusprechen. Aber ich hatte den Vogel abgeschossen - man möge diese schnöde Ausdrucksweise verzeihen! Schon auf dem Rückweg hatte sie sich Sorgen gemacht, was sie tun/sagen sollte, falls ich (ich, denn mein Freund war da schon längst für sie abgeschrieben) nicht „Können wir uns mal wiedersehen?" fragen sollte. Tat ich natürlich – und das erfuhr ich ebenso natürlich erst hinterher, und einmal mehr hatten sich ein Herz und eine Seele gefunden. Meine perfekte Frau, in jeder Beziehung! Sweet little Sixteen (nun zum letzen Male) ... grows up to be a woman.

Eine, nun meine, supersüße Maus, und die Familie nahm mich auch schnell in ihre Mitte auf. Ihr nur etwas älterer Bruder sammelte Singles (17-cm-Schallplatten, nicht Frauen) in Massen, hatte Koffer (im Sinne des Wortes) voll davon, außerdem eine feste Freundin, die schon mit „zur Familie" gehörte, Vorteil für mich (sie wurde seine spätere Ehefrau[*]), erst mal. Die ein wenig jüngere Schwester war nett, aber (sorry, möchte sie nicht beleidigen) nicht annähernd so attraktiv wie ihre Schwester, der um einiges jüngere andere Bruder war auch nett, wenn auch oft nervig, weil er immer dabei sein wollte. Andererseits habe ich aber auch oft gerne mit ihm Tischtennis im großen Keller (er war meist besser) oder Fußball auf dem Rasen hinterm Haus gespielt, er war stolz, einen „großen Freund" zu haben.

Gemeinsame Mittag-/Abendessen, Fernsehabende mit leckeren Bierchen (endlose Quelle, der Vater war ein hohes Tier in einer Brauerei, Vertrieb, Management), eine schöne Zeit mit noch schönerer Tochter.

Bei aller Harmonie und gegenseitigem Wohlwollen gab es natürlich auch Konfliktpotential. Katholisch-konservatives Elternhaus einerseits, mit beachtenswerter Bereitschaft modern und aufgeschlossen zu sein – „junge wilde Tochter" und „Hippie-Revoluzzer" andererseits. Ausgehzeiten, politische Diskussionen, immer fair und sachlich, soweit ich mich erinnere – wenn ich auch meist versuchte, diese zu vermeiden. Einen überzeugten (netten) Kapitalisten kann man nicht zum Kommunisten umbiegen, und umgekehrt auch nicht. Ausgehzeiten, „die Pille" usw. waren eher das Thema, mir und uns als Liebespaar auch weit nähergelegen.

Eines Nachts blieb Andrea dann einfach bei mir, ohne den Eltern Bescheid zu geben. Großes Hallodri am nächsten Tag, Theater – eine Standpauke des Vaters unter vier Augen musste

---

[*] Inzwischen, wie ich 2016 erfuhr, auch geschieden- unglaublich! Wenn ich hätte schwören sollen, welhe Verbindung ewig hält, dann diese! So kann man irren.

ich auch über mich ergehen lassen, aber er hatte schon verstanden, dass er auf verlorenem Posten stand. Thema erledigt, wir hatten unsere Freiheit, die wir wollten. Daran habe ich mich später oft erinnert, als unsere Tochter in diesem Alter war, etwas, aber nur etwas später zwar, verbieten nützt nix!

Einige Zeit, aber nicht viel später, der große Schock! Der Vater hatte eine neue Stelle gefunden, noch ein paar Pöstchen höher, meine ich, noch mehr Geld – in Nürnberg! Geld war eher nur Mittel zum Zweck eines komfortablen Lebens, durchaus auch sozial orientiert, Protz war nie angesagt, mit allem Respekt bekundet. Sehr sympathische Leute, sowohl damals als auch in der Rückschau, will ich nur mal gesagt haben.

Was tun? Andrea wollte auf keinen Fall ihre Schule, ihre Klassenkameraden/innen verlassen, relativ kurz vor dem Abitur, vor allem nicht mich – und ich hätte Himmel und Hölle in Bewegung gesetzt, um sie an meiner Seite zu halten. Die Eltern waren grundsätzlich nicht uneinsichtig, sagte ich schon – also wurde nach einer Lösung gesucht.

Eine befreundete Familie, auch in Essen, hatte ein Zimmer frei – Lösung gefunden. Wenn auch als „verantwortliche" Familie sehr viel strenger hinsichtlich Ausgehzeiten usw. konnten wir damit vorübergehend ganz gut leben. Hauptsache war, dass wir weiterhin zusammen sein konnten und nicht hunderte Kilometer voneinander getrennt waren.

Wie und wann genau weiß ich nicht mehr, aber einige Zeit später bezog Andrea dann ihre eigene kleine „Einliegerwohnung", ein Zimmer mit kleiner Kochgelegenheit, wenn ich nicht irre, in ziemlicher Nähe ihres ehemaligen Elternhauses. Das neue stand ja inzwischen in Nürnberg oder vielmehr in der Nähe davon, mit riesigem Swimmingpool im Keller, luxuriös, klasse, aber auch hier wieder zwar sehr großzügig, aber keineswegs protzig. Ein willkommener Stopp auf Urlaubsfahrten in den Süden.

Ich hatte schon seit geraumer Zeit mein eigenes kleines Appartement bezogen, knapp außerhalb Bochumer Grenzen, immer noch relativ nahe zur Uni. Keine anderen Mitbewohner mehr, die ihr Geschirr nicht spülten, anderer Leute Lebensmittel aus dem Kühlschrank nahmen, die Badewanne nicht sauber machten, nachts besoffen rumgrölten usw. – bei allem „laisser faire" wurde es mir irgendwann zu bunt, Geld hatte ich eh genug. Dazu später mehr. Mein absolut eigenes Reich, in dem Andrea und ich uns ungestört bewegen konnten, ich unter anderem mit meiner mickrigen Kamera aufregende Nackt- und Aktaufnahmen meiner Liebesgöttin machen konnte.

Mein damaliger Nachbar wurde und ist bis heute der Autohändler meines Vertrauens, ein sehr lieber, netter Kerl; bei, mit und eigenen Firmen in verschiedenen Konstellationen, sein Sohn führt heute seine letzte eigene Firma. Vertrauenswürdige Personen sind wichtig.

In genau diesem Appartement, das ich damals bewohnte, wurde etwa drei Jahrzehnte später die dort lebende junge Frau ermordet, wie ich aus Zeitungsberichten eindeutig folgern konnte. Keinerlei Verbindung – aber eines gewissen Schauderns konnte ich mich nicht erwehren.

Autos – interessiert das jemanden? Egal, dies ist meine persönliche Rückschau, und da möchte ich ein paar Worte (oder ein paar mehr) dazu verlieren. Wen es zu sehr langweilt, der sollte bitte einfach die nächsten paar Abschnitte überspringen, obwohl sie auch eine halbwegs interessante Episode aufweisen, damals weit mehr (weniger) als „interessant" (zumindest für mich). Obwohl in keiner Weise zu vergleichen, bin ich bei Autos ähnlich markentreu wie bei Frauen und, auch ähnlich, haben sie sich meist von mir verabschiedet statt umgekehrt. Nach drei „Käfern" stieg ich um auf die französische Raute, Achtung, Schleichwerbung. Seitdem, nicht zuletzt wegen des erwähnten Autohändlers meines Vertrauens und mittlerweile eher „Kumpels" ist Renault „meine" Marke, unabänderlich.

Auf die Käfer folgten drei „R 16", dieses etwas eigenwillig geformte, aber hervorragende Fahrzeug, bequem, praktisch, klasse, gut, Kenner wissen es zu schätzen. In den Farben rot, blau, weiß, wie die Flagge Frankreichs, zufällig und in anderer Reihenfolge. Der rote wurde bei einem Spanienurlaub mit Andrea von einem fetten, frechen Laster in der Schlange vor den Mautzahlstellen an der spanischen Grenze seitwärts böse verbeult und geschrammt, trotz wildem Gehupe meinerseits. Ich war geschockt, stieg erst mal aus, um den Schaden zu begutachten, zum Glück ließen sich die Türen noch öffnen und schließen, sah aber echt scheiße aus. Die Verfolgungsfahrt hinter diesem Idioten hinterher, das Kennzeichen hatten wir natürlich notiert, war nicht mit Erfolg beschieden, durch meine Schrecksekunden/-minuten und andere Warteschlange hatte er zu viel Vorsprung, der auf den kurvigen Straßen trotz forscher Fahrweise nicht wettzumachen war. Der sofortige Besuch bei einem Anwalt in Bilbao, vom ADAC (da war ich damals noch Mitglied) empfohlen, brachte, glaube ich, auch nicht viel ein, oder nach langer Zeit einige hundert D-Mark, ich weiß es nicht mehr genau. Das Auto fuhr zum Glück so gut wie immer, der Urlaub war trotzdem wunderschön, an einem ziemlich einsamen, steilen Campingplatz direkt an einem Strand in der Bucht von Biskaya. Wenn Andrea bei mir war ging's mir gut!

Dieses „Kapitel" wird doch nicht ganz so kurz wie gedacht, es gibt manche Abzweige auf der Hühnerleiter, kein Wunder und egal. Schöne Ausflüge zu den herrlichen Picos de Europa (mit langer, schwindelerregender Seilbahnfahrt, aber ich konnte ja meine Augen auf meine schöne Freundin richten statt in den todbringenden Abgrund) oder woanders hin, und eishart gefrorene „mantequilla" (Butter) zum Frühstück in der kleinen Kantine des Campingplatzes gehörten dazu. Rückfahrt mit Zwischenstopp an der höchsten und größten Düne Europas in Arcachon, ein paar Tage in Paris – wo aus dem (ganz bestimmt) abgeschlossenen Kofferraum über Nacht ein Koffer geklaut wurde, u. a. mit meinem Lieblings-T-Shirt, auf das Andrea in mühseliger und feinster Handarbeit das „Zoso"-Logo von Jimmy Page gestickt hatte. Led Zeppelin, muss ich nicht extra sagen, oder? Ich hatte nie mehr so ein schönes T-Shirt, naja, vielleicht etwas übertrieben, aber ich war schon sehr betrübt. Der R 16 war klasse, aber die Schlösser ... das sehen wir gleich noch. Viele Jahre später war aus dem roten über einen blauen ein weißer R 16 geworden, meine zukünftige erste Ehefrau war seit kurzer Zeit in Deutschland und wir pendelten noch zwischen Bochum und Hannover (kommt später).

Eines Abends sahen wir in den Fenstern der direkt gegenüberliegenden Häuser den Widerschein rotierenden Blaulichts. Was war da los, Schlägerei in der doofen Kneipe unten im

Haus, oft ruhestörend, obwohl wir ja im dritten Stock wohnten? Neugierig schauten wir aus dem Fenster – und da stand, ich hatte ausnahmsweise mal direkt vorm Haus einen Parkplatz ergattert, mein schöner weißer R 16, alle vier Türen geöffnet und die Feuerwehr spritzte fleißig Wasser und Schaum hinein – ach du liebe Scheiße! Runtergeflitzt wie von der Tarantel gestochen, da war der Schwelbrand schon gelöscht – äußerlich praktisch unversehrt, war innen alles verkokelt und verrußt, das Lenkrad sah aus wie eine dieser zerlaufenen Uhren von Salvatore Dali. Seltsam, das Beifahrerfenster war ein Stückchen heruntergekurbelt, der größte nicht heruntergekurbelte Teil war wie alles andere auch pechschwarz. Ich schließe mein Auto immer ab, mache immer alle Fenster zu – aber die Schlösser eines R 16 ließen sich mit einer einfachen Nagelfeile oder ähnlichem Gegenstand problemlos öffnen, wie ich leider zu spät erfuhr ... aha, damals in Paris ... Ein Blödmann des inzwischen entstandenen Zuschauerpulks, aus Kneipe und Umgebung, sagte „mach doch mal das Radio an" (ein gutes mit Kassettenspieler), „vielleicht geht das noch?" Und ich Blödmann machte es an, es funktionierte noch! Obwohl das Auto nur noch Schrottwert hatte, schloss ich es später ordnungsgemäß ab – und am nächsten Morgen war es wieder auf, das Autoradio geklaut! Diese Schweine ... meine Theorie: Jemand wollte das Radio klauen, war gestört worden, hatte dabei eine Zigarette fallen lassen (geöffnetes Fenster!) oder durch unsachgemäßes Hantieren einen Kabelbrand ausgelöst. Dieser „jemand" war sicher auch derjenige, der gefragt hatte, ob das Radio noch funktioniert. An diesem Abend war vorher ein Freund bei uns zu Besuch gewesen, der auf dem Nachhauseweg, kurz vor dem Malheur, auf der Treppe des Nachbarhauses ein paar „verdächtige Gestalten" gesehen hatte, wie er mir hinterher erzählte.

Schnell musste ein neues Auto her, ein R 18 Kombi, Mistkarre, der bald folgende R 20 war auch nicht viel besser. Dann, etwa zwei, drei Jahre später und mit eigener Firma wieder in Bochum ansässig der erste und einzige Neuwagenkauf meines Lebens, ein R 25. Ich hatte noch vorher meinem Händlerkumpel „gedroht": „Wenn das auch wieder so eine Gurke ist ..." Tolles Auto, hat in 10 Jahren 300 Tausend Kilometer klaglos abgerissen und viele tausend Tonnen Schallplatten (und später

CDs) transportiert. Ein flotter, kleiner R 5 für meine damalige Ehefrau kam später für kurze Zeit hinzu (passend zur relativ kurzen Zeit, in der auch sie „flott" war, aber damit auch flotterflatterhafter wurde). In Hoffnung auf eine gewisse Prämie ob der stolzen Laufleistung schrieb ich an die deutsche Renault-Zentralverwaltung und erhielt einen schmucken Bildband ... statt goldener Uhr oder so. Enttäuschung – aber Renaults sind schon tatsächlich ziemlich unverwüstlich, trotz aller Unkenrufe auf französische „Rostlauben" (von Leuten, die keine Ahnung haben). Ein weiterer R 25 folgte, danach und immer noch aktuell ein Laguna. Ende der Schleichwerbung.

Die insgesamt vielen tausend Tonnen Fracht (überwiegend aus England) holte ich damals im Düsseldorfer Hafengelände direkt bei der Spedition ab, das war schneller und günstiger, als sie mir von da nach Bochum bringen zu lassen (und lieferte sie auch zu kleinem Teil bei Kunden in der nahen Umgebung wieder aus). Verzollung erfolgte in Bochum, die Beamten dort waren sehr nett und behilflich, soweit dies zu Anfang nötig war, die Hilfe meine ich. Als geschätzter Stamm- und Dauerkunde wurde der mindestens einmal wöchentliche Besuch dort schnell zur Routine und die Jungs hatten immer einen flotten Spruch auf den Lippen. Zum Beispiel „Lieber mit den Titten wippeln, als zu Fuß nach Witten tippeln!" Den kannte ich damals noch nicht und werde ihn nie vergessen, herrlich – ich liebe unser „Revier", ist nichts Neues.

Dabei kommt mir auch einer meiner Lieblingswitze über den Pott in den Sinn. Ein junges Liebespaar treibt's heftig im Auto auf den Ruhrwiesen in Bochum und sie haucht: „Küss' mich doch mal da, wo's stinkt!" „Allet klaa, Olle, wennze datt wills" sagt er, lässt das Auto an und fährt nach Bottrop.

Nix für ungut, heutzutage gehört Bottrop als „green city" zu den Vorzeigeplätzen des Ruhrgebiets. Tempora mutantur ...

Zoll – damit hat man als ehrlicher Mensch normalerweise keine Probleme, und damit ganz weit nach oben auf der Hühnerleiter. Aus unserem letzten Philippinen-Urlaub brachte unser Sohn eine nicht geringe Menge an Muscheln, Schnecken(häuschen), Korallenstückchen usw. mit, das Zeugs liegt da tonnenweise am Strand herum. Mit todsicherem Gespür wurden wir bei der Ankunft in Deutschland herausgepickt, unsere Koffer durchleuchtet ... „bitte öffnen". Hmm – „artengeschützt, artengeschützt, artengeschützt ... das kann teuer werden!" Tatsächlich hatten wir, vielmehr unser Sohn, nur gesammelt, was da so rumlag, anderes würde uns nicht in den Sinn kommen und würde ich nicht gestatten. Teilweise als Souvenir gekauft, da weiß man natürlich nicht genau ... Nach einigem Hin-und-Her dann der strenge, aber nicht unfreundliche Hinweis: „Beim nächsten Mal wissen Sie Bescheid, gute Heimfahrt!" Uff, das hätte echt teuer werden können und es ist beruhigend zu wissen, dass es Beamte gibt, die ihre Pflichten ernst nehmen, aber auch einschätzen können, wann es angebracht ist mal fünfe gerade sein zu lassen.

Wieder herunter auf der Hühnerleiter. In besagte Wohnung im dritten Stock, 84 oder 86 Stufen hoch, war damals etwa ein Jahr vorher eingebrochen worden, unglaublich! Das konnte nur jemand gewesen sein, der a) genau wusste, dass ich mittlerweile wieder alleine dort hauste, nachdem meine geliebte Andrea mich geschasst hatte und b) mich beobachtete und wusste, dass ich meine langen Abende im nahe gelegen U-BO verbrachte, der Kneipe unter dem Theater. Ich kam nach Hause, ein, zwei Uhr nachts, wollte aufschließen wie üblich – aufgebrochen! Meine Nackenhaare sträubten sich, Puls auf 180, ich schlich vorsichtig in die dunkle Wohnung und mein erster Gedanke galt Coco, meinem Vogelmitbewohner. Er (sie) begrüßte mich fröhlich wie immer, und ich denke und hoffe sehr, dass das Tierchen die oder den dreisten Einbrecher wie grundsätzlich alle Fremden kamikazeartig überfallen, in die Flucht geschlagen und heftig gebissen hat. Bald kam die herbeigerufene Polizei, pinselte überall nach Fingerabdrücken herum, und auf dem staubfreien Platz, auf dem mein Tabakpäckchen gelegen hatte ... hatten auf einmal, oh Wunder, 500 D-Mark gelegen, das Format passte prima! Wohl dem, der zaubern kann!

Den gehörigen Schrecken musste ich mir bezahlen lassen – mein unumwunden zugegeben erster, einziger und letzter Versicherungsbetrug, aber wer ständig selbst lügt und betrügt, muss auch mal die Retourkutsche erfahren (ohne es zu wissen). Wenigstens war in diesem Fall und später bei dem verbrannten Auto (s. o.) das Geld mal nicht vollständig zum Fenster hinaus geschmissen und nicht, dass jetzt jemand denkt ... das Auto war mir viel zu lieb, wertvoll, dringend benötigt und überhaupt, um damit irgendwelchen Blödsinn anzustellen. Ich bin ein grundehrlicher Mensch, ehrlich (und diese einzige bescheidene Ausnahme bestätigt die Regel)! Es kam (natürlich) nie heraus, wer oder was bei mir eingebrochen war.

Zurück zum heute, d. h., gestern. Andrea hatte ihr Abitur, war erwachsen – also zogen wir endlich zusammen. Eine gemeinsame Wohnung (s. o., dritter Stock) mit meiner Traumfrau, mitten in Bochum, wunderbar! Schon zuvor hatte ich mein Studium endlich und nebenbei erfolgreich beendet, ad acta gelegt. Hatte nun einen tollen, völlig anderen Job als mein Studium, mit gutem Verdienst, was wollte ich mehr? Nichts, es ging mir und meiner großen Liebe, die nun ihr Studium begonnen hatte, hervorragend. Sex, no Drugs, and Rock 'n' Roll, mein endgültiger (dachte ich) „Stairway to Heaven" (Led Zeppelin). Meine Droge hieß Andrea.

Schon früh während meines Studiums hatte ich angefangen, nebenbei Geld zu verdienen, zunächst als „HiWi", studentische wissenschaftliche Hilfskraft. Im Fach „Darstellende Geometrie" korrigierten und kontrollierten wir die Arbeiten der Semester (3. Semester, 1. Semester) unter uns, pah, blutige Anfänger! Einfache Arbeit, gutes Geld, neue Kontakte – u. a. nachwachsender links orientierter Nachwuchs, auch ein eher konservativer, aber netter und später langjähriger guter Freund war dabei. Ich war schon immer offen nach vielen Seiten, außer zu den rechten.

Meine Eltern gaben mir zwar genug Geld, um gut über die Runden zu kommen, aber noch etwas mehr konnte ja nicht schaden. HiWi, Nachhilfeunterricht für Schüler, überwiegend Mathematik, oder sogar nur, weiß ich nicht mehr genau – das ging über Zeitungsanzeigen. Auch mal Bestuhlung der Ruhrlandhalle auf- oder abbauen oder Auslieferungen mit einem 7,5-Tonner besserten zwischendurch das „Taschengeld" auf..

Schallplatten waren teuer, aber eines Tages lagen in der damaligen alten Mensa ein paar aktuelle Schallplatten auf dem Boden ausgebreitet, die der bärtige und langhaarige Typ, natürlich, der dahinter stand, für einen Superpreis verkaufte und damit reißenden Absatz fand. Bald gab es zwei, dann sogar drei solcher Stände, mittlerweile wurde das Angebot auf Tischen ausgelegt. Diese ganze Geschichte könnte wiederum Bände füllen ...

In den folgenden Jahren entwickelten sich daraus drei der zeitweise weitgehend marktbeherrschenden Schallplatten-Großhändler in Deutschland, mit Abzweigen im Einzelhandel. Erfolgs- und Niedergangsgeschichten in einem Satz zusammengefasst und viel weiter oben auf der Hühnerleiter.

Die Angebote wuchsen, die blühende Musikszene sorgte für scheinbar unendlichen Nachschub. Die Preise waren sehr attraktiv, die hautnahe Konkurrenz sorgte für Dauertiefpreise. Kaufen, kaufen, haben wollen, und vieles konnte ich mir leisten, aber nicht alles, was das Musikherz begehrte. Vielleicht ...

„Hey, brauchst du nicht mal jemanden, der hier die Platten für dich verkauft?" Als Kunde wohlbekannt und ausgewiesener Musikexperte wurde ich nun Schallplattenverkäufer, „nebenbei" für ein paar Stunden mittags in der Mensa. Tatsächlich lief schon lange das Studium nur „nebenbei". Sex (wenn möglich), no Drugs, Rock 'n' Roll, sagte ich schon. Mit Andrea war alles möglich, musikalisch lagen wir zwar etwas verschieden, waren aber doch durchaus kompatibel. Sie war etwas mehr für die sanfteren Töne zuständig, America oder Neil Young z. B., ich mehr für die härtere Fraktion, aber das passte grundsätzlich gut zusammen.

Mittlerweile waren in der neuen, riesengroßen Mensa aus den paar Tischen mit ein paar Platten große Verkaufsstände geworden, mit großen, schweren Wagen, in denen die Schallplatten ohne Cover aufbewahrt wurden. Diese wurden in großen, selbstgebastelten Aufstellern präsentiert – und ständig geklaut! Ab und zu gab's dann mal Sonderverkäufe für Schallplatten ohne Cover – ich schätze, dass nicht wenige Coverklauer genau darauf spekulierten.

Es war immer viel Arbeit, täglich alles auf- und abzubauen, hat aber insgesamt auch viel Spaß gemacht. Viele Kontakte, Gespräche, viel Geld – auch für mich als Angestellten, trotz aller Coverklauerei. Das Geschäft lief wie geschnitten Brot, besser noch. Der Chef, auch Student, und ich verstanden uns gut, ich konnte Musik hören soviel ich wollte (auch zum Ausleihen mit nach Hause nehmen, natürlich mit pfleglichster Behandlung) und noch viel günstiger kaufen – herrliche Zeiten! Der später berühmte Herbie (Grönemeyer) war einer meiner Stammkunden, aber sicher auch an den anderen Ständen. Zu den Verkäufern der Konkurrenz entwickelten sich gute bis sehr gute freundschaftliche Beziehungen – die Chefs agierten schon lange nur noch im Hintergrund, besorgten die Ware und kassierten. Aber, das muss gesagt werden, sie kassierten uns nicht „ab", das Geld floss reichlich, niemand konnte sich beklagen. Nebenbei verkaufte ich, besser vermittelte ich, auch meist hochwertige HiFi-Geräte für einen Lehrer, der damit einen ertragreichen Handel aufgezogen hatte, im Keller seines Hauses, auf Bestellung und ohne Lager, daher günstiger als örtliche Händler, inklusive meiner Provision. Noch etwas mehr Geld ohne großen Aufwand für mich und günstige Quelle für meine eigenen Geräte.

Zumindest in meinem Fall erfolgte „Ware besorgen", was Schallplatten anging, immer mehr in Rück- und Absprache mit mir, denn ich hatte die „Ahnung" von Musik, mein Chef (und Kumpel) das Geld und die Beziehungen. Irgendwann hatte auch ich mein Studium beendet, tatsächlich und „nebenbei", sogar mit guter Note für die Diplom-Arbeit, sagte ich schon weiter oben. Also auch jetzt mit noch mehr Zeit, d. h., Vollzeit, für das Musikgeschäft – dazu später mehr.

Urlaub – ein immer wiederkehrendes Thema. Meine ersten Urlaube in den Niederlanden (nein, nicht Holland – Deutschland ist auch nicht Bayern, z. B.; und zum Glück, das muss ich einfach mal sagen) erwähnte ich schon, und vor allem meine Englandurlaube. Mit Uta in die Schweizer Berge mit Abstecher nach Österreich, wahrlich auch nicht schlecht. Schon relativ früh (für damalige Zeiten) zog es mich aber auch in andere Länder, Frankreich beispielsweise. Sonne, Sand, Mittelmeer und mehr – ich hatte ein Auto, und mit meinem ehemaligen Klassenkameraden Klaus ging's ab gen Süden an die Côte d'Azur, nach Juan les Pins, Zelt im Gepäck. Cannes, Nizza, Monaco – alles mal ansehen, ständig auf der Ausschau nach Frauen, leider vergeblich. Trotzdem herrlich – zum Frühstück ein Baguette, Camembert und 'n Schluck Rotwein, Strand, Discos, schöne Restaurants. In St. Tropez bin ich meinem früheren Schwarm BB* nicht begegnet, war mir auch egal. Das war meine erste Reise dorthin.

Ein Jahr später die Wiederholung, allerdings dieses Mal mit der „Ente" (Citroën „Deux Cheveaux") meines gleichen ehemaligen Klassenkameraden wie im Jahr zuvor, nur noch langsamer als vorher mit meinem Käfer. Egal, wir hatten ja Zeit ... ich aber nicht, scharf auf wilde Weiber wie sonst was! Irgendwo in den französischen Alpen ließ die Ente die Flügel hängen – ein, zwei Tage Aufenthalt im Nirgendwo. Ich schäme mich insgeheim noch heute, denn anstatt nun gemeinsam dieses Malheur durchzustehen meinte ich, mich abseilen zu müssen und schon mal „vorweg" alleine an die Küste weiter zu trampen und meinen Kumpel mit seiner kaputten Ente sitzen zu lassen. Er ertrug's mit stoischer Gelassenheit, ebenso meine kleinlaute Rückkehr viele Stunden später zum Campingplatz nach vergeblichen Versuchen, einen Wagen anzuhalten. Als langhaariger „Gammler" damals auch in Frankreich kaum eine Chance, dann schon eher in Deutschland.

Er ertrug es nicht nur, sondern war mir noch nicht einmal böse – zumindest nicht ersichtlich, und unser Verhältnis hat nicht unter meiner (reumütigen) Eigenwilligkeit gelitten. Keine Ahnung, welcher Teufel mich da geritten hatte – die wilden Weiber hätten auch sicher noch ein, zwei Tage warten können. Taten sie aber nicht – komplette Fehlanzeige, und sicher nicht, weil ich ein, zwei Tage zu spät kam. Mein Kumpel allerdings angelte sich dann später am Ziel ein Weibchen, sogar zufälligerweise (mal wieder der Zufall!) aus der Nähe Bochums kommend. Meine Strafe, seine Belohnung für sein diplomatisches Verhalten – er brachte es später noch bis zum Botschafter unserer Republik, muss ich noch mehr sagen? Ich an seiner Stelle hätte mich wegen meines unkameradschaftlichen Verhaltens zum Teufel gejagt, wäre zumindest sehr sauer gewesen. Auch wenn seine Auserkorene nicht meinen Neid erregte, die Geschmäcker sind verschieden, war ich schon auf die Situation

---

* Ins rechte Lager abgedriftet, ist sie mir heutzutage sehr unsympathisch.

etwas neidisch – egal, später war er noch manchmal zu Gast bei mir, das war das Schöne dabei, wenn er seine Urlaubsbekanntschaft besuchte – solange es hielt. Kontakt haben wir bis heute, sehr zu meiner (und hoffentlich auch seiner) Freude.

Von vornherein ausgemacht war allerdings, dass ich von der Côte aus alleine nach London trampen wollte – das war abgemacht und kein Thema oder ein Grund meinerseits für Gewissensbisse. Ich wollte Strand, Sand, Mittelmeer und London. Abschied in aller und alter Freundschaft – er brachte mich zu 'ner Autobahnauffahrt, fuhr dann nach Hause.

Daumen raus, winke, winke, eine Stunde, zwei Stunden … kam mir irgendwie bekannt vor, kein Schwein hielt an und auch kein Auto. Einige Meter oder so weiter versuchten zwei andere langhaarige junge Männer ihr Glück ebenso vergeblich.

Man kam sich näher, nach stundenlangem, vergeblichem Daumen raushalten … „Scheiße hier, wo wollt ihr denn hin?" „Nach Hause, nach … (irgendwo Mannheimer Gegend, glaube ich)." „Ich eigentlich nach London, aber das sieht wohl schlecht aus. Habt ihr noch Geld?" „Nee, nix mehr!" „Ich auch nicht!" Gelogen, denn ich wollte ja noch nach London, aber man weiß ja nie … „Und jetzt?" „Wir könnten ja schwarz mit dem Zug fahren …". Keine schlechte Idee! „OK, fahren wir zusammen, ich will auch erst mal nach Hause, fahre dann lieber mit meinem Auto nach London."

Gesagt, getan, zu Fuß zum nächsten Bahnhof, war nicht so weit, meine ich. Zug nach Straßburg, rein. Los ging's, Stunde um Stunde, irgendwann näherte sich ein Fahrkartenkontrolleur. Ach du liebe Scheiße, was nun? Zu dritt auf die stinkende Toilette geflüchtet, abgeschlossen. Nach einiger Zeit Klopfen, Rappeln, Zerren – „Ouvrez! Ouvrez!" Auf Dauer ließ sich das nicht verhindern – wir sahen uns an, die beiden anderen waren übrigens sehr liebe, nette Jungs – und wir mussten in den sauren Apfel beißen.

Wir waren mittlerweile kurz vor Straßburg, immerhin, und wurden dann dort aus dem Zug eskortiert, ab zur Bahnpolizei. In weiser Voraussicht hatte ich lange vorher mein Geld in eine seitlich aufgeschlitzte Landkarte gesteckt, die mit Plastik überzogen war, -zigmal gefaltet, wie Landkarten das so an sich haben bzw. hatten. Kennt heute noch jemand Landkarten?

„Avez vous d'argent?" „Non, non ... " Wir wurden durchsucht, kein Geld zu finden, außer ein paar Münzen in der Hosentasche. Halb französisch, halb deutsch erklärten wir unser Missgeschick, sonst wären wir ja auch nicht schwarz gefahren, tut uns leid ... und sonst hätte ich noch für uns drei berappen müssen. Raus aus dem Bahnhof, „lasst euch hier nicht mehr blicken" – uff, Schwein gehabt!

Ab Straßburg klappte es mit dem Trampen recht gut, unsere Wege trennten sich. Schon bald war ich zu Hause und fuhr mit meinem Käfer Richtung London, ließ ihn an der Küste stehen, von dort per Schiff und Bahn weiter. Das war, glaube ich, der Londonurlaub in der WG der hübschen jungen Lady mit ihrem Möchtegern-Rockstar.

Und auch, meine ich, war das der London-Urlaub, in dem ich mich selbst als potentieller Rockstar versuchte. Ich meldete mich auf eine Anzeige im NME oder MM[*], in der ein Drummer gesucht wurde, trotz meiner minimalen Kenntnisse, nach dem Motto „fragen kostet nichts" außer ein paar Pennies für den Telefonanruf. Jonesey hieß die Truppe, und nach ein, zwei peinlichen Minuten im Studio wurde mir freundlich mitgeteilt, dass ich wohl nicht der Richtige für den Job sei. Dem konnte ich nur zustimmen, meine musikalischen Talente liegen weit mehr auf merkantilem, wissenschaftlichem und organisatorischem Bereich als auf direkt musikalischem. Jonesey haben ein paar ganz nette Platten gemacht, eher eine[**] zweiten bis dritten Grades der Rockgeschichte, und ich hätte sie da mit Sicherheit nicht weiter gebracht. Jahre später habe ich mal in einer Hobbytruppe das Schlagzeug malträtiert, mehr schlecht als recht, hat trotzdem eine Zeitlang Spaß gemacht.

Auf der Rückfahrt von Oostende aus nahm ich einen Tramper mit, in mitleidiger Erinnerung meiner vergeblichen Versuche in Frankreich zuvor. Ein sympathischer Typ aus Berlin (und ooch mit dem typischen Dialekt, wa?), wir wurden gute Freunde für viele Jahre mit gegenseitigen Besuchen, dann versandete das irgendwie, wurde wiederbelebt und versickerte schließlich, nicht meinerseits, schade. Det war ooch sonne lin-

---

[*] Melody Maker, Konkurrenzblatt des New Musical Express.
[**] Fußnote

ke Socke ... in Ansätzen zumindest, gewerkschaftlich sehr aktiv, später Betriebsrat in einem großen schwedischen Möbelkonzern. Den Berliner Dialekt kann ich gut leiden, den Kölschen auch, seltsamerweise, und den Norddeutschen – aber nix geht über Ruhrpottdeutsch. Watt hasse gesacht? Datt gefällt dich nich? Sieh zu dasse Land gewinnz, blöden Seegers, du!

Diese Urlaube waren immer „zwischen" meinen Frauen, denen ich weiter oben gehuldigt habe. Einmal, ganz zu Beginn meiner Studentenzeit muss das gewesen sein, fuhren wir zu dritt in einem Fiat 1500 (glaube ich) eines Kommilitonen Richtung Süden, grobes Ziel Spanien. Unterwegs in Frankreich, 14. Juli, Nationalfeiertag, paff – Reifen platt! Anhalten, Reifen wechseln (dank der glorreichen Erfindung des Ersatzreifens), weiter. Einige Stunden später, Landstraße Richtung Toulouse, auf der allmählichen Umschau nach einem Campingplatz ... paff, Reifen platt! Ein verrosteter, abgebrochener Dartpfeil hatte es sich dort gemütlich gemacht. Der Ersatzreifen war schon ersetzt ...

Zwei von uns schulterten sich je einen platten Reifen bzw. plattes Rad, mit Felge natürlich und gar nicht mal leicht, ich blieb als Wache beim Auto zurück, irgendwo im Wald ein paar Kilometer vom nächsten Ort entfernt. Nach ein paar Stunden, es war schon dunkel, kamen meine beiden Kumpel zurück, jeder mit einem prall gefüllten Rad auf der Schulter! Selbst am höchstheiligen Nationalfeiertag hatten sie jemanden gefunden, der die kaputten Gummischläuche reparierte, unglaublich! In Deutschland wäre das wohl kaum möglich gewesen.

Egal, Rad montiert, Ersatzrad rein und weiter! Irgendwo musste bald mal ein Campingplatz kommen und paff – Reifen platt! Das dritte Mal an diesem denkwürdigen Tag - aber wir hatten ja auch wieder einen Ersatzreifen. Der hielt bis zum nächsten Tag und länger, der andere wurde später wieder repariert und wir fanden auch einen geeigneten Campingplatz.

Wir kamen bis nach Lloret de Mar, ein paar Tage nur, der eine wollte dies, der andere das – wir stritten nicht, waren aber auch nicht wirklich kompatibel auf Dauer. Also zurück – aber ich wollte noch etwas mehr sehen, Paris stand auf meiner Liste. Trennung, in gegenseitigem Einverständnis.

Ich trampte alleine nach Paris, ging ganz gut, im Gegensatz zur späteren Erfahrung in Frankreich, seltsam. Ich näherte mich der Hauptstadt in mehreren Etappen und nicht allzu weit von Paris entfernt hielten zwei junge, durchaus nicht unhübsche Französinnen an, um mich mitzunehmen. Sie fuhren allerdings nicht nach Paris, zwar grob in die Richtung, aber doch woanders hin. „Ach, egal, willst du wirklich nicht mit?" „Hmm, nein … danke, nicht meine Richtung." Wusch – weg waren sie, und ich hätte mich am Liebsten in meinen Allerwertesten gebissen. Ein „flotter Dreier" wäre da allemal drin gewesen, schätze ich – Chance vertan!

Bald darauf hielt ein Lieferwagen mit einem netten und pfiffigen Fahrer. Der hatte vorne auf seinem Armaturenbrett eine gelbe Warnblinkleuchte mit Saugfuß geparkt, die er bei jedem Stau mit einem Griff aus dem Fenster schnell nach oben auf das Dach setzte und einschaltete – freie Bahn und schon bald waren wir mitten in Paris! C'est la vie - manche Sachen vergisst man nie!

Mit Andrea an meiner Seite lebte und urlaubte es sich ganz anders. Haupturlaubszweck war nicht mehr die kurzfristige, verzweifelte Frauensuche, sondern – Urlaub, andere Länder und Gegenden kennenlernen, zusammen mit meiner Liebsten! Ein Zeitungsartikel in der FR (Frankfurter Rundschau, damals mein Hausblatt) über Pag, eine jugoslawische Insel, weckte mein Interesse – also fahren wir doch mal dahin. Zelt und ein paar andere Utensilien in meinen Käfer gepackt, mittlerweile ein postgelbes Cabrio mit etwas aufgebohrtem Motor – klasse. Landkarte studiert und los ging's. Ich will nicht sagen, dass ein Navi völlig überflüssig ist, aber ich bin auch immer ohne gut zurechtgekommen und habe bis heute keins. Egal, ob nach/in Jugoslawien, Griechenland, Spanien, vorher schon Frankreich, England – später Denver (USA), Los Angeles, San Francisco, Oahu, Miami usw. – no problem. Navis gab's ja auch zu der Zeit gar nicht.

No problem? Aus heutiger Sicht betrachtet hätte mich ein Navi damals auf der Reise nach Pag vielleicht doch vor einigen Unannehmlichkeiten bewahrt. Über die Alpen, Venedig rechts liegen gelassen, in Triest erstmal Pause machen und was essen, dann noch am Abend und im Dunklen zumindest über die

Grenze bis nach Rijeka. Ist ja alles beschildert, also wo geht's nach Rijeka aus dem Gewimmel der Innenstadtgassen heraus? Nirgendwo, alles Mögliche gab's, u. a. Fiume immer wieder und wieder, aber kein Rijeka. Muss doch ... haben wir übersehen, also zurück zum „Centro" – wieder von vorne beginnen. Endlose Schleifen, ein, zwei Stunden lang, müde, verwirrt, ratlos – da kam auf einmal ein kleiner Fiat 500 aus einer Seitengasse – brems, quietsch, krach! Auch das noch, Palaver, Palaver, ein Kotflügel samt Lampe meines schönen Cabrios im Eimer, mehr zum Glück nicht, bei dem Fiat ähnlich. Ich habe nie mehr was davon gehört (die Reparaturkosten habe ich später selber getragen, war auch wohl meine Schuld, rechts vor links ...) - egal, oder auch nicht, blabla, bloß raus und weg hier, scheiß drauf!

In dieser Richtung MUSS Rijeka liegen (ich habe einen guten Orientierungssinn), also ... weiter, einfach nur weiter, die „Fiume" Schilder wurden immer weniger, dafür die „Rijeka" Schilder immer mehr, genau in unsere Richtung.

Fiume ist der italienische Name für Rijeka, ehemals italienisches Gebiet, wie ich später erfuhr (und mir mittlerweile auch langsam denken konnte). Falscher italienischer Nationalstolz zwecks Verwirrung der Touristen ...

Irgendwann kamen wir in Rijeka an, Ende gut, halb so gut – auf der Suche nach einer Unterkunft für die Nacht fiel meine geliebte Begleiterin in einer unbeleuchteten Straße in den Graben und schrammte sich unangenehm das hübsche Bein auf. Das war nicht gut, aber hätte noch schlimmer kommen können – ein Tag zum Vergessen, den man nie vergisst!

Pag – ein Traum! Kurze Überfahrt mit der Autofähre, gegenüber dem Hafen war in den großen Felsrücken (und ist hoffentlich immer noch) riesengroß „TITO" eingraviert. Der Mann hatte es mit seiner pan-slawischen Idee geschafft, sich im harten Sowjetblock einen Sonderstatus zu sichern. Ein Diktator, keine Frage, aber einer mit Maß und Visionen – manche Länder brauchen solche großen Staatsmänner! Nach seinem Tod und dem späteren Zerfall der Knute aus dem Osten zogen dort Chaos, Tod und Verderben ein – der andersgläubige Nachbar war auf einmal Todfeind und wurde gnadenlos massakriert. Wie dumm, wie menschenunwürdig, zumal zum Ausklang des

20. Jahrhunderts. Aber der menschlichen Dummheit sind keine Grenzen gesetzt – Religion ist die Wurzel allen Übels, immer noch und immer wieder, was sich im 21. Jahrhundert unserer Zeitrechnung schlimmer und grausamer als oft zuvor bestätigt. Und zur Religion zählen dabei auch Macht- und Geldgier als Religionsersatz mit dem Ergebnis, sich den Ast abzusägen, auf dem man sitzt oder an dem man hängt, je nachdem. Die kleine, schrumpelige Kugel am Rande der Galaxis, völlig unbedeutend, wird diesen kleinen, dämlichen Bazillus namens Homo sapiens (haha!), der sich selbst vernichtet, auf Dauer unbeschadet überstehen, und die Hühner auch, schätze ich. Und falls nicht – das ist im kosmischen Geschehen keine noch so geringe Randnotiz wert.

Pag ist in meiner Erinnerung auf jeden Fall mehr als eine Randnotiz wert. Ein Campingplatz am Ende der Welt, an einer schönen Bucht gelegen, irgendwo weit weg noch zwei, drei andere Zelte, einschließlich ein paar kleinerer Skorpione in unserem Zelt. Den Zeitungsartikel hatten offensichtlich nicht so viele Leute gelesen, was uns gar nicht störte. Mal quer über die Bucht schwimmen, ist ja nicht so weit ... denkste! Andrea und ich konnten zwar normal „gut" schwimmen, das Wasser war ruhig, aber auf einmal war der Weg zurück genau so weit wie nach vorne, die Kräfte ließen nach, leichte (und insgeheim auch etwas weniger leichte) Panik kam auf. Einfach mal treiben lassen, wir schaffen das schon! Weiter, weiter, langsam, ganz ruhig, trotz gewaltigen Herzklopfens. Auf einmal, noch weit vom rettenden Ufer entfernt, war Boden unter den Füßen zu spüren – uff, geschafft! Ab jetzt ganz langsam und gemütlich weiter, einfach zwischendurch mal hinstellen, wenn auch nur auf Zehenspitzen, kein Problem. Zurück umrundeten wir die weite Bucht zu Fuß, erleichtert und in der Gewissheit, auf solch ein Erlebnis in Zukunft gut verzichten zu können.

Die Akt- und Nacktaufnahmen[*] meiner Liebsten mit meiner billigen Kamera auf den umliegenden, menschenleeren

---

[*] Wer erotische Fotos mag (wer das leugnet, lügt) wird diese Bilder nicht zu sehen bekommen, aber könnte sich z. B. mal von Alex Manfredini geschossene Fotos anschauen. Ein brillanter Meisterfotograf! Er nimmt arme (leicht bekleidete) und auch völlig mittellose (unbekleidete) Damen vor die Linse - elegant, stylisch, sexy, aber nicht sexistisch (und porno schon gar nicht, bäh!). Oft ist leicht bekleidet umso attrak-

Feldern und Wiesen waren weit weniger gefährlich, aber mindestens genauso spannend und deutlich unterhaltsamer!

Eines Morgens tauchte beim Schwimmen in dieser überwiegend seichten Bucht ein meinem durchaus ebenbürtiger, bärtiger und langhaariger Kopf aus dem Wasser – „hey, bist du nicht Ferdi aus Stemmert (Spitzname unseres früheren Städtchens)?" hörte ich. Ja, war ich, und das war mein ehemaliger Klassenkamerad Hajo, mit mittlerer Reife abgegangen, so hieß das damals. Seit etwa zehn Jahren nicht gesehen, hatte er mich trotzdem erkannt, schon vorher das Auto mit dem verräterischen Kennzeichen (immer noch des elterlichen und meines „ersten" Wohnsitzes) erspäht. Er und seine Frau wohnten in Berlin – die Welt ist klein! Wir hatten schöne gemeinsame Urlaubstage, mit Abstecher nach Zadar, der nächsten größeren Stadt auf dem Festland. Herrliche Fahrt mit meinem Cabrio, trotz kaputtem „Auge". Kleine, schnuckelige Gassen, nette Leute überall – das war noch das liebenswerte Jugoslawien.

Zu viert auch mal gemeinsames Nacktbaden in einer abgelegen Felsenbucht, völlig unerotisch und „einfach so" – eine neue, nicht unwillkommene und relativierende Erfahrung mit der Erkenntnis, das meine Liebste natürlich auch ohne Klamotten am Leib unübertroffen war.

Wir hielten noch eine zeitlang Kontakt, ich besuchte die beiden später auch mal in Berlin, ich meine sogar erst noch in der Zeit nach der Trennung von Andrea. Das verlor sich dann später wieder ...

Jugoslawien war erst der Anfang. Später trug uns mein braver Käfer noch zwei Mal nach Naxos (mit Schiffsüberfahrt, natürlich, und einmal auch einem Abstecher auf die wundervolle Insel Santorin, Auto auf Naxos gelassen) in der griechischen Ägäis, wo sich mein alter Leib- und Magenfreund Uli (eigentlich Ulrich) mittlerweile niedergelassen hatte. Nicht ganz so, aber ansatzweise wie Diogenes in der Tonne, und mindestens so zufrieden und glücklich. Unvergesslich eine

---

tiver, meine ich (Nabilla Benattia z. B. – ohne Make-up („netto") ist sie zwar höchstens halb so hübsch, macht aber als lebende Leinwand – Bodypainting – auch eine ausgezeichnete Figur). Berühmt wurde sie durch: „Euh, allô! non, mais allô, quoi."

Nacht in Piräus mit meiner Freundin Andrea, natürlich, weil die Fähre erst am nächsten Tag fuhr. Offensichtlich, wie wir erst nach und nach merkten, ein Stundenhotel, aber viel schlimmer als die Lauferei und das dauernde Türenklappern war das verlauste, verwanzte (Wanzen mit sechs Beinen, ohne Batterien) „Bett" und die Mücken, stickige Luft – wir haben gemeinsam diese Nacht irgendwie überstanden. Einen anderen gemeinsamen Urlaub in Spanien erwähnte ich schon, auch einen in England.

Nach anfänglicher, leicht kritischer Distanz auf dem Gymnasium („das sind die Evangelischen") erfuhr ich, dass Uli viele Micky-Maus-Hefte besaß. Also ran an den „Feind" – „kannste mir mal 'n paar MM-Hefte leihen"? „Na klar!" Das war der Beginn einer bis heute währenden, zeitweise sehr engen und immer noch guten Freundschaft.

Obwohl ich hier vornehmlich über mein Leben schreibe, muss ich auch einige Sätze über Uli loslassen. Wir wurden schnell ein Herz und eine Seele, er durfte sich jede Woche das neue Micky-Maus-Heft kaufen, das ich dann kurz danach bei ihm zu Hause auch verschlang. Er hatte früh sein eigenes Radio, durfte den NME (New Musical Express) abonnieren, mittlerweile interessanter als Micky Maus. Ich sammelte Briefmarken – also sammelte er auch, hatte bald mehr als ich. Ich sammelte Streichholzetiketten – also sammelte er auch, hatte bald mehr als ich. Taschengeld gegen kein Taschengeld (zu der Zeit noch) machte sich schon bemerkbar.

Aber bei aller freundschaftlichen Rivalität (und ursprünglich nur Micky-Maus-Lieferant, sozusagen) wurden wir wirklich gute Freunde, machten Radtouren zusammen, spielten draußen und drinnen. Außerdem hatten seine Eltern einen Fernseher, wir zu Hause nicht. Fury, Lassie ... haben wir eher selten geguckt, aber immer „Sport, Spiel, Spannung", ein Mal pro Monat oder so. Das „Intermezzo" – Werbung, durch Hiram Holiday und Michael Nelson Filme unterbrochen – war oft der Abschluss des Tages, natürlich wegen der Filme, bevor ich dann wieder mit dem Fahrrad die kurze Strecke nach Hause fuhr. „Verstecken im Dunkeln" war ein beliebtes Spiel im großen Wohnzimmer von Ulis Eltern. Rollläden runter, mucksmäuschenstill umherschleichen, bis der eine den anderen gefunden hatte. Einer war der „Jäger", der andere das „Opfer" – herrlich! Einmal ging ein Globus dabei zu Bruch, Ulis Vater war nicht erbaut.

Ich war bei den Eltern gut gelitten, umgekehrt ebenso – bei uns zu Hause spielten wir oft tagelange Monopoly-Schlachten zu zweit, später vermehrt Go-Bang und auch Go.

Irgendwann trennten sich die Wege leicht, Altsprachler (Griechisch, Uli) und Neusprachler (Französisch, ich), aber nicht völlig. Ich war eine zeitlang sein Mathe-Nachhilfelehrer, ganz offiziell gegen Bezahlung, das ging bei aller Freundschaft problemlos und, wenn ich mich recht erinnere, nicht völlig erfolglos, brachte aber auch nicht den großen Durchbruch. Nebenjobs waren schon immer was für mich, nicht nur später während des Studiums. Teure Hobbys, zumindest teurere als das Taschengeld finanzieren konnte, erforderten entsprechende Maßnahmen.

Ferienjobs sowieso, zum Beispiel in einem Chemikalienhandel/-lager mit Gleisanschluss. Nach anfänglich leichter Frotzelei wegen meiner „langen Haare" (2 bis 3 drei Millimeter über dem Ohr vielleicht), kam ich mit den Arbeitern gut klar, es war aber auch teilweise ganz schöne Maloche – schwere Säcke und Gallonen schleppen bzw. mit Sackkarren transportieren, Kalk, Ameisensäure, Schwefelsäure und ähnliches Zeug. Zwei, drei Wochen in den großen Ferien, vor meiner ersten Londonreise, gab gutes Geld, das ich außer für London auch für meine Modelleisenbahn ausgeben konnte, für die ich einen Platz im Keller zu Hause erkämpft hatte. Ein tolles Hobby, die alte Eisenbahn habe ich immer noch, verpackt in Kartons und hoffnungslos veraltet, sicher mit hohem Sammlerwert. Die gebe ich aber nicht her – Zeit hätte ich jetzt wieder dafür, aber keinen Platz.

Ferienjob Textilfabrik, die gehörte den Eltern meines früheren Fähnleinführers und meiner späteren Tanzstundenpartnerin, schon weiter oben erwähnt. Die ganze Gegend war damals eine Hochburg für Textilverarbeitung, davon ist nichts geblieben. Gastarbeiter gab es reichlich, auch ein junge, hübsche Spanierin, lange, schwarze Haare ... ich, denke, ein gewisser Trend ist mir in die Wiege gelegt (auch meine Mutter hatte ja schwarze Haare, früher lang, später zu meinem Leidwesen eher kurze, s. o.). Aber ich habe mich nie getraut sie anzusprechen, sondern nur von weitem bewundert – ich war vierzehn, vielleicht fünfzehn Jahre alt. Ein lauter, langweiliger Job – egal, für kurze Zeit und relativ gutes Geld war das kein Problem.

Kegeljunge – das war auch zeitweise ein lukrativer Dauer-Nebenjob. Ich habe schon erwähnt, dass ich den Rauchgeruch liebte, wenn mein Vater vom Kegeln nach Hause kam. Das Lehrerkollegium bzw. ein Teil davon kegelte regelmäßig jede Woche, oder alle zwei Wochen, freitags – genau weiß ich das nicht mehr. Bis auf unsere Federballspiele in früheren Jahren und gemütlichen „Pättkesfahrten" war mein Vater völlig unsportlich, ein „Schreibtischtäter" wie wir immer sagten. Mathematik, Physik und Chemie waren seine Welt – mit akribischer Vorbereitung der Experimente beider letzterer Disziplinen. Bei aller mangelnden Präsenz als Vater, insgesamt gesehen (und auch wieder nicht, in früheren und späteren Lebensjahren), Ehe-Probleme habe ich angedeutet, will sie hier aber nicht weiter ausbreiten – war er ein toller Lehrer, auch von den meisten seiner Schüler sehr geachtet und verehrt. Er war fest davon überzeugt, dass man bei ihm nicht mogeln konnte. Es war verdammt schwer, aber als sein Schüler habe ich bewiesen, dass diese These nicht stimmte – hat er mir aber nie geglaubt. Üblicherweise wurde an unserem Gymnasium darauf geachtet, dass Lehrerkinder – davon gab es einige – nicht bei ihrem Vater Unterricht hatten. Da mein Vater aber der einzige Chemielehrer war, ließ sich das zeitweise nicht vermeiden. Ich war gut in Chemie, aber im Zweifelsfall ging's zu meinen Ungunsten, nur nix anbrennen lassen, insgesamt kein Problem.

Unsportlicher Schreibtischtäter – aber mein Vater war ein begnadeter Kegler und ich konnte irgendwann die begehrte Stelle eines Kegeljungen einnehmen. Das waren immer zwei Jungs, oft „Alumnen", die Bewohner der örtlichen Alumnats, einer Art Internat für „schwierige Fälle". Häufig waren sie aber auch die „Klassenstars", ganz anderes Thema, denn sie hatten meist „was hinter den Ohren" (zumindest aus unserer gleichaltrigen Sicht positiv gemeint).

3 D-Mark pro Stunde gab's bar auf die Hand, drei Stunden wurde gekegelt, ein kleines Vermögen! Knochen einziehen, an

die Wand drücken, Kegel aufstellen, Kugel(n) zurückrollen lassen – automatische Kegelbahnen gab's damals und noch lange später nicht. Nicht ganz einfach, aber auch nicht ganz schwierig, und Getränke (alkoholfrei) waren gratis.

Ich habe später auch mal eine zeitlang gekegelt, war aber meist, von machen Glückstreffern abgesehen, am hinteren Ende der Schlange, hat trotzdem Spaß gemacht. Ich habe manches, denke ich bei genauerer Betrachtung, von meinem Vater geerbt (nicht nur finanziell, das Thema kommt auch noch), das „Kegelgen" mit Sicherheit nicht!

Kurze Anmerkung (relativ kurz) zum Thema Schreibtischtäter. Je älter ich werde, umso mehr werde auch ich dazu. Zum Schreibtisch meines Vaters gehörten Tinte, Füllfederhalter (wer weiß überhaupt noch, was das ist?), viel Papier – und ein wunderbarer Schreibtisch mit Holzschnitzereien, hervorstehenden Löwenköpfen usw., ein tonnenschweres, auserlesenes Monster. Bei mir sind das Computer, Bildschirm, Tastatur und Maus, in ein selbstgebautes Regal eingefügt, auch der Computer ist natürlich selbst zusammengebaut. Ich habe immer reichlich Spielregeln zu übersetzen, vom Englischen ins Deutsche oder umgekehrt. Das macht mir Spaß, kann dabei Musik hören – meine Welt. Ich liebe es auch, Spielregeln zu lesen, das sind für mich mehr oder weniger kleine Bücher. Seit langem lese ich ansonsten nur englischsprachige Bücher, das hält in Übung. „The Hobbit" und „The Lord of the Rings" waren die ersten, schon in den 70ern, danach immer mal wieder und immer mehr diese und jene Krimis, SF-Romane und Thriller. Nur in dringenden Ausnahmefällen wie z. B. aktuell „111 Gründe, den VfL Bochum zu lieben" (als ob ich nicht schon selbst 1848 Gründe wüsste – aber alle Daumen hoch!) weiche ich davon ab. Alle wundervollen Scheibenweltromane (außer den ersten zwei oder drei noch auf Deutsch) des leider kürzlich verstorbenen Sir Terry Pratchett gehören zum Beispiel dazu, die Einschläge kommen immer näher. „The Song of Ice and Fire" von George R. R. Martin – das wohl überwältigendste Epos aller Zeiten mit bisher ca. 5000 Seiten.

Der „Warded Man" Zyklus von Paul V. Brett ist auch klasse, nicht zu vergessen Colin Cotterill's schrullige Kriminalromane in und aus Thailand ... Lesen ist Kino im Kopf, war es mit meiner gut ausgeprägten Fantasie schon immer, von Mecki über Micky Maus (da war das Kopfkino schon halb vorgezeichnet), „5 Freunde", „Tarzan" (nicht nur als Comic), Jules Verne, Edgar Wallace, Edgar Allan Poe, Karl May (Karl Marx ansatzweise, das sind andere Dimensionen[†]), Herbert Kranz, und vielen anderen bis zu den oben genannten, tausendmal besser als Fernsehen, meist. Fast immer komplett, soweit es ging – die beiden einzigen Karl May Bände, die ich selber besaß (als Weihnachtsgeschenk gewünscht und erhalten), waren zwei weitgehend langweilige philosophische und religiöse Abhandlungen, aber da musste ich durch. Kein Wunder, dass es diese Bände in der Bücherei, die ansonsten meine Hauptanlaufstelle war, nicht gab. Das aktuelle TV ist für mich eine mediale Katastrophe, ungenießbar, von Fußball und gelegentlichen Spielfilmen abgesehen, insgesamt ein Nichtereignis. Nix gegen Filme, im Gegenteil – aber wenn, dann dort, wo sie hingehören – großes Kino. Umso toller, wenn manche Meisterwerke dann genau so umgesetzt werden, wie ich sie mir vorgestellt habe – TLOTR[*] zum Beispiel oder TSOIAF[**], hier eher als „Game of Thrones" bekannt (die einzige „TV-Serie" die ich mir anschaue, als DVD, nur in Originalsprache – auch wenn das in diesem Fall echt schwierig ist; aber ich kenne ja die Bücher, auch nur im Original, natürlich.). Ich hoffe, dass George R. R. Martin noch lange genug lebt, um dieses – was soll ich sagen, da fehlen mir die Worte – Werk zu beenden. Und dass ich noch lange genug lebe, um das dann auch zu lesen.

Fantasie – in der Volksschule hatte ich als Aufsatz mal eine seitenlange Geschichte eines Tannen-/Weihnachtsbaums geschrieben, in der „Ich-Form", das gab eine glatte „1" (oder sogar 1+?) von unserem dicken Lehrer, mit seinem schönen roten Kuli und seiner schönen Handschrift geschrieben. Das ging runter wie Butter, wobei seinerzeit generell „1" und überwiegend „2" meine Standardzensuren waren, ohne prahlen zu wollen. Kann sogar sein, dass ich dieses Heft noch irgendwo

---

[†] „Ich lese gerade „Das Kapital" von Karl May." „Das ist von Karl Marx." „Ach-so, hab' mich auch schon gewundert, schon auf Seite 120, aber noch keine Indianer ... "
[*] The Lord of the Rings - Der Herr der Ringe, von J.R.R. Tolkien
[**] The Song of Ice and Fire - George R.R. Martin

habe, wie andere alte Schulhefte auch, als Sammler und Jäger ... und an Hühner Glaubender.

Zum Geburtstag habe ich mir einmal ein eigenes Micky-Maus-Heft gewünscht, bekam es auch (unter anderem) und durfte auch noch das nächste kaufen, wegen der Fortsetzungsgeschichte. Darin war 'ne neue Fortsetzungsgeschichte (geschicktes Marketing gab's auch damals schon) ... aber die Geschichte des MM-Heft-Kaufens wurde nicht fortgesetzt, sehr zu meinem Leidwesen. Heute, ca. 60 Jahre später, kaufe ich wieder Donald-Duck-Sonderausgaben, die gibt es als ganz hervorragende Carl Barks Bände, „dem" DD-Zeichner und Schreiber. Donald Duck war und ist sowieso immer ist das Beste an und in den Micky-Maus-Heften. Ein Mal durfte ich nach langem Quengeln auch ein Silberpfeil „Groschenheft" für 20 Pfennige kaufen, „da geht's um Indianer, das ist kein Schund, ganz bestimmt nicht!". War es auch nicht, ebenso wenig wie Nick, der Weltraumfahrer, Akim, König des Dschungels oder Sigurd, der tapfere Ritter, in diesen wunderbaren schmalen Heftchen oder auch in „Großbänden". Frühe Comic-Kultur, auch wenn diese Helden (und ihre Gefährten) alle gleich aussahen, nur mit anderer Frisur und Kleidung – kein Wunder, Fließbandprodukte von dem- und denselben Zeichner(n) und Autor(en). Von jemandem aus der weiteren Bekanntschaft bekam ich mal einen dicken Packen Micky-Maus-Hefte geschenkt, aus den frühen 50er Jahren und in den späten 50er Jahren, Topzustand und als „mein Schatz" gehegt und gepflegt. Leider ließ ich die bei meinem Auszug als Student zurück und mein Vater „entsorgte" sie später mal als Altpapier – ein wahres Vermögen wert, materiell und intellektuell, ich hätte heulen können! Zum Glück ließ er meine Eisenbahn, Briefmarken usw. unangetastet.

Wunderbare neue Welt, mit solchen Literaturgenies wie George R. R. Martin per E-Mail kommunizieren zu können, aber was ist schon eine schnöde (wenn auch persönliche) E-Mail von GRRM gegen einen von Terry Pratchett (damals noch nicht „Sir") mit Schreibmaschine geschriebenen und persönlich unterzeichneten Brief, in dem er sich bedankt und es toll findet, dass wir unsere Tochter nach einem seiner Charaktere (einer seiner Charakterinnen) benannt haben, anstatt wie so viele andere ihren Sohn „Sausewind" (übersetzt) zu nennen;

das fand er fürchterlich und ich halte dieses Schreiben in hohen Ehren. Natürlich gab's diesen Scheibenweltnamen nicht im Buch der über 200.000 Vornamen auf dem Standesamt unserer Rundwelt, aber wie er trotzdem registriert wurde ist eine andere Geschichte und einer freundlichen und hilfsbereiten Standesbeamtin zu verdanken. Und jede(r) sagt „was ist das denn für ein schöner Name, habe ich ja noch nie gehört!" Unsere Tochter, die manchmal meckert, eben weil es diesen Namen sonst nicht gibt (inzwischen schon, selten genug, habe ich den Eindruck), wird es mir noch danken – meine beste aller Ehefrauen war gar nicht so begeistert. Aber noch bevor wir uns kennenlernten las ich diesen Namen und dachte spontan „falls ich je noch mal ein Kind, und dann eine Tochter bekommen werde (nach bis dahin zwei Söhnen) wird sie diesen Namen erhalten", so angetan war ich davon. Nur eine ganz kleine Abänderung eines „eigentlich" bekannten Namens.

Als mittlerweile auch selbst verschärfter Schreibtischtäter fehlt mir heutzutage die Bewegung, wie in meinem letzten Job als Einzelhandelsverkäufer. Ein paar Kilometer kamen da am Tag locker zusammen, mehr oder weniger schwere Kartons ab- und aufpacken außerdem. Habe ich selten verflucht, meist als „Sport" gesehen, manchmal als lästig empfunden... aber immer unter dem Motto „wer rastet, der rostet". Bewegung hält die alten Knochen zusammen und ich hoffe, meine guten Vorsätze, mal beispielsweise wieder in die Pedale zu treten statt nur auf die Tasten zu hauen auch umsetzen zu können. Jetzt bin ich aber ganz weit von der Hühnerleiter heruntergefallen – bin wohl wegen „Schreiben" darauf gekommen.

Bleiben wir dabei, die Hühnerleiter auf und ab – abermals erwähne ich, dass ich gewarnt habe, will aber auch manche Sprosse nicht überspringen. Noch mal zurück zu meinem Freund Uli.

Gemeinsame Musikinteressen gab es einigermaßen lange, Briefmarken und Streichholzetiketten rückten aber langsam gegenüber den immer kurviger werdenden Mädchen ins Hintertreffen – naja, mehr oder weniger kurviger werdend, aber immerhin. Die Modelleisenbahn mit ihren vielen Kurven blieb noch erstaunlich lange spannend, aber nur für mich.

Ich war beileibe kein Draufgänger, sagte ich schon, aber immer schon (damals erfolglos, was Mädchen anging, s. o.) am Ball – Tanz- und „Beat-Veranstaltungen", Kneipenbesuche, Feten usw. Wenn was ging, war ich meistens irgendwie dabei – Uli zog sich immer mehr auf sein Zimmer zurück, mittlerweile unterm Dach mit leistungsstarkem Kurzwellenempfänger, abgeschieden und mit dem Ohr überall in der Welt, Nachrichten und Musik, die nichts mehr mit Beatmusik zu tun hatte. Kneipenbesuche machte er hin und wieder noch mit, auch mal 'ne Kippe zum Bier rauchte er mit – aber er verschwand aus dem Zentrum meiner Welt, verließ sie zum Glück nie ganz.

Nach dem Abi kam das Studium, aber die Welt hier, das war nix für Uli, der heimlich durchaus auch ein oder zwei Augen für Mädchen hatte, aber damals nie zugegeben. Der jährliche Campingurlaub mit den Eltern in Jugoslawien und später Griechenland hatte Uli schon früh fremde Welten kennen lernen lassen, während ich zu Hause hoffte, dass das Wetter für die Badeanstalt (Schwimmbad, damals sagte man „Badeanstalt") nicht zu schlecht war.

Irgendwann gab es für ihn nur noch die Wahl „Exil" oder „Exitus". Er wählte das Exil, zum Glück, wohnte zunächst zehn Jahre in Griechenland, mit Unterbrechungen, um in Deutschland als Gelegenheitsjobber Geld zu verdienen. Ein halbes Jahr Arbeit reichte für ca. drei Jahre relativ spartanischen Lebens, aber was heißt das schon – glücklich und zufrieden, kontaktfreudig, Frauen …

Ich will hier nicht das Leben anderer ausbreiten, dazu fehlt mir die Berechtigung, sondern meins, zumindest in Auszügen. Aber ich hoffe Uli verzeiht mir, wenn ich noch ein paar Sätze hinzufüge. Er wurde ein Globetrotter im Sinne des Wortes, könnte bestimmt Bücher über Bücher darüber schreiben. Nach zehn Jahren Griechenland rief der Rest der Welt – Indonesien, Philippinen, Thailand, Laos, entlegene Pazifikinseln, Südamerika usw. Und er machte keine „Durchreisen", sondern verbrachte zum Teil Jahre in einem Land, lernte Land, Leute und Sprache(n) kennen – und Frauen! Ein charmanter, gebildeter, weitgereister Mann! In der Sulusee (Philippinen) war er in Gegenden, die damals seit mehr als zwanzig Jahren keine „Langnase" mehr besucht hatte, wurde von den örtlichen Dorfchefs (mit umgehängter MP) freundlich begrüßt und bewirtet, untergebracht. Geld ausgeben? Keine Chance, es gab nix zu kaufen, alles wurde ihm als Gast präsentiert. Sicher kein Luxusurlaub, aber es mangelte ihm an nichts. Mein Traum – aber ich darf nicht dorthin, meine Frau (Philippinin, sagte ich ja schon, oder?) hat dort Angst und erlaubt das nicht. Uli mag seine Bücher selber schreiben, wenn er will. Rebellen gab es „da unten" schon immer, aber wer nicht mit drei umgehängten Kameras, dicken Goldringen und fettem Geldbeutel dort auftaucht wird auch nicht behelligt, behaupte ich. Nicht, dass ich die „Moro-Rebellen" begünstigen möchte, im Gegenteil, aber wer sagt denn, dass alle Bewohner südlich von (und in) Zamboanga Rebellen sind?

Bis heute sind Uli und ich gut befreundet und ich bin dankbar dafür; auf seine alten Tage hat er sich wieder in Deutschland niedergelassen.

Ein Sprung auf der Hühnerleiter – Urlaub, Urlaube mit Andrea. England, Jugoslawien, Spanien, zwei Mal Griechenland, jeweils mit Besuch bei Uli, dabei ein Mal eher zufällig gleichzeitig mit einem anderen ehemaligen Schulfreund und seiner damaligen Partnerin. Alte Seilschaften halten gut.

Ich hatte über alle die Jahre immer mehr oder weniger guten Kontakt mit Erwin gehalten, meinem alten und etwas älteren, damals ja zuerst argwöhnisch begutachteten „Theologiefreund". Nach meinem Desaster mit Hildegard hatte ich ihn z. B. seinerzeit als Seelentröster in Hamburg besucht, wohin er inzwischen gezogen war. Zwei Dinge sind mir von diesem Besuch auf immer im Gedächtnis geblieben, von dem sowieso sehr angenehmen Umgang mit Erwin und seinen leckeren überbackenen Toasts (habe ich schon erwähnt, kann ich eigentlich gar nicht oft genug tun, und habe ich später übernommen) abgesehen. Wir hörten uns in einem Schallplattengeschäft gemeinsam ein paar Tracks der „neuen Clapton LP" an, „Layla and other assorted Love Songs" von Derek & the Dominos. Wir schauten uns nur enttäuscht an und sagten: „Das ist aber nix!" Wir hatten noch zuviel Cream in den Ohren. Seit langem, bis heute und bis zu meinem Tod ist dies eins der ganz grandiosen Alben, die zu meinen ewigen Favoriten zählen. Die größten und stärksten Bäume wachsen langsam. Ähnlich erging es mir mit „The Piper at the Gates of Dawn" von Pink Floyd, damals im HMV-Shop auf der Oxford Street in der typischen kleinen „Telefonzelle" gehört, da durfte man die Platten sogar selbst auflegen! Ich möchte nicht wissen, wie viele schöne Scheiben dort achtlos zerkratzt wurden.

Eric alias Derek versackte damals bald danach in Drogen, ging fast kaputt – und schaffte es, sich „with a little help from his friends" wie Pete Tonwshend (Who), George Harrison oder Steve Winwood wieder zu berappeln und zu neuen musikalischen Höhenflügen aufzubrechen. Ein toller Musiker und bewundernswerter Mensch! Eric und George freundeten sich übrigens an, weil/obwohl/nachdem Eric George's erste Ehefrau heiratete. Vielleicht war George froh, sie los zu sein, aber hübsch war sie und auch nicht Erics letzte.

Bei einem Abstecher von Hamburg aus an die Ostsee ließ ich meine Mehlwurmhaut zu lange „in dem bisschen Sonne". Ein frisch gekochter Hummer hätte blass gegen mich ausgesehen, AUA! Doc, so der Spitzname eines Freundes von Erwin, ein klasse Typ und auch Theologe (Theologen gibt's …), hatte die Lösung meines körperlichen Elends parat: Zitronensaft! „Der spinnt!" dachte ich, aber mir war alles egal. Am nächsten Morgen: klebrig, immer noch knallrot (nur noch) wie ein frisch gekochter Hummer, aber schmerzfrei. Das war beileibe nicht mein erster und letzter Sonnenbrand, man wird ja irgendwie (fast) nie klug, was das angeht, aber der letzte, der mir lange große Schmerzen bereitete. Zitronensaft, aus frisch geschnittener und gepresster Zitrone ist DAS Mittel dagegen – wer's nicht glaubt, dem kann ich auch nicht helfen. Ach, übrigens – auftragen, nicht trinken!

Die Welt ist groß (je nach Perspektive) und Erwin hatte inzwischen ein Pastorat in Brasilien übernommen, wohnte mit seiner Gattin, ebenfalls altbekannte Kommilitonin, in der Nähe von Porto Allegre. Dort leben viele deutsche Auswanderer oder vielmehr Nachfahren der Nachfahren von Auswanderern, überwiegend aus dem Hunsrück, mit entsprechendem Dialekt, gemischt mit portugiesischen Brocken - kaum verständliches Kauderwelsch, aber nette, gastfreundliche Leute (wie wir noch erfahren sollten). Also besuchen wir die beiden doch mal …

Ein paar Briefe hin und her, organisieren – das ging damals auch ohne E-Mail und Telefon erstaunlich einfach. Mein erster Flug, Andrea's auch. Hilfe, die Tragflächen wackeln so, brechen die gleich ab …? Nein, nichts brach ab, und nach nervigem Zwischenstopp in Casablanca, bei dem ich meiner Kleinen mehrmals in die Augen schaute, immerhin (für einen Besuch in Rick's Café war keine Zeit, haha), landeten wir sicher in Rio de Janeiro, erwartet von unseren Freunden.

Wusch! – Nicht nur mein erster Flug, sondern auch das erste Mal, dass ich gegen eine Wand tropischer Heißluft lief! So anders, und so toll! Ich liebe es – kurzer Schock, und dann so wohltuend, der Schweiß ölt alle Gelenke und macht die Haut geschmeidig, kalte Füße und Hände kann man sich nicht mal mehr vorstellen. Wohltuend aber nicht für meine Freundin, sie konnte nicht oder kaum schwitzen; Jugoslawien, Griechenland, das ging ja noch, da war es warm, vielleicht sehr warm – aber nicht heiß! Hitzestau, Medikamente – nach ein paar Tagen Rio ging's gen Süden, Zwischenstopp Iguaçu-Fälle, und die Temperaturen sanken langsam von heiß auf (sehr) warm.

Die Fälle – trotz Dürre überwältigend, ich bekam eine weitere kleine Ahnung von der Schönheit und Vielfältigkeit unseres winzig großen Planeten.

Das Pfarrhaus bot alle Annehmlichkeiten, nebst subtropischem und damit auch für meine Freundin angenehmem Klima und vor dem Haus grasender Ziege, die später verspeist wurde. Das Vieh war einigermaßen zickig, oder bockig (?), und mir nicht sonderlich sympathisch, aber gestern noch „Guten Tag" gesagt und heute am Spieß – das fiel mir schwer. Und Ziegenfleisch ist sowieso nicht so meine Sache … ich habe etwas probiert, mehr nicht. Ansonsten war und ist Churrasco erste Klasse, dazu ein leckerer Caipirinha – herrlich! Das haben wir auch später in Deutschland (ohne Andrea) noch einige Male zelebriert.

Wir machten Ausflüge in die Umgebung, mehr oder weniger weit. Blumenau – ein urdeutsches Städtchen mit Fachwerkwerkhäusern im Süden Brasiliens; woanders eine neblige Hochebene mit einem tief eingeschnittenen Tal, von jetzt auf gleich hunderte Meter senkrecht in die Tiefe, unheimlich.

Ebenso unheimlich mein „Flotter", irgendwo hatte ich etwas eingefangen …

In einer Hütte weitab von jeglicher Zivilisation ging das folgendermaßen vonstatten, sorry, aber einfach unvergesslich: Erleichterung, nach kolossalen Schmerzen, mit Wasseraustritt dort, wo sonst nur „Land" herauskommt, hinlegen, ein paar Minuten Ruhe, beginnendes Rumoren, leichtes Ziehen, starkes Ziehen, leichte Schmerzen, starke Schmerzen, unerträgliche Schmerzen, Schmerzen bis zum Zerreißen - Erleichterung … das ging so im 20- bis 30-Minuten-Rhythmus etwa 24 Stunden lang. Cola, Salzstangen, so lange wir noch welche hatten – sonst mussten wir doch endlich mal irgendwie zum Arzt, irgendwo, Stunden entfernt, aber ein Auto hatten wir ja dabei, bevor ich verrecke.

Wieder hinlegen, mit zitterigen Knien, und … nach etwa einem Tag war die Plage überwunden, aber ich glaube (außer an Hühner), ich habe in meinem ganzen Leben nie solche enormen körperlichen Schmerzen gelitten wie in diesen 24 Stunden! Sonst hatte ich in den Tropen oder Subtropen nie solche Probleme, eher das Gegenteil – Reis stopft …

Ich erholte mich schnell, alle hatten sich um mich gekümmert, aber meine liebste Gefährtin war irgendwie schon mal leicht „abwesend", schrieb viele Briefe an Freundinnen, wie sie sagte. Sie war während der gesamten Reise insgesamt nicht so schmusig wie sonst – naja, Klima, Hitze … dachte ich. Schließlich ein paar letzte Tage, nun nur noch (und endlich wieder nur – nicht, dass es zu viert vorher Probleme gegeben hätte) zu zweit, in Salvador do Bahia, trotz stinkender Papierfabriken und Schaumteppichen auf dem Wasser an den herrlichen Stränden ein unvergessliches Erlebnis.

Kleiner Nachschlag zu Brasilien. In ihrer etwa dreijährigen Zeit dort hatten Erwin und seine Frau drei deutsche (Liebes-) Paare zu Besuch, alle drei Beziehungen gingen anschließend in die Brüche. Nach circa dreißig Ehejahren haben Erwin und seine Frau sich getrennt, leben aber immerhin noch, so weit ich weiß, freundschaftlich im gemeinsamen eigenen Haus. Der WM-Triumph 2014 war unsere Rache! Ich kann auch schon mal ziemlich doof sein …

Zurück im kalten Deutschland, noch Sonne im Herzen, ein paar Wochen später etwa – mein Freund Uli war, wie fast bei jedem seiner sporadischen Deutschlandaufenthalte, um mal wieder etwas Geld zu verdienen, zu Besuch bei uns. Meine liebste Freundin beauftragte mich, an einem Sonntag, einen Brief abzuschicken – adressiert an meinen damals (noch) besten Freund.

Seit ein paar Jahren waren wir befreundet, kennengelernt beim Trampolinspringen an der Uni – ganz so unsportlich war ich doch nicht immer. Erstmals vor vielen Jahren in meinem Urlaub mit Onkel und Tante in Zandvoort kennengelernt, hatte ich nie dieses wunderbare Gefühl vergessen, in der Luft zu schweben, für kurze Zeit sogar zu stehen! Als Schüler, junger Teenager, machte ich das ein, zwei Jahre lang sogar im Verein, oder auch nicht Verein, auf jeden Fall regelmäßig. Es gab einen offenen Kurs an der Uni – also mal wieder versuchen!

Wolfgang konnte das prima, viel besser als ich, ein scheinbar netter Kerl. Schlecht war ich auch nicht, Bauch- oder Rückenlandung, auf die Knie, drehen, schrauben, kein Problem – nur der Salto wollte mir nie gelingen, wie schon früher immer und immer wieder vergeblich versucht, zum Glück ohne Genickbruch. „Down to earth" – ich stehe am besten mit zwei Füßen fest auf dem Boden!

Wir freundeten uns an, und seine Freundin war auch nicht „ohne", wenn sie mit ihren langen Beinen, Stiefeln und langen schwarzen Haaren durch die Uni marschierte. Immer einen Blick wert, nett, sympathisch – aber keine Versuchung für mich. Sowieso nie, und mit meiner damaligen Traumfrau an meiner Seite schon gar nicht.

Wir waren später mal zu viert im Urlaub, Côte d'Azur, Camargue, schöne zwei Wochen in der Erinnerung. Zwei hinreißende Schönheiten am Strand, mit ihren Männern, natürlich die eine noch viel hinreißender als die andere, aus meiner Sicht (nur aus meiner?).

Dieser Wolfgang (es gab andere gleichen Namens in meinem Leben, weitaus angenehmer in der Rückschau) hatte auch gerne schon mal ein „Krösken" nebenbei, mal mehr, mal weniger intensiv, unterrichtete inzwischen auch als Lehrer oder

Referendar irgendwo, erzählte mir (fast) alles. Irgendwann war Schluss mit seiner Partnerin, die näheren Umstände habe ich vergessen, vielleicht ein Krösken zuviel.

Hmm, Andrea schickte einen Brief an diesen Wolfgang, war letzte Zeit etwas komisch, besonders seit und nach unserem Brasilien-Urlaub, vielleicht auch schon Briefe während des Urlaubs? Warum gab sie ihn mir, um ihn abzuschicken – wohl wissend um meine Neugier, ums mal vorsichtig auszudrücken?

Also los, Unheil ahnend, ins Büro (sonntags niemand da), Brief über Wasserdampf vorsichtig geöffnet – die alten Sherlock Holmes Filme usw. waren nicht nur spannend, sondern auch lehrreich. Ich fiel aus fast allen Wolken, meine dumpfe Vorahnung hatte mich nicht getrogen!

Andrea und Wolfgang – diese miese Ratte! Die Ratten mögen mir verzeihen (meine Kinder haben mittlerweile vier davon!)

Brief wieder verklebt, abgeschickt (!), zurück nach Hause. Theater, große Heulerei und Entsetzen meinerseits, aus die Maus! Uli war ein gewisser, kurzer Trost im Unglück, verschwand bald nach Hause.

Mein Lebenstraum im Eimer, die gedachte Mutter meiner Kinder hatte mich mit meinem „besten Freund" hintergangen! Oder hatte er sie mir nur einfach „ausgespannt"? Halt, dazu gehören immer noch zwei, trotzdem – als „Freund" verhält man sich anders, meinte ich, und meine ich immer noch. Ich hasste ihn ohne Ende, war auch durchaus sauer auf Andrea – aber liebte sie immer noch erbarmungslos. Alle Bemühungen waren vergebens, die Katze war aus dem Sack und Schluss!

Ich habe diesen „besten Freund" nie wiedergesehen und wünsche ihm immer noch, auch wenn längst alles vergessen und vergangen ist, von Herzen alles erdenklich Schlechte und Üble. Ein hinterfotziger, mit seiner nach vorne einnehmenden Art widerlicher Kerl, basta! Auf Tagalog (philippinisch): Bastos! Das heißt was anderes als „basta".

Sollte ich dankbar sein? Ich hätte sonst wahrscheinlich nie meine spätere erste Ehefrau kennengelernt, geschweige denn meine noch spätere zweite, beste aller Ehefrauen …

Wege des Schicksals, aber ihm gegenüber dankbar ... nein! Menschlich absolut niederträchtig, feige, hinterhältig, er hat sich später nie mehr getraut, mir unter die Augen zu treten (und ich hätte auch keinerlei Wert darauf gelegt ...). Ein erbärmlicher Wurm.

Andrea hingegen wünsche ich durchaus, dass sie glücklich geworden ist, trotz aller Schmerzen, die sie mir zugefügt hat. Das ist der Fall, soweit ich weiß, habe ewig lange nichts von ihr gehört oder gesehen, muss auch nicht sein, aber wäre vielleicht mal ganz „witzig". Ich habe sie später noch ein paar Mal getroffen, zunächst sogar noch recht häufig, dazu gleich mehr. Ich hatte noch viel später, zusammen mit meiner besten aller Ehefrauen, vorübergehend erneuten Kontakt zu ihrem Bruder, auch schon wieder sehr lange her. A und W hatten schon damals bald geheiratet, ein Kind, oder zwei (?). Keine Ahnung, vielleicht hat er ja seine „Kröserei" aufgegeben, hat/hätte mit einer Frau wie A auch mehr als allen Grund dazu. Ein Blödmann sondergleichen!

Egal, Arschloch bleibt Arschloch, menschlich niederträchtig nach meinem Empfinden, und auch wenn meine guten Wünsche einerseits und herzlichst bösen Wünsche andererseits nicht zusammen passen, ist mir das ziemlich egal, ich schreibe nur aus und in der Erinnerung.

Arschloch hin oder her, ich war völlig am Boden! Bald dreißig Jahre alt, uralt ... langsam Zeit, eine Familie zu gründen oder zumindest daran zu denken, und die gedachte Mutter meiner zukünftigen Kinder (sagte ich schon) lässt mich wegen eines blöden, flatterhaften Leichtfußes sitzen, unglaublich!

Weiter geht's, unterkriegen lasse ich mich nicht. Auch keine Psychoanalysen mehr wie damals bei Hildegard - einfach nur unendliche Trauer, Schmerz und gebrochenes Herz. Andrea arbeitete nebenbei bei uns in der Firma, wir sahen uns noch hin und wieder, auch wenn ich das möglichst zu vermeiden suchte. Ein paar Wochen später holte sie ihre letzten Möbel aus der Wohnung, nach Absprache als ich nicht da war und zusammen mit diesem Doofmann. Ein leeres Zimmer blieb zurück, nie mehr genutzt. Da hätte ich gut meine Eisenbahn aufbauen können, aber danach stand mir damals absolut nicht der Sinn.

Ein Freund (zum Glück hatte ich einige gute, sehr gute, der „beste" (Idiot) war nicht mehr da) empfahl mir, mich mal mit Maggie in Verbindung zu setzen, die nur ein paar Meter weiter wohnte und unter ähnlichem Problem litt. Dass ich in einer Notsituation auch wildfremde Leute zu Rate ziehen konnte, hatte ich ja schon früher bewiesen.

Maggie war mit Rudolf befreundet, auch in der Nähe, auch in ähnlicher Situation. Wir bildeten schnell ein gemeinsames Netz, das uns auffing - einfach nur quatschen, zusammen in die Kneipe gehen, sich gegenseitig akzeptieren und wertschätzen. Eine Wohltat, die dem geschundenen Herzen wohl tat.

Kneipe – man lernte neue Leute kennen. Carmen war eigentlich gar nicht so mein Typ, aber auch nicht unattraktiv, und ich war einsam … ein paar Monate waren wir zusammen, bis sie mir irgendwie auf den Wecker ging und ich keinen Bock mehr hatte. Eine seltsame Erfahrung für mich, üblicherweise verließen die Frauen mich und nicht umgekehrt. Sie klettete sich an mich, mein Herz war aber immer noch bei Andrea. Sich an mich kletten, wie ich das immer tat, geht gar nicht, wenn ich das nicht selbst tue … Psychokrams beiseite!

Keine bösen Worte oder Erinnerungen – im Gegenteil! Carmens geschiedener Ex-Mann wurde schnell zu einem bis heute sehr guten Freund, die beiden verstanden sich noch gut und hatten sich ohne Streit scheiden lassen. Angehender und später praktizierender Rechtsanwalt (der etwas „alternativen" Art), dauerhaft lange Haare, Musikliebhaber auf meiner Wellenlänge und Schlagzeuger (ein viel besserer als ich) - sozusagen gegenseitige „Liebe" auf den ersten Blick. Das Leben geht seltsame Wege, die 68er Generation hält zusammen.

Es ging mir trotzdem immer noch beschissen, mal mehr, mal weniger. Vor allem viel (mehr) weniger einige Monate nach der Trennung, vor meinem „Netz", Carmen und anderen Begebenheiten. Ich konnte nicht mehr, wollte nicht mehr, das Leben war sinnlos – ich wollte meine Ruhe haben, nicht immer nur die Gedanken kreisen lassen, mich nach Andrea verzehren. Es hatten sich irgendwie einige Psychopharmaka angesammelt, Valium und ähnliches Zeugs, selten benutzt, der Vorrat war groß. Insgesamt etwa 60, 70 Pillen und Tabletten verschiedener Größe, Art, Wirksamkeit und Farbe … wenn ich die alle auf einmal nehme, müsste ich doch mal zur Ruhe kommen. Und falls dann auf ewig ... musste nicht sein, aber wenn, Pech gehabt (oder Glück?), scheißegal, nur Ruhe, Ruhe in meinen Gedanken wollte ich haben!

Ein, zwei Flaschen Bier zum runterspülen, Musik dazu, weg mit dem Dreck – und Ruhe, tiefe Ruhe! Als ich nach etwa zwei Tagen meine Augen wieder öffnete, mit leicht verschwommener Sicht, und meine Ohren wieder etwas hörten, sah ich viele Leute in meinem Zimmer sitzen oder auf dem Boden hocken (so viele Sessel oder Stühle hatte ich nicht) und miteinander tuscheln, so viele wie lange nicht bei mir zu Hause waren. Ich war nicht zur Arbeit gekommen, sie hatten mich vermisst, ich ging nicht ans Telefon ... und Andrea hatte zu der Zeit noch einen Schlüssel für die Wohnung. Ich meine sogar, sie war auch dabei, weiß ich nicht mehr genau. War auch egal, ich hatte meinen Blackout überstanden und war froh darüber – so viele liebe Leute, die sich Sorgen um mich machten, nicht nur dafür lohnte es sich doch, weiter zu leben.

Später erfuhr ich, dass man sich mit solchem Zeug auch gar nicht umbringen kann, wollte ich ja auch nicht, außer man erstickt an Erbrochenem – aber für den „Club 27"[*] war ich sowieso schon zwei Jahre zu alt.

Ein kleines Wunder war, habe ich nie hinterfragt außer jetzt, wie diese Besucher meinen Mitbewohner überstanden haben – einen Mönchssittich namens Coco. Den hatte ich mal von einem Bekannten bekommen, dem er zu „frech" war. Mönchssittiche sind überwiegend grün, etwa doppelt so groß wie ein Wellensittich, kleiner als ein „richtiger" Papagei, ungefähr wie ein Nymphensittich, den kennen wahrscheinlich die meisten Leser. Papageien fand ich schon immer klasse (Tiere überhaupt, außer Kötern - ohne „h"; dafür Hühner in allen Zubereitungsformen umso mehr), hatte als Kind mal drei Wellensittiche (überwiegend zeitgleich), eine Wasserschildkröte und im Gartenteich waren immer viele Goldfische. Als Student

---

[*] Viele Berühmte Musiker starben mit 27 Jahren – Robert Johnson, Brian Jones, Jim Morrison, Jimi Hendrix, Janis Joplin, Lesley Harvey, Gary Thain, Kurt Cobain, Amy Whitehouse und viele andere, weniger bekannte. Wahrscheinlich nicht mehr als in jedem anderen Alter, aber die Ballung hochkarätiger Namen in diesem „Club" ist schon bemerkenswert – ein Mythos der Rockgeschichte.

kaufte ich mal 'ne Tanzmaus (eine richtige, mit vier Beinen), das war mal kurz irgendwie „in". Nach drei Tagen hatte es sich ausgetanzt – die arme Maus war ... mausetot. Jahre später machte es ein Streifenhörnchen auch nicht sehr lange, aber Coco war unverwüstlich.

Der Vogel war sehr anhänglich und verschmust, und sehr aggressiv. Wen er kannte, also mich und Andrea (war das überhaupt noch zu ihrer Zeit? Ich meine schon.), den akzeptierte und bekuschelte er, andere attackierte er sofort, mancher ging fluchend und mit mehr oder weniger leichter Bisswunde in der Wange oder am Ohrläppchen wieder nach Hause. Einen Käfig gab es für den Vogel nicht, nach anfänglichen Versuchen. Ein Vogel muss fliegen, soll er!

Sein Reich war das Wohnzimmer, ein gebastelter Kasten oben im Bücherregal sein Nest. Kleine Vogelkunde: Mönchssittiche sind Nestbauer und -brüter, einzigartig unter den Papageienvögeln. „Er", der Vogel, war eine „sie", wie sich herausstellte, die es oft heftig mit der Schreibtischlampe trieb und dann taube Eier legte. Meine Stifte auf dem Schreibtisch wurden immer weniger, bis ich entdeckte, dass sie massenhaft im Nest gehortet wurden, offenbar als Zweigersatz. Das Tier wird auch später noch mal auftauchen, ich mochte es sehr. Das Vögelchen saß gerne auf meiner Schulter, ließ sich kraulen (und auch schon mal ein Kleckschen fallen) und schnurrte dabei vergnüglich, war sehr anhänglich – aber wehe, eine andere Person kam ins Zimmer, außer Andrea zu der Zeit, wenn ich nicht irre. Ein Kamikaze-Sturzflug war nichts dagegen.

Ich war froh, dass ich meine Medikamentenattacke überlebt hatte, dankbar für die Anteilnahme meiner Freunde und lernte allmählich, mich mit dem Verlust meiner Liebe abzufinden. Ich wusste ja inzwischen, dass es nicht nur „Die Eine" gibt, sondern „One in a Million", wie Journey in einem meiner Lieblingssongs sangen, schon weiter oben erwähnt. Millionen gab und gibt es viele, aber die jeweils „Eine" muss trotzdem erstmal gefunden werden. Ich war offen für neue Beziehungen, auch wenn Andrea immer noch in und an meinem Herzen festgeklammert war.

Carmen erwähnte ich schon; eine neue Sekretärin in unserer Firma namens Brigitte, rothaarig, nicht unbedingt übermäßig hübsch, ohne ihr etwas zu wollen, aber mit dem „gewissen Etwas", erregte mein Interesse. In unserer ersten und letzten gemeinsamen Nacht sprang der Funke dann meinerseits völlig daneben, ebenso beim Besuch von Gerlind, der Schwester meines Freundes Uli, die ich schon fast noch als Baby kannte, nur leicht übertrieben. Sie war hübsch, niedlich, und auch das Verhältnis als Schwester meines Freundes störte nicht, vielleicht sogar im Gegenteil; wir verstanden uns gut, trotz des Altersunterschiedes, aber mehr auch nicht, ich war enttäuscht (und sie auch, schätze ich).

Alle diese Episoden sind ohne chronologische Reihenfolge, eine chaotische Zeit, in der ich versuchte, wieder Boden unter die Füße und eine Frau zumindest ins Bett zu bekommen. Heike, in deren Bett eines nachts auch ihre Schildkröte war – bei aller Tierliebe, auch oder sogar besonders für Schildkröten - nichts für mich, nicht nur deswegen und trotz ihrer beeindruckenden Oberweite. Antje war eine hammergeile - um es modern auszudrücken, damals gab es solche Worte noch nicht - Blondine im „Keller" in Dortmund, Thekenkraft. Ihretwegen verbrachte ich manche Nächte dort bis morgens früh, zappelte mir bei Led Zeppelin, AC/DC und Black Sabbath usw. auf der Tanzfläche einen ab, um sie dann nach Hause bringen zu dürfen. Mehr aber auch nicht, trotz aller Avancen keine Chancen, und nur Taxifahrer wollte ich auf Dauer auch nicht sein. Eine andere attraktive Blondine aus Münster, deren Namen ich vergessen habe, hatte mal eine unangenehme Affäre mit einem früheren Klassenkameraden, der es als Musiker sogar zu einigen Ehren gebracht hatte – unglaublich, wie klein die Welt ist, nicht nur hier, wie man noch sehen wird und schon gesehen hat. Attraktiv, wir verstanden uns gut, aber es entwickelte sich weder eine angenehme noch unangenehme Affäre. Apropos Musiker und Ehren – der jüngere Bruder des besagten Klassenkameraden war lange Zeit einer der prominentesten und besten Schlagzeuger der deutschen Rockszene, inzwischen auch in Ehren ergraut, und ist es immer noch. Er spielte und spielt u. a. in der Band von Udo Lindenberg aus Gronau, gar nicht weit von meinem Geburtsort entfernt. Udo Lindenberg lernte ich zwar nie persönlich kennen, aber er machte und macht (selbst ein großartiger Schlagzeuger, zuvor bei Passport)

„Deutschrock", den selbst ich mir gut anhören kann ohne wegzuhören, eine große Ausnahme und Hut ab (den er immer auf hat)!

Beim Einkauf im Aldi gegenüber hatte ich auch mal eine hinreißende rothaarige (scheint hinter schwarz meine bevorzugte Farbe zu sein) junge Frau gesehen, die offensichtlich auch in der Nähe wohnte. Manchmal stand ich dann am Fenster um zu beobachten, ob sie wieder in den Aldi ging und wenn, war sie schon wieder weg, bis ich da war, dumm gelaufen und wahrscheinlich wäre ich auch zu feige gewesen, sie anzusprechen. Susi, nicht die aus meinen frühen Schülertagen, war meist in Leder gekleidet, umwerfend hübsch, schwarzhaarig, seufz, und, wie ich dann erfuhr, lesbisch. Scheiße! Zu der Zeit hing ich oft mit einem früheren Nachhilfeschüler herum, jüngerer Bruder eines später bekannten Schauspielers, der sie etwas näher kannte und mich entsprechend informierte. Eine verrückte Zeit. Rosi, die Ex des später so berühmten Herbies (s. o.) war mittlerweile auch bei uns in der Firma gelandet und hatte ihre Reize – aber auch da stießen meine eher halbherzigen Bemühungen auf Granit. Freundschaft ja, das war und ist auch völlig OK so, mit bis heute gelegentlichem Kontakt über die „sozialen Medien".

Das Leben brodelte einerseits, aber andererseits hing mir alles zum Hals heraus, Andrea war ständig mehr oder weniger präsent, entweder real als Hilfskraft in unserer Firma oder nur in meinen Gedanken. Mal weg von hier, die Welt ist doch viel größer als das mittlerweile akzeptable (heute praktisch unverzichtbare und geliebte!) Bochum.

Eine klasse Stadt, hinzu kommt die immer mehr wachsende Liebe zum VfL, und überhaupt, „annerswo is' auch scheiße", wie wir hier im Revier sagen. Das Buch „111 Gründe, den VfL Bochum zu lieben"[*] gibt es schon (seit 2014, s. o.), wunderbar von Tom MacGregor geschrieben – trotz des Namens ein Ur-Bochumer. Hätte ich nie und nimmer besser schreiben können (von wenigen Tippfehlern abgesehen – hoffentlich noch weniger in diesem Buch …).

---

[*] Tom McGregor - 111 Gründe, den VfL Bochum zu lieben, © Schwarzkopf & Schwarzkopf Verlag GmbH Berlin, 2014

Laut meines Arbeitsvertrages durfte ich ein halbes Jahr lang nach Beendigung meines Arbeitsverhältnisses, wie auch immer zustande gekommen, keine vergleichbare Stelle einnehmen bei weiterhin vollen Bezügen. Das war mein Joker, den ich zog – ich kündigte. Mein Chef, mit dem ich „gut konnte", wie schon gesagt, intellektuell und altersmäßig auf einer Stufe, meinte dann mal „was machste denn, wenn ich das nicht zahle?". Er hatte Angst, mich gehen zu lassen, versuchte einige Jahre später, mich zurückzuholen, kurz bevor der ganze Laden pleite ging. Andere Geschichte, vielleicht später noch mal mehr dazu. Ich antwortete nur „nichts, denn ich weiß ja, dass du zahlst." Tat er auch sang- und klanglos, und auch später konnte ich dort ein- und ausgehen wie ich wollte, Schallplatten ausleihen oder günstig kaufen, immer gegenseitig willkommen mit Friede, Freude, Eierkuchen, auch allen Ex-Kollegen/innen gegenüber, mit denen ich zum Teil bis heute befreundet bin, in ein bis zwei Fällen sogar besonders gut.

Egal, das war damals nicht mein Problem. Planungen liefen an, Hauptsache weg, ohne bestimmtes Ziel, ohne bestimmte Rückkehr – aber ein erstes Ziel musste her. USA – das Land der Träume, New York, hinaus in die große, weite Welt. OK, auch sprachlich absolut mein Ding, aber alleine loszuziehen schien mir doch etwas langweilig zu sein. Wie genau weiß ich nicht mehr, aber über eine Zeitungsanzeige fand sich eine Reisepartnerin aus einer nahe gelegenen Großstadt. Erstes Treffen genau wie es sein sollte – gegenseitige Sympathie, absolut nicht mehr, darauf war niemand aus, prima. Natürlich erzählte ich von meinen Plänen, auf der Arbeit (noch) und in der meist immer gleichen Kneipe unter dem Theater. Ein deutlich jüngerer, aber sehr lieber und netter Arbeitskollege meinte, dass er und seine Freundin, auch lieb und nett, doch vielleicht auch mitfahren könnten; Ulrike, eine Kneipenbekanntschaft aus dem Dunstkreis um Carmen und ihren Ex-Mann, mittlerweile ja mein sehr lieber Freund, war geschieden mit Tochter, nicht unflott aber kein Thema für mich, hatte einen amerikanischen Freund in Aspen, Colorado, Rocky Mountains, den könnte sie ja vielleicht auch mal besuchen …

Und schon waren wir zu fünft, auf gen Westen!

Ein paar Monate vorher machte ich noch schnell meinen Motorradführerschein, das hatte ich mit 18 Jahren verpasst, und kaufte mir ein kleines, gebrauchtes Motorrad, 250 ccm Suzuki, gar nicht schlecht zum „Üben".

Ich sprühte zwar nicht vor Lebensfreude, war aber auch nicht lebensmüde, um sofort mit 'ner richtig fetten Maschine loszudüsen. Nach einigen Wochen verkaufte ich das Ding wieder, wusste ja nicht, wann (und ob überhaupt) ich zurückkomme. Seitdem nie wieder ... vielleicht irgendwann noch mal 'ne gemütliche Harley, wer weiß, Bock dazu hätte ich.

Ulrike hatte viel Platz in ihrer Wohnung, also organisierte ich dort eine mehr oder weniger große Abschiedsfete, sorgte für die knackige Musik mit Tonbändern, Kassetten, Schallplatten, Getränken, Essen – und Verkleidungen mitten im Sommer waren gewünscht. Keine Ahnung, wie ich darauf kam, Karneval ist gar nicht mein Ding; ich schminkte mich als Löwe, mein Sternkreiszeichen, mit roter Latzhose – die waren zu der Zeit angesagt. War nicht die Riesenmegafete, wenn ich mich recht erinnere, aber absolut OK – ein würdiger Abschied aus dem „alten Leben".

Mein guter Freund Rudolf, s. o. und u., kümmerte sich um Wohnung und Vogel Coco, der ihn mittlerweile auch akzeptiert hatte – es blieb ihm auch nichts anderes übrig, wollte er, nein sie, nicht verhungern und verdursten.

Aus flugtechnischen Gründen kamen meine Zeitungsbekanntschaft und ich zuerst in NY an, die anderen folgten etwa einen Tag später. Alle hatten ca. vier oder fünf Wochen Urlaub, Rückflug gebucht, bei mir war das Ende offen, ich hatte keinen Rückflug gebucht. Vorher hatte ich noch bei „meiner" Bank eine Kreditkarte erstanden, damals noch absolute Neu- und Seltenheit, aber für die USA brauchte man sowas, hatte ich gehört. Hatte ich gut gehört, denn ohne die Plastikkarte wäre ich trotz Reiseschecks ziemlich aufgeschmissen gewesen.

Ein paar Wochen vor meinem endgültigen Abschied aus der Firma tauchte ein neuer Lehrling auf, ein weiblicher – „Azubine" würde man heutzutage salopp sagen. Und obwohl, wie schon mehrmals gesagt, „blond" eigentlich nicht auf meiner Speisekarte steht, bestätigen ja Ausnahmen immer wieder die Regel, und man sollte sich auch nicht so allzu sehr festlegen, etwas flexibel bleiben. Hübsch ist hübsch, egal ob blond-, braun-, schwarz- oder rothaarig – und diese Blondine war ein ausgesprochen hübsches Exemplar, sehr ausgesprochen sogar, mit einer Figur ... und dumm war sie auch nicht, wie man Blondies ja gerne nachsagt. Vorsichtige Annäherungsversuche versandeten oder wurden abgewiesen, irgendwann willigte sie dann ein, sich von mir zum Essen einladen zu lassen. Das klappte aber terminlich vor meiner Abreise nicht mehr, also wenn ich wieder zurück bin ... OK. Es kam nie dazu, einige Zeit später schnappte sich mein junger Reisegefährte und Ex-Kollege diese süße Maus, nachdem die Beziehung mit seiner Freundin, die ja auf unserer Reise auch mit von der Partie war, in die Brüche gegangen war; ob wegen ihr, weiß ich nicht. Sein Bruder heiratete sie schließlich ... das Schicksal geht oft seltsame Wege. Eine Randnotiz, aber diese Azu-Biene war schon ein verdammt scharfes Teilchen. So redet „Mann" halt manchmal, weder abfällig noch sonst wie diskriminierend gemeint, im Gegenteil!

New York – gewaltig, beeindruckend, toll! Meine Begleiterin war müde, wollte schlafen, sollte sie ruhig. Ich war noch aufgekratzt, wollte mir schon mal New York am Abend ein wenig ansehen, unser Hotel war nicht weit vom Times Square entfernt. In einem Kino wurde „Alien" gezeigt, sah für mich als SF-Fan ganz interessant aus. Also Ticket gekauft, hingesetzt, der Film lief an, nach quälend langweiliger Reklame natürlich, war nicht schlecht, aber die Müdigkeit überkam mich langsam. Die Augen fielen ab und zu ... zu, der Kopf sackte schon mal nach vorne ... bis das kleine Vieh auf einmal aus dem Bauch des armen Astronauten spritzte, ich hing fast unter der Kinodecke! Solide Grundlage meiner bis heute ungebrochenen Bewunderung und Vorliebe der Alien-Filme, ein Geniestreich der Filmkultur. Seit eh und je, genau genommen seit Windows 95, prangt auf dem Desktop meines Computers das Alien-Motiv. Versuche, das mal zu ändern, habe ich immer wieder schnell aufgegeben.

Für den Rest des Films, seitdem viele Male gesehen, war ich hellwach und der kurze Rückweg zum Hotel war schon etwas unheimlich. 1979, Energiekrise, mit weit nach Mitternacht stark reduzierter Straßenbeleuchtung, überall lungerten Gestalten in Ein- und Ausgängen herum, vielleicht auch ein Alien irgendwo – ich hab's unbeschadet überstanden.

Ein paar Tage New York, Christopher Street Day, tolle Fotos gemacht, Besuch in einem hawaiianischen Restaurant, mit „Tinikling", einem eigentlich philippinischen Tanz, so weit ich weiß, bei dem lange Bambusstämme rhythmisch zusammen geschlagen werden, immer schneller, schneller, schneller und der/die Tänzer versuchen, dazwischen zu treten, ohne getroffen zu werden. Möglicherweise ist dieser Tanz aber auch im gesamten Pazifikraum verbreitet, und sollte Vorbote kommender Zeiten sein …

Abflug nach Denver, Colorado. Auto mieten, dank meiner Kreditkarte kein Problem; ein, zwei Tage Denver, dann auf in die Rocky Mountains nach Aspen, um Ulrikes Freund zu besuchen. Meistens saß ich am Steuer, auch später, und lernte entspanntes Fahren kennen. Riesiger Ami-Schlitten, Platz ohne Ende, Tempomat („ach, was ist das denn?"), fahren und die gewaltige Gegend genießen, hohe Berge, tiefe Schluchten, wilde Flüsse – herrlich! Winnetou, wir kommen! Herzlich willkommen in Aspen in einem mehrgeschossigen, „alternativanderen" Holzhaus, mexikanische Restaurants mit tollem Essen und leckerer Margarita mit viel Salz am Glasrand, herrlich!

Weiter durch die Rockies, Four-Corners-Point, Route 66[*], Grand Canyon, Las Vegas, Los Angeles, Highway One mit kurzen Zwischenstopps in Carmel und Monterey ("Cannery Row") nach San Francisco. Das könnte Bände füllen, hier nur im Telegramm-Stil. Eine so andere, schöne Welt, fernab aller Sorgen zumindest für uns Touristen, nur neue Eindrücke einsaugen.

In unserer 5-er Gemeinschaft knisterte es allerdings allmählich, es ging ein bisschen in Richtung „alt gegen jung". „Alt" hieß Ulrike und meine Zeitungsbekanntschaft, die sich beide sehr gut verstanden, einerseits und, obwohl ich deren Alters war, oft ich und mein junger Kollege samt Freundin

---

[*] Damals mit großem Ami-Schlitten, aktuell (2015) auf der Jahresstraße des Lebens.

andererseits, wobei ich auch häufig irgendwo dazwischen stand. Es gab nie heftigen Streit, aber die einen wollten das, was die anderen nicht wollten und umgekehrt, die anfängliche Harmonie war gebrochen. Also trennten wir uns mal ein paar Tage, in San Francisco war das, meine ich, ohne den Kontakt ganz abzubrechen, machten aber auch weiterhin gemeinsame Unternehmungen, z. B. zum wunderschönen Lake Tahoe. Möglicherweise bietet der nordamerikanische Kontinent die schönsten, widersprüchlichsten Naturschönheiten auf relativ kurzer Distanz überhaupt. Ausnahmsweise meine ich jetzt mit Naturschönheiten keine Frauen.

San Francisco – die Hippiezeit war vorüber, hing aber immer noch irgendwie in der Luft, vielleicht nur in meiner Einbildung. Überrascht waren wir alle von dem Nebel, der im Sommer zwei bis drei Monate lang die Küste verhüllt, man lernt halt nie aus. Tolle Fotomotive überall, Golden Gate Bridge, die kurvige Lombard Street (erinnerte mich irgendwie an „unseren" blonden Lehrling ...), Alcatraz, Cable Cars – San Francisco!

Irgendwann ging ich alleine durch die Straßen und entgegen kam mir ... Andrea! Ich dachte, ich träumte, aber nein – sie war es leibhaftig! Ich wollte sie vergessen, sie war mittlerweile hinter einem kleinen Türchen weit hinten in Herz und Hirn verstaut und grinste mich nun freundlich an! Zum Glück war sie auch gerade alleine, machte mit ihrem blöden Macker (meinem ehemaligen Freund, s. o.) zufällig auch gerade Urlaub hier. Irgendwie habe ich es mit seltsamen Zufällen. Wäre dieser Typ dabei gewesen, hätte ich ihm wahrscheinlich direkt meine schwere Kamera (inklusive Fischaugen- und Teleobjektiv) in seine dämliche Fresse gehauen!

Ein paar Worte nur, „wie geht's, blabla, tschüss" – und meine prinzipiell gute Laune war nur noch ein Häufchen rauchender Asche, ich fühlte mich so flach wie das Straßenpflaster, auf dem ich weiter kroch, noch flacher, darunter, wie ein Regenwurm ... Nur nix anmerken lassen, einfach weiter machen, auch wenn's schwer fiel. Kurz darauf an diesem Tag fuhren wir alle, d. h., meine Reisebegleiter und ich, zusammen ein Stück nach Norden, über die Golden Gate Bridge, nach Berkeley, weiter, irgendwo an einen Strand. Herrliches Wetter, mit starkem, kühlem Wind vom Pazifik, fast schon Sturm. Ich sonderte mich ab, weit weg von den Kameraden, weiter, noch ein Stückchen weiter, bis ich sicher war, die einsamste Seele weit und breit zu sein. Und dann – schrie, brüllte, kreischte ich gegen den Wind „ANDREA!" Nur dieses eine Wort, ein Mal, zwei Mal, drei Mal, wieder und wieder, bis mir die Lunge zum Halse raus hing, das Zählen hatte ich irgendwann aufgegeben. Und dann - zack! Mein gebrochenes Herz war geheilt, von jetzt auf gleich, ähnlich wie damals bei Hildegard, unerklärlich. Andrea – vom Winde verweht!

Heiser, aber heiter und befreit marschierte ich zurück zu meinen Reisegefährten, ein toller Tag! Innerhalb weniger Stunden hatte ich eine emotionale Achterbahnfahrt aus ruhiger Mittellage bis in pechschwarze Tiefen und von dort aus in himmelhoch jauchzende Höhen erlebt.

Das Auto, obwohl inzwischen wegen irgendwelcher Reparaturen mehrfach gewechselt, musste laut Vertrag zurück nach Denver kutschiert werden. Die Zeit meiner Gefährten war langsam abgelaufen und die beiden „alten" Damen flogen direkt von San Francisco aus nach Hause, mein junger Kollege, seine Freundin und ich machten uns auf den Weg zurück nach Denver, durch die endlosen Salzwüsten Utahs und auch wieder die wunderschönen Rocky Mountains. In Denver mieteten die beiden einen anderen Wagen, um weiter bis nach New York zu fahren, insgesamt also einmal quer durch die USA. Ich flog zurück nach San Francisco, mal schauen, wie's so weitergeht. In glühender Hitze ein tolles „Festival" in einem riesigen Stadion in Oakland, mit Ted Nugent, Black Oak Arkansas und und und, klasse! Suzi Quatro im Waldorf-Astoria, war auch nicht schlecht, die niedliche Suzi!

Vergebliche Versuche, in irgendwelchen Discos irgendwelche Frauen aufzureißen – wenn nicht, dann nicht, auch egal (so einigermaßen zumindest), kommt Zeit, kommt Rat, kommen Frauen, eine würde ja schon reichen.

Mein Geburtstag, ich wurde 30 Jahre alt, lag noch im Bett im Hotel, morgens so gegen 10:30 oder 11:00 … und plötzlich wackelte das Bett wie verrückt, als würden ein paar Riesen es durchschütteln. Aber nicht nur das Bett, auch die Wände, Dusche und überhaupt alles wackelte, ein paar verschreckte Kakerlaken huschten durch die Gegend, obwohl dies kein übles Hotel war, Kakerlaken gab's halt überall. Ein, zwei Minuten höchstens, ich stand so schnell es ging auf – und Ruhe. Was war das denn gewesen? Die Cable Cars, die vor dem Haus hin- und herfuhren? Wohl kaum, die fuhren ja immer und ohne solches Getöse zu verursachen. Als ich etwas später an der Rezeption nachfragte, wurde mir nur achselzuckend geantwortet „war wohl ein Erdbeben".

Kurz darauf erschienen die ersten Mittagszeitungen mit großen Schlagzeilen „Stärkstes Erdbeben seit 1906!" 1906 wurde San Francisco dem Erdboden gleich gemacht ... ein Zeitungsexemplar habe ich immer noch. Ein wahrlich krachender und gebührender Beginn meines vierten Lebensjahrzehnts, zum Glück ohne nennenswerte Schäden für mich oder andere. Zufälle gibt's ...

Die Kameraden waren wieder zu Hause, mir wurde es trotz nicht immerwährender Harmonie doch manchmal etwas langweilig. Ich verabredete mich mit Damon Edge, dem etwas durchgeknallten Musiker der Gruppe oder vielmehr des Duos Chrome, den Kontakt hatte ich aus meiner Zeit als Importmanager in Bochum, noch gar nicht lange her. Im Hinterkopf hatte ich ja auch, eventuell in den USA einen Job in der Musikbranche zu finden und dort zu bleiben. „Ja, ja, vielleicht machen wir mal etwas zusammen." Wir hörten nie wieder etwas voneinander, 1995 starb er und sein Partner Helios Creed hält die Flagge immer noch mehr oder weniger aufrecht, wenn ich nicht irre.

Geld, Zeit, kein Problem – wohin sollte die Reise weiter gehen? Hawaii, das klingt doch gut, und wenn schon halbwegs unterwegs nach Asien, dann auch gleich weiter dorthin, das war schon immer mein Traum. Die Philippinen, quasi nächstgelegen zu Hawaii, Englisch als (damalige) Staatssprache, das passte doch prima. Auch erinnerte ich mich mal gelesen zu haben, dass es dort die hübschesten Frauen der Welt geben sollte, das konnte ja nicht schaden. Und obwohl ich die meisten Länder dieser Erde nicht besucht habe, will ich dieser Aussage bis zum Beweis des Gegenteils nicht widersprechen.

Also ab ins nächste Reisebüro, erkundigen und Flüge buchen. Die Chefin war eine Philippinin, besser Filipina geschrieben, wie ich später lernte, ein bisschen „Mutti-Typ", aber durchaus nicht ohne. „Und wenn du zurückkommst, hast du sicher eine philippinische Frau!" Haha – und wieso können manche Leute in die Zukunft schauen? Beim Abflug traf ich eine attraktive Amerikanerin aus Los Angeles (L.A. Woman, The Doors), „vielleicht besuche ich dich mal auf meiner Rückreise", „Ja, gerne, hier ist meine Adresse."

Hawaii – dieses Traumland gibt es wirklich. Oahu mit der Hauptstadt Honolulu, Waikiki Beach, seltsame Mischung aus Exotik[*] und US-Plastik-Kultur. Hübsche Hawaiianerinnen zuhauf, aber sowas von! Ich ahnte nicht, dass es bald noch besser kommen sollte, was hübsche Frauen anbetraf. Oahu war mit dem Auto in wenigen Stunden umrundet, tolle Strände hier und da, alles wunderbar, aber ich war einsam. Die Discos eher auf „Schicki-Micky" getrimmt, da war ich als bärtiger und langhaariger „Hippie" ziemlich chancenlos. Eine schwarze Prostituierte, muss ich mal so beim Namen nennen, war nach der Abnahme ihrer wuscheligen Afro-Perücke nur noch halb so hübsch und ruck-zuck, war ich ein paar Dollar los in einem schmucklosen Hotelzimmer. Mein erstes und letztes Mal Sex gegen Geld, nicht mein Ding, völlig enttäuschend.

Abflug nach Kaua'i („Kawai" gesprochen), einer anderen hawaiianischen Insel. Dort landete vor Jahrhunderten Captain Cook, als er die Inselkette „entdeckte" und dort von den Bewohnern erschlagen wurde. Vom Mittelpunkt der Insel aus konnte ich in das herrliche Tal blicken, in dem Jahrzehnte später die TV-Serie „Lost" gedreht wurde (eine der wenigen, fast die einzige, die ich überhaupt je gesehen habe, teilweise, wurde dann doch zu langweilig trotz der hübschen Hauptdarstellerin). Rein zufällig gab es ein Open-Air-Konzert mit den Beach Boys, einer meiner Leib-und-Magen-Gruppen! Palmen, Sand und die Beach Boys, damals noch mit Carl und Dennis – Herz, was willst du mehr?

---

[*] Immer eine Frage des eigenen Standpunktes, wie schon mal erwähnt.

Auf einem Parkplatz näherten sich mir einmal drei Hawaiianer, einer war so richtig fett, die andern auch nicht gerade schlank, und mir wurde etwas mulmig zu Mute. Was wollten die? Waren sie Drogendealer, oder wollten sie mir eins über die Rübe ziehen? Drei zu eins – drei nette, liebe Jungs, die gerne einfach nur mit einem „Bleichgesicht" quatschen wollten, langhaarig und bärtig wie sie es teilweise auch selbst waren. Wir haben uns noch ein paar Mal getroffen. Es gibt (zu) viele Idioten auf dieser Welt, aber auch viele nette, liebe Menschen!

Auch Kaua'i war mit dem Auto in kurzer Zeit erkundet; umrundet ging und geht nicht, dann da liegt ja das „Lost Valley" im Norden der Insel im Wege. Zu Fuß in ein, zwei Tagesmärschen erreichbar, oder per Boot in relativ kurzer Zeit – es gibt da einen sehr spannenden Film über diesen Weg, den Titel habe ich im Moment vergessen.

Als einsamer Autofahrer lud ich gerne drei Anhalterinnen ein, Amerikanerinnen. Drei sehr nette junge Ladies, die im Filmgeschäft in LA tätig waren und deren Namen man dann immer in den endlos langen Abspannen lesen kann, mit Hunderten von Namen der Helfer für dieses und jenes. Unter anderem hatten sie auch an „Apocalypse Now" mitgewirkt; diesen großartigen Film hatte ich inzwischen auch schon irgendwo in Denver, LA oder SF gesehen.

Originalschauplätze dieses Meisterwerkes sollte ich einige Jahre später noch auf den Philippinen zu Gesicht bekommen. Drei angenehme, nette Girls, mehr nicht, wir verabredeten uns, trafen uns ein paar Mal, gingen zusammen schwimmen, wanderten ein paar Stunden auf dem Treck zum „Lost Valley" hin und zurück. Erst als Pam mich beim Abschied plötzlich umarmte und küsste ging mir ein kleines Licht auf. Sie war sehr nett, sympathisch, aber mehr empfand ich nicht für sie. Wir schrieben uns später noch ein paar Briefe … ich hoffe, es geht ihr gut.

Mit einem noch in den USA gekauften Reiseführer im Gepäck landete ich in Manila. Chaos, kleiner Schock, aber ich kam erstaunlich gut zurecht. Ich wollte in dieses „Hostel" – freundliche Leute verstanden mich, ich verstand ihr Filipino-Englisch auch irgendwie, sie halfen mir, „den Bus dort musst du nehmen", „jetzt aussteigen" – „Hey Joe" (damals Synonym für bleichgesichtige „Langnase") oder „Jesus" („Dschieses", lange Haare und Bart). Einchecken im „Hostel", ein kleiner Verschlag, Bett, Stuhl, billig, OK. Etwas in der Gegend umsehen, irgendwo was essen. Leckeres, sehr leckeres Essen, und die beiden hübschen Mädels, die mich bedienten, kicherten leicht verschämt – und ich merkte schnell, dass es hier tatsächlich hübsche Frauen im Übermaß gab.

Im „Hostel" war ein anderer junger Deutscher, Praktikant für zwei Monate oder so als Bergbau-Student, wenn ich mich recht erinnere, auf jeden Fall diese Richtung. Bevor es für ihn ernst wurde, irgendwo weiter im Norden in den Bergen, logischerweise, hatte er noch ein paar freie Tage, kannte eine kleine einheimische Studentengruppe, mit der ein Ausflug nach Mindoro geplant war, der nächsten größeren Insel südlich von Luzon. Wir freundeten uns an, „hey, komm doch mit." Gerne, warum nicht – eine Busfahrt, weiter per Schiff, insgesamt mehr als einen halben Tag unterwegs, in etwa. Raus aus dem Gewühle in Manila, herrliche Strände, Buchten, Natur – gut, dass ich mich diesem fröhlichen Trüppchen angeschlossen hatte.

Amy war eine kleine, niedliche Filipina, mit großer Brille und für die dortigen Verhältnisse (nicht abwertend gemeint, im Gegenteil, aber dort ist trotz oberflächlicher Gemeinsamkeiten im Grunde genommen alles völlig anders) unter „intellektuell" einzustufen. Wir unterhielten uns gut, verstanden uns gut ... und zack, hatte ich eine neue Freundin, der ich auch bald versprach, sie zu mir nach Deutschland zu holen, was sie sehr gerne wollte. Die Hitze, das Klima, die netten Leute, die damals für mich absolut neue, exotische Umgebung (von Brasilien mal abgesehen, aber da (noch) nicht als einsamer „Junggeselle"), der ich schnell erlegen war – es kann dort einem liebeshungrigen Mann leicht den Hals verdrehen. Amy war niedlich, nicht in dem Sinne superhübsch wie viele Filipinas, aber „es kommt ja auch auf die inneren Werte an", wie schon meine Mutter immer sagte.

Zwei, drei Tage später zurück in Manila, mein Hotelkumpel und ich gingen abends in eine nahegelegene Open-Air-Disco, fünf Fußminuten entfernt, ein Bierchen trinken. „Funky

Town" war der Sommerhit und, obwohl absolut nicht „meine" Musik, ein Ohrwurm sondergleichen, der einem aus und an jeder Ecke entgegenschallte. San Miguel Bier, nach deutschem Rezept gebraut, war und ist echt lecker und allgegenwärtig. An das bis oben hin mit Eis gefüllte Glas musste ich mich erst gewöhnen, aber bei der Dauerhitze war das gar nicht mal schlecht. Wir saßen so da, tranken, quatschten, ich rauchte die schmackhaften, billigen philippinischen Zigaretten, als eine junge Dame an unseren Tisch kam - „kann ich mal Feuer haben?" (Auf Englisch natürlich.) Ja klar ... ooops! Wer war das denn? Sie ging zurück zu ihrem Tisch, ich bald hinterher, „können wir mal tanzen?" (Wahrscheinlich wurden keine Ehen öfter mit anderem Beginn geschlossen als mit diesem!) Wir tanzten, gingen etwas spazieren, schmusten – Amy war vergessen! Das Klima, die Hitze, die Frauen ... sagte ich schon.

Noch und schon an diesem Abend fragte ich die junge Schönheit, „Baby", wie sie sich nannte, was sie davon hielte, zu mir nach Deutschland zu kommen. „Ja, gerne." Oh mann-o-mann, jetzt hatte ich ein Problem. Wir verabredeten uns für den nächsten Abend, ich blieb allein ... und schon bald hatte ich mit Amy weitere Ausflüge geplant, zu den wundervollen Reisterassen beispielsweise, einzigartig in der Welt und überwältigend. Amy war zeitweise etwas zickig, als ob sie merkte, dass meine Gedanken nur noch bei „Baby" waren.

Zurück in Manila blieben mir noch zwei, drei Tage, mein „Baby" wiederzufinden. In der Disco fragte ich alle anderen Mädels dort ob sie wüssten, wo sie ist, und bat sie, falls sie sie sehen würden, ihr auszurichten, dass ich dringend auf sie warte. Ein Tag verging, noch einer, mein letzter Abend in Manila, der übliche abendliche Weg zu dieser Disco – und da war sie! „Ich habe schon auf dich gewartet."

Tanzen, schmusen, in mein Hotel zurückgeschlichen (Besuch, vor allem Damenbesuch, verboten!), am frühen Morgen bat sie um ein paar Peso für das Taxi nach Hause, kein Problem. „Wir telefonieren, schreiben, du kommst bald zu mir nach Deutschland, bis bald dann!"

Was ich da noch nicht wusste, und was auch weder wichtig noch ehrenrührig ist war, dass alle Mädels in dieser Disco (und auch anderswo) mehr oder weniger „Profis" waren. Das ist allerdings völlig anders zu verstehen als die „Profis" hierzulande und anderswo. Die jungen Frauen dort, zumindest war das damals so und ist es auch überwiegend heute noch, wie ich vermute, suchen einen Weg aus der oft mehr als erbarmungswürdigen Armut, nicht zuletzt zugunsten der Familie. Über den Begriff der Familie auf den Philippinen und anderen asiatischen Ländern vermutlich auch könnte man Bände schreiben. Diese Damen fragen nie direkt nach Geld, hängen sich an, lassen sich ihr Essen in Restaurants bezahlen, Geschenke kaufen, sind Freundinnen, tage- und wochenlang; sie haben kein Geld, fragen nicht danach und hoffen, in fremden Landen ihr Glück zu finden. Keine billigen „10-Minuten-Quickies" (wie zuvor auf Hawaii).

Dass auch mein „Baby" dazu gehörte, musste ich erst ein Jahr später erfahren, nach kurzem Schock, war mir aber dann auch egal und „verstanden".

Erstmal zurück in die damalige Gegenwart. Schweren Herzens von Manila nach Los Angeles, nur mit Zwischenlandung ohne Aufenthalt in Hawaii. Einkehr bei dem hübschen Girl, das ich in San Francisco auf dem Flughafen kennengelernt hatte. Willkommen, aber mehr nicht, sie hatte ihren festen Freund. Schade, denn obwohl mein Herz in Manila hing, wäre sie schon eine „Sünde wert" gewesen. Nach wenigen Tagen weiter nach Miami, langsam zurück nach Hause. Ich musste ja mal zusehen, wie ich mein „Baby" nach Deutschland holen konnte.

Miami – empfand ich damals als sehr ätzend. Ich fühlte mich einsam ohne mein „Baby", das Klima war schrecklich, obwohl ich tropisches/subtropisches Klima sehr mag. Aber Miami im Herbst … zu drückend, unangenehm, nein danke! Der Besuch bei einem „befreundeten" Schallplatten-Großhändler und Exporteur, freundlich willkommen geheißen, brachte keine neuen Erkenntnisse, geschweige denn einen neuen Job. Eines Abends verfolgte mich irgendein verrückter Schwarzer auf einem leeren Grundstück irgendwo in der City, „Keule" schwingend und schrie irgendetwas … das einzige Mal, dass ich in dieser gesamten Zeit bedroht wurde und mich real bedroht und verängstigt fühlte. Ich rannte davon, nichts passierte – und ich habe absolut nichts gegen Schwarze, um keine falschen Verdächtigungen aufkommen zu lassen.

Kulturschock spätestens bei der Ankunft in Manila – und bei der Rückkehr nach Bochum! Alles so klein und eng hier in Deutschland, das Wetter mies ... ach, wäre ich doch nur noch länger weg geblieben, irgendwo! Es half alles nichts, es musste weiter gehen, und liebe Freunde gab's ja auch noch. Mit Brigitte, meinem Schwarm aus früheren Tagen (s. o.), machte ich bald schon wieder Urlaub in Italien und Frankreich (mit R 16, noch mal s. o.), wir waren gute Freunde, mehr nicht. Mein Freund Rudolf, der sich während meiner dreimonatigen Abwesenheit bestens um Wohnung, die paar Pflanzen und vor allem den Vogel Coco gekümmert hatte, übernahm auch für diese zwei Wochen die Aufsicht. Er wurde allerdings schon vorher leicht komisch als ich ihm eröffnete, bald eine junge Frau aus dem fernen Asien heiraten zu wollen. Auch wenn es noch fast ein Jahr dauern sollte, bis meine zukünftige erste Ehefrau endlich in Bochum war, kühlte die Freundschaft zu Rudolf schnell ab, ich habe nie herausgefunden warum. Wir trafen uns noch hin und wieder, ich ging auch ab und zu noch und wieder in Kneipen, aber ansonsten wartete ich auf Briefe, die relativ selten kamen, schrieb Briefe – die Verabredung zum Essen mit der kurvenreichen, hinreißenden Blondine aus meiner früheren Firma war ad acta gelegt. Amy hatte ich reumütig geschrieben, dass ich sie doch nicht nach Deutschland holen würde. Ich fühlte mich dabei sehr beschissen.

Briefe, und gelegentliche Telefonate, die nach Voranmeldung und Nachfrage von mir zu zahlen waren, R-Gespräch hieß/heißt das. Meist mitten in der Nacht, wegen der Zeitverschiebung, mein Herz ging bis an die Decke – mein Baby rief mich an! Schlechte Verbindung, handvermittelt, mit Echo und sonstigen Störgeräuschen in der Leitung. In einem Monat beliefen sich die Kosten mal auf 3000 DM (!) – das konnte ich zwar zahlen, so gerade noch, aber mein Vater griff mir dankenswerter Weise trotzdem unter die Arme. Ich war mittlerweile arbeitslos, das halbe Jahr Wettbewerbsverbot mit voller Gehaltszahlung war vorbei. Ich konnte von dem Arbeitslosengeld sorgenfrei leben, aber viel mehr auch nicht. Bürokratie, Papiere – ich musste wieder nach Manila, um die Dinge vor Ort zu regeln.

Unterkunft zunächst mal in ihrem Zimmer bei der Oma, die Eltern waren schon lange tot oder verschwunden. Zwei, drei Zimmer, höchstens, irgendwo im Moloch Manila, abseits aller geringen Touristenströme, sauber und ordentlich, direkt dahinter eine stinkende Kloake – normales Leben für die Einheimischen. Ich fand ein paar Briefe, nicht von mir, die mir klar machten, wie mein Baby zum Unterhalt der Familie beitrug. Ein kleiner Schock war das, mehr nicht – ich wollte sie da raus holen. Wir zogen in ein Hotel-Appartement nicht weit von „unserer" alten Disco entfernt, Zimmer-Küche-Bad. Ein paar Tage – und weg war sie! Scheiße, selbst ihre Tante, die ich mittlerweile gut kannte, versuchte sie aufzutreiben, sie war bei einem griechischen Matrosen irgendwo im Hafen, das gab Geld für die Familie ... von mir nicht, sie hatte noch nie danach gefragt, schämte sich und machte deswegen die Biege. Alles für die Katz, meine Träume in Schutt und Asche! Eine andere nette Filipina aus dieser Disco wurde meine Bettgefährtin, wollte kein Geld, wohnte bei mir, ich bezahlte nur unser gemeinsames Essen, die Unterkunft, wie das so ist. Eines Abends, ich glaube noch vor dieser neuen Freundin, hielt ich es vor Herzschmerz kaum noch aus und legte eine große zweizackige Küchengabel auf die Elektrokochplatte, bis beide glühten ... und presste sie mir auf die Brust, ein Brandzeichen als ewige Erinnerung an diese fürchterliche Zeit. Völlig bekloppt!

Die Schmerzen hielten mich in den nächsten paar Tagen aufrecht. Jetzt, nach weit mehr als dreißig Jahren, sind die Narben fast vollständig verwachsen, kaum noch sichtbar. Egal, meine körperlichen Schmerzen lenkten mich von den seelischen ab, meine baldige neue Freundin auch etwas. Die Tage verrannen, die Abreise kam näher, aus der Traum.

Am nächsten Tag war der planmäßige Abflug, sei's drum und bei allem Liebeskummer – niemand ist es wert, dafür das Leben zu riskieren, wie damals bei meinem Medikamentenflash wegen Andrea, auch wenn das tatsächlich gar nicht das ganz große Risiko gewesen war. Das Telefon klingelte – „Warte, flieg noch nicht zurück, ich komme gleich zu dir!" Du lieber Himmel, ich war im siebten, und jetzt? Ich bat meine Interimsfreundin, das Appartement und mich zu verlassen, sie wollte nicht. Ich bat sie, flehte sie an, drohte – ohne Erfolg. Schließlich schleifte ich sie an Händen und Füßen über den Boden auf den Gang vor die Tür, ohne verletzende Gewalt und ohne ihr weh zu tun, hoffte und hoffe ich, das muss ich zu meiner eigenen Ehrenrettung sagen. Aber ich fühlte mich dabei und irgendwie auch heute noch, wenn ich daran denke, ziemlich beschissen. Ein Fingerschnipps, und sie wäre mir auch nach Deutschland gefolgt, raus aus Elend und Armut – sie mochte mich auch gerne, glaube ich. Doch für meinen Traum verletzte ich nicht nur mich selbst, sondern trampelte auch auf den Gefühlen anderer herum; Liebe, oder was man dafür hält, macht blind! Wherever love drops it drops.[*]

Buchstäblich in letzter Minute konnte ich meinen Rückflug verschieben, erstmal nur bis Kairo, aber von da aus würde es schon irgendwie weiter gehen. Ein paar weitere schöne gemeinsame Tage noch, oft im Kreise der Familie, weiteren Papierkram vorbereiten, Flug für mein Baby buchen, ein paar Wochen später würde sie mir folgen.

Rückflug, Sonne im Herzen, nach Kairo. Wie geht's schnellstmöglich weiter nach Hause? Das interessierte zunächst außer mir niemanden. Nicht nur deswegen habe ich auch nicht nur seit damals eine Abneigung gegen Araber, das sage ich mal ganz unverblümt und hoffe, nicht falsch verstanden zu werden. Ich bin nicht gegen „Ausländer" (ein völlig idiotischer Begriff), im Gegenteil, aber Araber im Allgemeinen sind nach meiner Erfahrung extrem engstirnig, egoistisch, dumm und dämlich. Basta! Und natürlich Quatsch, irgendwie, aber irgendwie auch nicht. In „Arabien" gab es in unserem Kulturkreis die ersten Hochkulturen mit phänomenalen Leistungen, als wir barbarischen Germanen und anderes Gelichter noch langsam lernten aufrecht zu gehen, übertrieben gesagt. Doch irgendwann haben sie den Anschluss verloren und sind selbst zum Gelichter geworden, heutzutage mehr denn je. Schade, ich habe auch (wenige) nette, aufgeschlossene und vernünftige Araber kennengelernt, aber die sind leider in der extremen Minderzahl. Die arabische Welt versinkt derzeit in Chaos und Gewalt, überzieht damit den ganzen Globus, soweit sie nicht

---

[*] "Wherever love drops", Manfred Mann's Earth Band, vom Album "Soft Vengeance" viele Jahre später.

durch Ölmilliarden gestützt ist. Manche Golfstaaten, auch durch Ölmilliarden gestützt, scheinen einen leichten Hoffnungsschimmer zu verbreiten, doch Vorsicht ist angebracht. Ich sage ausdrücklich „Araber" und nicht „Muslime", obwohl das weitgehend gleichzusetzen ist. Was der muslimischen Welt fehlt, ist die Aufklärung, welche das Christentum zähmte – von der brandschatzenden, kriegerischen, mordenden und überheblichen Mission und Inquisition hin zur eher fürsorglichen, wohltätigen Einrichtung, die auch heute noch oft daneben liegt. Religion ist die Wurzel allen Übels, ich wiederhole mich, und letzten Endes das Synonym für Engstirnigkeit und Dummheit. Die Verbindung „Araber" und „Muslim" ist ein erschreckend dummes und explosives Gemisch, das unbedingt ausgelöscht gehört ... ooops, fürchterliche Worte, aber ich kann mir nicht helfen. Aber denen ist auch nicht zu helfen, ebenso wenig wie dem Naziabschaum. Schwamm drüber, Schwamm der Auslöschung. Mal ehrlich – Nazis, IS, Taliban ... geht doch gar nicht! IS nicht mit ISS, unserer derzeit einzigen Raumstation zu verwechseln – dass mir die bloß keiner abschießt!

Zugegeben, ganz schön irrational, was ich da schreibe, und auch irgendwie dämlich, aber ab und zu muss ich mal verbal Dampf ablassen. Tatsächlich kann ich keiner Fliege was zuleide tun. Halt, stimmt nicht, diese kleinen Fruchtfliegen-Biester, bei uns eher Taumücken, wie ich aus einem Zeitungsartikel schließen konnte, landen alle im Staubsauger, falls nicht vorher schon freiwillig in meinem Bierglas (aus dem ich sie dann herausfische, die können woanders schwimmen lernen) ... und so 'nen großen Staubsauger für alle Araber gibt's sowieso nicht. Nazis gehören sofort auf den Müllverbrennungsplatz der Geschichte. Ich kann's einfach nicht sein lassen ...

Ein besonders krasser Fall absolut impertinenter Kundschaft (das Thema kommt später) ist mir im Gedächtnis geblieben. Es gab und gibt immer mal wieder besondere Vorfälle, normal, die meisten vergisst man nach einigen Tagen. Ein paar Leute, Vater, zwei, drei Söhne (wenn ich mich recht entsinne) wollten etwas umtauschen, irgendein Gerät, völlig verdreckt, zerkratzt usw. Grundsätzlich hieß es in den Geschäftsbedingungen „Umtausch originalverpackter Ware innerhalb von 14

Tagen", die grundsätzliche Ausnahme war der kulante Umtausch aus- und wieder eingepackter Ware, auch mal nach drei oder vier Wochen, in zumindest gutem, besser noch Top-Zustand, und komplett, kein Problem. In diesem Fall – keine Chance! Ein Wort gab das andere, wohlhabende Leute, scheinbar, protzende passt besser zum Gebaren, lange, edle Mäntel, gepflegt (immerhin und anders als die Ware, die sie zurückgeben wollten), extrem freches, starrköpfiges und großmäuliges Auftreten. Irgendwann sind sie wutentbrannt davongestampft, wahrscheinlich um woanders zu versuchen, irgendjemand anderem den Schrott unter Lügen anzudrehen.

Muss ich noch mehr sagen? Araber, dämliches Pack! Und dass mir bloß keiner Türken mit Arabern verwechselt, oder allgemein gegen Flüchtlinge hetzt! Auch da gibt's Idioten, und was für welche, genau wie überall, in Deutschland besonders viele, meine ich manchmal. Damit meine ich Deutsche in Deutschland. Unser Sicherheitspersonal bestand weit überwiegend aus Türken (und tut's immer noch, aber ich bin ja nicht mehr in dem Laden) und Kurden, alle eigentlich auch „Deutsche", aber ist das wichtig? Top-Leute, nett, freundlich, immer auf Zack – klasse Typen! Mit denen fühlte man sich sicher – trotzdem wurde geklaut, wie leider überall, aber sie haben auch viele Dummköpfe erwischt. Den netten, freundlichen, pfiffigen, hilfsbereiten und intelligenten Araber wie Hadschi Halef Omar Ben Hadschi Abul hassenichgesehn (das konnte ich als kleiner Junge komplett wie aus der Pistole geschossen auswendig runterrattern) gibt's wohl nur in Karl Mays Märchenbüchern, aber der war ja auch selber nie im Orient, und bei den (hochgeschätzten) Indianern auch nicht. Ausnahmen mögen auch hier die Regel bestätigen, mir ist (fast) noch keine begegnet. So, das war mein Rundumschlag gegen Araber, einen Prügelknaben braucht jeder. Ich mag alle Völker dieser Welt, außer einem. Rationalität und Emotionalität kämpfen bei mir oft heftig miteinander, mal gewinnt diese Seite, mal jene ... Und die fürchterlichste Musik ist diese elende „Kamelmusik", ebenso grässlich wie Opern! Eine Beleidigung für meine Ohren und der Begriff „Musik" trifft in beiden Fällen völlig daneben.

Ausnahmen – unser neuer Nachbar ist ein ... Ägypter, auch wenn er nicht wie ein solcher geht (wer weiß Bescheid?).

Scheint eine Ausnahme zu sein, schon deshalb, weil er dieses Land verlassen hat. Das zeugt von Klugheit und Einsicht. Ein sehr netter Mensch, wie sich inzwischen herausgestellt hat.

Schon auf dem Hinflug in diesem Jahr war mir der Flughafen Kairo mehr als unangenehm aufgefallen. Ich hatte dort eine Nacht Aufenthalt, es kratzte, juckte, zwickte überall, völlig verlauste, dreckige Betten, aber irgendwo musste ich mich ja hinlegen. Auf den „Toiletten" stand die Scheiße buchstäblich bis zum Rand in den Becken, unglaublich ekelhaft und nicht übertrieben. Was für ein Volk! Zwei nette, auch lustige, nicht unbedingt „typische" Bundeswehrsoldaten auf Urlaub, die mich auch noch während meiner anschließenden „Herzschmerz-Tour" in Manila teilweise begleiteten, machten den Aufenthalt angenehmer. Wir hatten auch später noch eine zeitlang Kontakt.

Nun zurück in diesem Drecksloch war die Frage, wie ich möglichst schnell weiter nach Deutschland komme. Achselzucken, Desinteresse, "geht nicht, weiß nicht, vielleicht in zwei Tagen, so oder so". Das konnte doch nicht sein, weiter fragen ... bis ich endlich an einen freundlichen und pfiffigen Schwarzen geriet, der sich kümmerte, und schon bald ging es weiter über London zurück nach Deutschland. Ein kleiner Umweg, aber egal. Und es soll mir bloß niemand was von „doofen Negern" erzählen, sowieso nicht, aber ich sage noch mal ausdrücklich „Sch...-Araber". Basta und bastos! Letzteres heißt auf Tagalog (philippinisch) Arschloch, sinngemäß. Der „Große Durchstich" (ganz große) vom Mittelmeer einschließlich nordafrikanischer Küste bis zum Indischen Ozean, und das Problem mit den Arabern hätte sich erledigt und es gäbe noch mehr schöne Strände. Von der Hochkultur zum kollektiven Stumpfsinn; diejenigen, für die das nicht gilt, machen sich auf nach Europa (oder USA), herzlich willkommen! Außer den „Islamisten-Nazis", die ihren mörderischen Schwachsinn hier oder sonst wo weiter verbreiten wollen.

Über London zurück nach Deutschland, unter uns seit ein, zwei Stunden die glühende Sahara, und „wegen eines technischen Defektes müssen wir zurück nach Kairo fliegen. Es besteht kein Grund zur Beunruhigung." Ach du liebe Scheiße, auch das noch! Was war los, brannte es irgendwo, stürzten wir gleich ab? Es war nichts zu merken, das Flugzeug flog ganz normal weiter, nein, nicht weiter, sondern zurück. Normale Landung, es sickerten langsam Gerüchte durch, dass nur der Autopilot ausgefallen war, ohne den kein Flugzeug fliegen darf, falls er nicht funktioniert. Scheint wohl so gewesen zu sein, denn nach ein paar Stunden gab es den nächsten Versuch und es ging ohne weitere Zwischenfälle über London zurück nach Deutschland.

Als „Vielflieger" hatte und habe ich bis heute auch keine Angst mehr, dass die Tragflächen abbrechen, wie bei meinem ersten Flug. Ich habe keine Angst, fliege aber auch nicht unbedingt gerne und bin immer wieder froh, am Stück gelandet zu sein. Irrational, aber ich bin nun mal ziemlich „down to earth".

Wenige Wochen später folgte endlich meine zukünftige erste Ehefrau, und schon bald erhielt ich einen Anruf vom deutschen Ableger einer großen internationalen Schallplattenfirma. Der Importdienst in Hannover brauchte frisches Blut und ich habe nicht lange gezögert. Umzug, bei dem ich mir mit einem zerplatzenden, mit Wasser gefüllten Glasballon versehentlich fast die Pulsader aufschnitt; der weiße Knochen am Handgelenk kam zum Vorschein und ich fiel fast in Ohnmacht. Gegenüber wohnende Freunde, meine baldige erste Ehefrau und die nur wenige Meter entfernte Bergmannsheil-Klinik waren schnell zur Stelle, Glück im Unglück.

Hannover – neue Stadt, in der ich einige Leute aus dem Musikbusiness kannte, neuer Job, alles neu inklusive meiner „neuen" Frau. Ein 1-Zimmer-Appartement mit Bad und Küche musste nach ein paar Wochen im Hotel auf die Schnelle für den Anfang reichen, nicht sehr weit von meiner neuen Arbeit entfernt. Der Anfang waren zwei Jahre, dann war schon das Ende da.

Angenehme Stadt, angenehmer Job. Ein junger Kollege, der schon bald die Firma verließ, und vor allem ich brachten den Laden auf Vordermann. War eine schöne Zeit, trotzdem das Ganze mal etwas im Kurzdurchlauf. Ich lancierte die erste Single von Tears for Fears zu größerem Erfolg, zog die Residents an Land, die über einen größeren Vertriebsweg erfreut waren, und machte und tat und war in meinem Element. Mein Chef war ein netter Kerl, fuhr am Wochenende immer nach Hause nach Hamburg - wie wir anfangs auch noch nach Bochum, als wir noch ein paar Wochen lang im von der Firma bezahlten Hotel wohnten - kam aus der Braunware und hatte vom Musikgeschäft keinen blassen Schimmer, konnte aber gut mit Kunden umgehen und diese akquirieren. Einmal, irgendwann später, haben wir uns gefetzt, dass die Brocken flogen, haben beide anschließend und gemeinsam geheult – und die Sache war erledigt. Worum es ging weiß ich nicht mehr; auch später, nachdem wir beide die Firma schon verlassen hatten, hielten wir noch eine zeitlang lockeren Kontakt.

Die sehr liebe und rührige Sekretärin, etwas mollig und gar nicht mal unhübsch, hielt den Laden zusammen, zum Teil auch auf privater Basis. Hans, der Lagerchef, hatte das sehr, sehr große Lager voll im Griff, ein typischer Norddeutscher voll nach meinem Geschmack. Knackig, effektiv, mit s-pitzem S-tein im Schuh ... Unser Klassikexperte kam morgens schon mal etwas später, mehr oder weniger übel gelaunt, der erste Griff in die Schublade mit dem Schnaps – ab in die Kaffeetasse, wie ich bald herausfand (offenes Geheimnis) - besserte die Laune mehr und mehr, bis sie dann auch schon mal umkippte und er lospolterte und „Theater" machte. Ein Baum von Mensch, absoluter Fachmann auf dem Gebiet klassischer Musik, nett, jovial, auch lustig konnte er sein, und nervig. Halb abgefüllt war er am Besten zu genießen; geschieden, einsam, leicht gehbehindert, ein Schicksal am Rande meines eigenen Lebensweges. Mit z. B. „Crazy Train" von Ozzy Osbourne auf volle Pulle gedreht machte es immer wieder Spaß, ihn mit „dieser Scheißmusik" zu ärgern. Danke gleichfalls, mit diesem langweiligen, altmodischen „Scheiß-Klassikkram." Nie böse gemeint, waren wir ein prima Team, und bald hatte ich mein eigenes Büro, in dem ich niemanden mehr ärgern konnte.

Nach einiger Zeit kam ein neuer Kollege, der neue Jazzexperte. Auch ein netter Kerl, Experte ganz groß geschrieben, hatte auch ein oder zwei Fachbücher veröffentlicht. Im tatsächlichen Leben war er nicht immer so ganz zu Hause. Damals dämmerte das Computerzeitalter, es gab einen großen, klimatisierten Raum mit einer riesigen Maschine in der Mitte, etwa in den Ausmaßen eines Kleinlieferwagens, mit vielen Schaltern, blinkenden Lämpchen, sich dauernd drehenden und zuckenden Spulen. Damit wurde das Lager- und Rechnungswesen verwaltet und der Kundenstamm. Insgesamt konnte diese Riesenmaschine weniger leisten als heutzutage das einfachste Smartphone, war aber damals unerlässlich und auch meine erste wirkliche Begegnung und Arbeit mit digitalen Maschinen (die immer noch viel Mechanik enthielten). Unser neuer Jazzexperte schaute sich alle recht weitläufigen Räumlichkeiten an und kam dabei auch mal in den Computerraum. Oh, so viele Lämpchen und Schalter gab's zu bewundern, mal sehen ... hier ein paar Clicks, da ein paar Clacks ... Nach drei Tagen brachten die Techniker das Ding wieder zum Laufen, so lange ging gar nichts mehr. Jazz ...

Vor allem die ersten paar Wochen im Hotel waren für meine junge Frau schwierig, fremdes Land, fremde Sprache, tagsüber alleine ... zum Glück durfte sie öfter mit ins Büro kommen, war herzlich willkommen, aber das war für sie auch eher langweilig. Nachdem wir unser Appartement bezogen hatten besserte sich ihre Situation, sie ging auf eine Sprachschule, lernte dort auch andere Filipinas kennen, und nach Erledigung der letzten bürokratischen Hürden heirateten wir dann bald. Ganz kleiner Rahmen, mein Vater kam, wir gingen in ein thailändisches Restaurant, schwierige Auswahl für meinen alten Herrn, dem schon normale Paprika „zu scharf" waren. Ich war nie in Thailand, außer auf dem Flughafen Bangkok auf der Durchreise, aber liebe die thailändische Küche außerordentlich, und möglichst scharf, scharf, scharf. Wenn ich hierzulande in einem Thai-Restaurant mal das besonders scharfe Gericht bestelle, mit angesagter Warnung, und dann noch sage „bitte extra scharf" muss ich meist hinterher fragen: „Ja, und ... ich dachte, das sollte scharf sein?" Tatsächlich gab es mal hier in der Nähe, in Witten, ein thailändisches Restaurant, in dem „scharf" oder „sehr scharf" auch zumindest genau das war, auch sonst hervorragend. Leider gibt es das nicht mehr.

Ebenfalls hier in der Nähe war bis vor einiger Zeit eine hervorragende „Kult"-Currywurst-Bude, deren offizielle Schärfegrade bis 10 gingen, die meisten Leute hörten bei 6 oder 7 auf, falls überhaupt. Bei Stufe „15", speziell für mich, meinte ich „da geht aber noch was". „Wir arbeiten dran" war die Antwort, kurz darauf war und seitdem ist die Bude leider geschlossen – aber glücklicherweise nicht aufgrund der erhöhten Schärfegrade abgebrannt! Ich meine, 15 war schon scharf, keine Frage, aber mehr geht (fast) immer! In unserem Heimatdorf auf den Philippinen pflücken die Verwandten morgens schnell ein paar frische Chilis für mich zum Frühstück, eine zwar sehr kleine, aber ausreichend schärfliche und sehr schmackhafte Sorte. Die philippinische Küche hat zwar auch ihre Vorzüge, ist aber mit wenigen Ausnahmen absolut nicht scharf. Auch dabei hat die mehr als 300-jährige spanische Kolonialzeit ihre Spuren hinterlassen. Eine Schande, denn Chili wächst an jeder Ecke, auch das von mir sehr geschätzte Zitronengras, das dort entweder als Zierpflanze oder Unkraut betrachtet wird.

Chili in all seiner Vielfalt ist definitiv die beste Erfindung der Natur, seit vielen Jahren ist ein Frühstück ohne Chili kein Frühstück für mich, angebraten oder roh. Die beste Erfindung, abgesehen von hübschen Frauen im Allgemeinen, asiatischen im Besonderen (keine Diskriminierung!) und meiner geliebten besten aller Ehefrauen ganz speziell!

Ob durch mein „Vorbild" angeregt oder nicht, weiß ich nicht, sind asiatische Frauen in unserer Familie kein Sonderfall. Einer meiner Neffen ist mit einer Japanerin verheiratet, die Lebensgefährtin eines anderen Neffen ist eine Chinesin und mein ältester Sohn kämpft gerade mit der deutschen Botschaft in Manila, diesem elenden Mistverein, um die Papiere für die Heirat mit seiner philippinischen Liebe – mit philippinischer Mutter vielleicht nicht ganz verwunderlich, aber auch nicht selbstverständlich. (Nachtrag – er hat den Kampf inzwischen gewonnen! Trotzdem dauert es noch endlos, bis seine Ehefrau (!) ein Visum bekommt – unfassbar.)

An dieser Stelle ein paar Bemerkungen zur „Küche" im Schnelldurchlauf. Im Gegensatz zum früheren unerträglichen „Punteskantchler, meine liepen Freunde" (so komisch kann man gar nicht schreiben, wie der sprach) gleichen Namens ist Kohl ein in den meisten Arten sehr leckeres Gemüse, und vor allem kann man darauf immer garantiert einen (fahren) lassen, genau wie auf den erwähnten dicken Herrn. Wirsing geht nicht, Rosenkohl noch weniger, aber alles andere und vor allem Grünkohl ist hervorragend – dieser aber nur, ausschließlich und unabdingbar mit angebrannter Mehlschwitze.

Aber so richtig angebrannt, sonst ist Grünkohl nur ein labberiges, geschmackloses Etwas. Wer diese westfälische Spezialität nicht kennt, weiß nicht, wie Grünkohl schmeckt. Ich liebe auch deftiges Sauerkraut, Fitzebohnen, auch Linseneintopf, ansonsten kann mir die deutsche Küche im Großen und Ganzen den Buckel herunterrutschen. Mediterrane Gerichte sind da schon etwas ganz anderes, herrlich aromatisch und immer willkommen, getoppt nur noch von asiatischer Küche im Allgemeinen und Besonderen. Wer glaubt, dass ein im Supermarkt erhältliches Currygewürz etwas mit Curry zu tun hat, kann auch eine Schlange für einen Gartenschlauch halten oder umgekehrt.

Ein richtiges Curry, mit der passenden Kombination der zahlreichen dafür möglichen Gewürze, ist die Krönung der Kochkunst, ich könnte darin baden. Und manchmal komme ich der Krönung sogar nahe, manchmal nicht so – ich bin ein meist guter, aber auch sehr selbstkritischer Koch. Leider koche ich viel zu wenig, denn zu oft höre ich von den Kindern dann „iieehja ... was ist das denn?" Nebenbei bemerkt hat auch die von mir sehr geschätzte Currywurst, wenn sie denn gut ist, mit Curry eigentlich nichts zu tun bzw., wenn sie gut ist, ein bisschen. Hühner eignen sich übrigens ganz ausgezeichnet als Zutat für ein leckeres Currygericht - ein Grund mehr, ganz fest an sie zu glauben.

Hannover – die Zeit verging im Fluge, der Job machte mir Spaß, ein paar Kontakte nach Bochum blieben, meine damalige Frau lebte sich langsam ein. In dem kleinen Appartement hatten wir uns gemütlich eingerichtet, es gab sogar Platz für meine mittlerweile ca. zweitausend Schallplatten, nicht zuletzt dank meines selbst gebauten, aus Bochum mitgebrachten Hochbettes, etwa hüfthoch mit darunter befindlichem Stauraum. Das Leben ging seinen Gang, es passierte wenig Aufregendes, auch nicht schlecht.

John Lennon wurde erschossen – das war mehr Aufregung, als ich normal verkraften konnte. Ich heulte stundenlang, Bäche um Bäche, war völlig am Boden, alle Tröstungsversuche meiner Frau nutzen nichts. Es war nicht nur so als hätte ich einen Freund verloren – ich hatte einen Freund verloren. Die Beatles, John besonders, und auch andere Musiker dieser Zeit standen mir gefühlt so nahe und viel näher wie bzw. als manche andere Personen in meinem direkten Umkreis. Mag sich bekloppt anhören, war oder vielmehr ist aber so. John ist nicht der einzige Musiker, bei dessen Tod ich Tränen vergossen habe, aber nie in dem Maße wie bei ihm. Schade, dass es kein Leben nach dem Tod gibt, sonst könnte ich ihn später mal irgendwann treffen, und viele andere liebe Menschen auch wiedersehen. Aber es gibt kein Leben nach dem Tod - das ist die Wahrheit, leider (außer im Herzen und in der Erinnerung anderer Menschen).

Georg und Dolly waren auch ein deutsch-philippinisches Paar, das wir irgendwann zufällig kennen lernten, wahrscheinlich beim Einkaufen. Ich bin da immer erst etwas zurückhaltend, beide waren älter als wir, kein Problem, war ich doch selbst zwölf Jahre älter als meine junge Frau. Dolly war etwas aufgekratzt, Georg ein kleiner, leicht dicklicher und großspuriger Kerl mit einem Riesenauto – aber sie waren beide auch nett, keine Frage, wenn auch nicht unbedingt meine Welt. Egal, meine Frau hatte eine Ansprechpartnerin, wir luden uns mal gegenseitig ein, unternahmen gemeinsam etwas, alles prima.

Eine andere junge Filipina, Bekanntschaft meiner Frau aus der Sprachschule, glaube ich, war irgendwie in die Hände eines dubiosen Individuums geraten, in Schneverdingen, Lüneburger Heide irgendwo nördlich von Hannover. Sie war etwas mollig, nett, gar nicht mal besonders hübsch. Damals gab es weder mobile Telefone noch Internet, doch irgendwie gelang es diesem Mädchen, uns zu kontaktieren, Briefe, Telefonate, wie auch immer. Sie wollte da weg, aber ihr Pass war einkassiert, man ließ sie nicht weg. Das hörte sich übel an und wir mussten etwas unternehmen. Polizei ... keine echte Handhabe. Ich war überrascht und erfreut, wie sehr der sonst etwas schwammige Georg sich engagierte. Wir fuhren alle zusammen in seiner großen Karre dorthin und landeten in einer gut bürgerlichen Wohngegend. Einfamilienhaus, im Keller ein paar Verschläge, mehr konnte man das nicht nennen, in denen ein paar Ausländerinnen hausten – alles ganz „legal" und ohne Probleme, wie der unsympathische Besitzer des Hauses uns versicherte. Nicht zuletzt dank des sehr energischen Auftretens von Georg und einiger Drohungen mit der Polizei wurden uns schließlich widerwillig Pass und Mädchen ausgeliefert, mission accomplished! Keine Ahnung, was da wirklich abging, sie war (noch) nicht zur Prostitution gezwungen worden, auch nicht wirklich „gefangen", sonst hätte sie uns ja nicht kontaktieren können, wenn auch nur mit Schwierigkeiten. Aber letzten Endes lief dort alles auf Menschenhandel hinaus, da bin ich mir sicher. Und der Name Schneverdingen ist auf ewig für mich gebrandmarkt, ein elendes Nest! Ich kann so wunderbar verallgemeinernd ungerecht sein.

Das Musikgeschäft brummte, die „Indies" kamen immer mehr ins Rampenlicht, kleine, unabhängige Plattenlabels und Plattenfirmen entstanden, vornehmlich in bzw. aus England. Post-Punk, New Wave, New Wave of British Heavy Metal – eine Welle des Um- und Aufbruchs, die auch nach Deutschland und in andere Länder des Kontinents und in die USA überschwappte. Ich zog immer mehr „Indies" an Land, trotz mancher Bedenken dererseits, es mit einem „Major" zu tun zu haben. Im Gegensatz zu den „Indies" heißen die großen internationalen Konzerne im Branchenjargon „Major". Davon gab es damals noch einige, heute nur noch sehr wenige, der eine frisst den anderen, selbst die „Mutter EMI", welche die Beatles groß gemacht hat und umgekehrt existiert nicht mehr, ein Sakrileg. Falls das mal jemand prophezeit hätte, wäre er für völlig verrückt erklärt worden.

Was ich so erfolgreich für den „Major" machte konnte ich doch vielleicht auch für mich selbst machen, oder? Selber „Indie" werden, warum nicht? Das Insiderwissen, Können, Kontakte, einfach die „Ahnung" hatte ich, was fehlte, war Geld. Ein Ex-Kollege aus den Zeiten meiner früheren Bochumer Arbeit und eine Ex-Kollegin, mittlerweile waren die beiden ein Paar, hatten dieselbe Idee, wir kannten uns sogar schon seit alten Uni-Zeiten. Nicht lange vorher hatte mich mein ehemaliger Kumpel und Chef aus Bochum angerufen und sozusagen angefleht, doch wieder bei ihm anzufangen, der „Laden" lief nicht mehr so, wie er das gerne wollte. Er bot ein äußerst verlockendes Gehalt, alle Freiheiten ... aber nein, bei aller alten Freundschaft. Ich wusste, dass ich dort nach einiger Zeit wieder unzufrieden sein würde. Nicht viel später, mittlerweile war ich wieder in Bochum, schnitt er beim Rasenmähen mit dem Elektromäher das Kabel durch, Exitus! Der Rasen war feucht, seine Hunde ließen niemanden an den zu Bode liegenden heran, so wurde erzählt – und die Firma war mit einem riesigen Schuldenberg, der dann zu Tage trat, pleite. Ob der enormen Schulden gingen auch Gerüchte, ob es Absicht war ... ich glaube nicht, weiß es aber natürlich nicht. So oder so war ich geschockt, es tat mir menschlich und auch für die Firma sehr leid, die ein paar Jahre mehr oder weniger mein Lebensinhalt gewesen war und deren Namen ich kreiert hatte.

Ein sehr lieber, hochgeschätzter Kollege aus jener Zeit, genau meines Alters, ist vor etwa zwei Jahren gestorben, eine Tragödie großen Ausmaßes, die mich auch viele Tränen gekostet hat. Damals Konkurrenzverkäufer in der Mensa, holte ihn mein Chef später an Bord zu uns, von mir erst gar nicht so willkommen geheißen, denn er wurde zweiter Einkäufer. Aber wir teilten uns das auf – ich machte weiterhin den Import, während er bei den deutschen Industriefirmen, die mittlerweile aufgewacht waren, einkaufte. Natürlich gab's auch da Konkurrenz, aber zum Wohle der Firma, logisch, wurde nach Abstimmung da gekauft, wo es gerade günstiger war. Ein Musikkenner mindestens (!) auf meinem Niveau, wenn auch teilweise leicht anderer Gewichtung, sehr nett, sympathisch – man musste ihn einfach gerne haben. Wir waren nie „dicke Freunde", aber hatten über all die Jahre immer mehr oder weniger guten Kontakt gehalten, in gegenseitiger Wertschätzung.

Sein später gegründeter Musikverlag vor allem, einschließlich diverser Labels, war letzten Endes sehr viel erfolgreicher als mein eigener/eigenes Vertrieb/Label, und nicht zuletzt dank ihm bin ich in schwierigsten Zeiten kurzfristig über die Runden gekommen. Er war außerdem Mitbegründer einer weithin bekannten Unterhaltungsinstitution Bochums, in der ich immer freien Eintritt hatte und habe, dort viele tolle Konzerte erleben durfte (und hoffentlich auch noch werde). „Jau, ich komme gleich" – warten, warten, Pünktlichkeit war nicht seine Zier, aber man konnte ihm nie böse sein und er machte einfach alles richtig, wie der große geschäftliche Erfolg bewies, sehr herzlich gegönnt und bewundert. Helge Schneider, Götz Alsmann und anfänglich auch „unser Herbie", wenn ich nicht irre, gehörten zu seiner Klientel.

Spannend, lustig, lehrreich und manchmal überraschend waren unsere in den 70er Jahren mit anderen Kumpels zusammen veranstalteten „Musikquizz-Abende", herrliche Erinnerungen. Das Leben kann so verdammt „ungerecht" und beschissen sein, aber wer schaut schon hinter die Kulissen ... einen Gott wird er dort nicht finden. Leukämie hatte er, von heute auf morgen, in unserem Alter - Therapie, OP, bald darauf tot; ein, zwei Jahre hat sein Leiden gedauert. Ein paar Wochen vor seinem Tod meinte er noch am Telefon „es geht langsam wieder bergauf". Scheiße ging's! Scheiße, Scheiße, Scheiße!

Ich hasse Beerdigungen – wer tut das nicht? Auf meiner eigenen erspare ich mir wenigstens die Heulerei. Pläne, gemeinsam nach meiner Rente mein „Backbone" Label für Wiederveröffentlichungen aufleben zu lassen, unter diesem oder anderem Namen, sind damit nicht unbedingt beerdigt, so wie er leider, aber „gemeinsam" geht das nun nicht mehr. Der Verlag gedeiht weiterhin, mal sehen. Nebensächlich, der menschliche Verlust muss erstmal verarbeitet werden und wird es, „Time (is on my side)", Rolling Stones.

Wieder zurück, die Hühnerleiter herunter. Die Ex-Kollegen und ich planten, taten, machten, alles war fast startbereit, als sie in buchstäblich letzter Sekunde einen Rückzieher machten und meinten, dass sie das Projekt doch lieber alleine durchziehen wollten. Ich hätte sie an die Wand nageln können! Nach kurzem Schrecken ... „Pah, was die können, kann ich schon längst!". Ich habe manche Rück- und Nackenschläge in meinem Leben einstecken müssen, bis zu diesem Zeitpunkt und sogar später noch schlimmere, aber ich bin ein „zäher Hund". Ich habe mich immer wieder an den eigenen Haaren aus dem Dreck gezogen, und – einmal mehr stehen die Beatles Pate – „With a little Help from my Friends".

Ein solcher Freund (tätiger Diplom-Ingenieur, anders als ich) half beim Umzug zurück nach Bochum, alles passte in einen 7,5-Tonner, mit dem er aus Bochum angereist kam, auch dort gemietet. Schon bald ging's los, etwas Startkapital von meinem Vater, ein Bankkredit, erste Warenlieferungen, erste Aufträge, ich rannte überall offene Türen ein, bei Lieferanten und Kunden. Büro und Lager direkt neben dem Schlafzimmer, in dem oft nachts der Fernschreiber, der auch dort stand, losratterte, wenn neue Angebote und Listen aus den USA oder England z. B. eintrafen. Fernschreiber – das war damals hochmoderne Technik, unsere Rechnungen wurden mit der Schreibmaschine geschrieben und mit Taschenrechner berechnet. Meine Frau hatte ihre Arbeit, direkt an meiner Seite, und bald platzten die Räumlichkeiten aus den Nähten.

Der treue Vogel Coco hatte schon seit mittlerweile geraumer Zeit seine meiste Zeit in einem zwar relativ großen, aber für einen Vogel doch einengenden Käfig verbringen müssen, aber meine Frau und er, bzw. sie, kamen nicht gut klar miteinander. Weiber ... Nachdem er eines Tages, nach wieder mal einem seltenen Freiflug in der Wohnung, meiner Frau abermals eine blutende Bisswunde verpasst hatte, hieß es, nicht allzu viel übertrieben, „Frau oder Vogel". Der Bochumer Tierpark erklärte sich dankenswerterweise bereit, mein Lieblingstier aufzunehmen und nach einer gewissen Quarantänezeit seinen dort schon vorhandenen Artgenossen zuzuführen. Ich hoffe, das hat auch so geklappt, mehr weiß ich nicht. Dass auch meine damals noch sehr geliebte Frau ihren eigenen „Vogel" hatte, machte sich erst einige Jahre später bemerkbar.

Vorher machten wir aber noch mal Urlaub auf den Philippinen, mit meiner ältesten Schwester (s. o.) zusammen, die unbedingt mit wollte (zweitältesten, genau genommen, denn meine Halbschwester war und ist noch etwas älter, aber immer „außen vor", da sie nicht bei uns wohnte. Schwierige Geschichte – aber auch zu ihr habe ich heutzutage guten Kontakt). OK, aber außer manchmal etwas schwierig, sagte ich schon, ist sie auch sehr pingelig mit dem Essen und mochte/mag keine Gerichte „mit Tieren drin", häufig Shrimps und andere leckere Viechereien; sie hat die drei oder vier Wochen überwiegend mit Reis überlebt. Und wir alle Weihnachten in Tropenhitze und mit Plastiktannenbäumchen. Und vor allem den Sturm, bei dem mir in Gedanken daran noch heute alle (nur noch wenigen) Haare zu Berge stehen. Wir wollten die Heimatinsel meiner damaligen Gattin besuchen, etwas südlich von Luzon, in drei bis vier Stunden per Fähre zu erreichen. Schönes Wetter, die Fähre rappelvoll, die Leute hockten schon auf dem Dach und sonst überall. Nee, nix für uns, also ein anderes Boot, vielleicht zehn Meter lang oder etwas mehr, circa drei Meter breit, meine ich, mit großen Auslegern und in der Mitte überdachtem Teil. Kein großes Schiff, aber auch kein Paddelboot. Ein paar andere Leute wollten auch lieber damit fahren als mit der überfüllten großen Fähre, kostete ein paar Pesos mehr, egal – und los ging's. Sonnenschein, Hitze, ein paar Wolken zogen auf … ein paar mehr Wolken zogen auf, es wurde windig. Der Himmel wurde schwarz, es wurde stürmisch, das Boot tanzte unangenehm. Der Himmel wurde pechschwarz, es goss von oben in Strömen, die „Mittelkabine" bot etwas Schutz und der Taifun brach herein! Links, rechts, vorne und hinten neben unserem kleinem Boot, das vielleicht einen halben Meter, oder auch einen, aus dem Wasser ragte, türmten sich die Wellen vier, fünf, sechs Meter hoch, entsprechend schaukelte, schwanke, tobte das Boot. Die großen Ausleger hielten es halbwegs in Lage – bis bei einem ein Bolzen brach und wir flügellahm den Elementen noch mehr preisgegeben waren als vorher.

Adieu, schnöde Welt, das war's, schweren Herzens, aber die Hoffnung stirbt zuletzt, wobei der Glaube an Hühner in solch einer Situation auch nicht wirklich weiter hilft. Einer der Bootsleute hangelte sich an dem Ausleger entlang, setze in der tosenden See an einem Arm hängend mit dem anderen einen neuen Bolzen ein, irgendwie – eine Heldentat, unglaublich, aber wahr! Schon bald kamen wir in den Windschatten der Insel, die See und der Taifun beruhigten sich langsam und wir konnten sicher landen. Die überbesetzte Fähre hat es auch irgendwie geschafft, was nicht immer der Fall ist. Ich glaube, ich hatte nie in meinem Leben mehr Schiss als in dieser Situation, auch nicht, als ich etwa 20 Jahre später nicht wie geplant in Dipolog landen konnte, sondern das Flugzeug in letzter Minute schon während der Landung wegen (zu) starken Sturms nach

Cebu umgeleitet wurde. Ich wusste, dass meine beste aller Ehefrauen, meine Kinder und Verwandten am Flughafen warten würden, bis ich einige Stunden später dort landen könnte. Das Wetter auf den Philippinen (Tropen überhaupt) schlägt oft innerhalb von wenigen Stunden völlig um. Meine Familie war mir damals eine Woche vorausgeflogen und nach einem (nicht meinem!) Flugzeugunglück in Hongkong hatte ich dort einen Tag Aufenthalt (eine extra Geschichte), in Manila aufgrund fehlender Anschlussflüge drei weitere – die Fluggesellschaft hat's bezahlt, aber es war langweilig.

Zurück zu damals, Rückfahrt von Marinduque, der Heimatinsel meiner damaligen Frau, nach Batangas, Luzon, wo wir abgefahren waren. Es gab irgendwie keine Fähre, die zu unseren Plänen passte, kein größeres Boot als auf der Hinfahrt … sondern nur ein kleines Boot mit Außenbordmotor und Auslegern, natürlich. Vier, fünf Meter lang, höchstens, weniger als einen Meter breit, ein etwas besseres Paddelboot. Bleigrauer Himmel, absolute Windstille, das Meer ein völlig spiegelglatter, silberner … Spiegel, so etwas habe ich weder früher noch später wieder erlebt, ist aber sicher gar nicht so selten. Und absolut spiegelglatt heißt absolut spiegelglatt, ein darauf schwimmendes Haar wäre eine riesengroße, unüberwindliche Hürde gewesen. Die Ruhe vor dem Sturm, ich hatte Angst. Obwohl man während der circa vierstündigen Überfahrt fast ständig Land am Horizont sehen konnte, konnte dieser Horizont unendlich weit entfernt sein. Wir haben's gewagt, trotz meiner Bedenken, und sind wohlbehalten bei gutem Wetter und mit leichten, kleinen Wellen, wie es sich für einen friedlichen Ozean gehört, sicher gelandet. Später in diesem Urlaub waren wir auch noch in der Provinz Bicol, am Mount Mayon, dem perfektesten Vulkan der Welt. Er war ruhig, qualmte nur gemütlich ein wenig vor sich hin, und der Bicol-Express (ein paar Krabben, einige andere Zutaten und viel, viel Chili) ist eins der besten und schärfsten Gerichte dieser Welt, anders als die sonst nicht scharfe, aber sehr schmackhafte Küche der Philippinen, sagte ich schon. Bicol-Express – essen, und schnell das nächste „Örtchen" aufsuchen, daher der Name – herrlich!

Und definitiv, bei aller Geschwisterliebe, der erste und letzte Urlaub mit dieser meiner Schwester – unsere Tochter ist mehr als adäquater Ersatz für die dauernde Quengelei und Nörgelei, nein, danke! Halt, gelogen, wir waren ja früher ja auch schon mal zusammen auf Terschelling gewesen.

Ich habe später noch einige weitere stürmische Überfahrten auf den Philippinen erlebt, bei denen es mir zumindest sehr mulmig wurde. Einmal z. B. von Dumaguete nach San Juan auf der wunderschönen Insel Siquior (alle Inseln dort sind wunderschön) mit einem Schnellboot. Das ist etwa so wie ein Flugzeug im Wasser, pfeilschnell, die Passagiere sitzen in Reihen hintereinander – wie im Flugzeug eben. Keine gemütlich tuckernde Fähre, auf der man herumlaufen kann. 45° Schräglagen mindestens, gegen die Scheiben (ein geschlossenes Schiff) knallende, meterhohe Wellen … mir ging der Arsch echt auf Grundeis, meine Lieblingsehefrau kann Seefahrt sowieso nicht so gut vertragen, die Kinder waren noch kleiner, hatten sicher auch Angst. Eine Achterbahnfahrt ist nichts dagegen, und ich fahre nie freiwillig Achterbahn. Wir haben es heil überstanden. Das schönste beim Fliegen und Schifffahren ist immer die Landung – fester Boden unter den Füßen, down to earth!

„Down to Earth" heißt auch eins von Ozzy Osbournes besten, viel späteren Solo-Alben mit dem Megahit „Dreamer", Gänsehaut garantiert! Ach, was heißt „besten", die sind allesamt erste Klasse!

Die komplette Firmen- und Familiengeschichte hier weiter auszubreiten würde viel zu weit führen. Deshalb einige weitere Abschnitte im Telegrammstil mit ein paar etwas ausführlicheren Details im Anschluss.

Familie damals, 80er Jahre – das hieß, bald Umzug in ein Gebäude mit getrennter Wohnung und Firma, und anderen Wohnungen und einem griechischen Restaurant mit Fliegen im Salat im Erdgeschoss. Der Restaurantbetreiber war unser Nachbar, nicht immer „südländisch-freundlich", eher ein muffliger Unsympath mit dickem Sohn, fürchterlich, und Fliegen im Salat brauchten wir schon gar nicht – nein, danke! Die Geburt zweier Söhne erfreute uns, im Abstand von eineinhalb Jahren, wieder Umzug, Wohnung und (etwas größere) Firmenräume, nun völlig getrennt. Nach vorübergehendem Höhenflug in Firma und Familie ging es nach sieben, acht Jahren bergab, meine

Frau betrog mich, ich arbeitete noch mehr als sonst um zu retten, was zu retten war, es war aber nichts mehr zu retten.

Sie zwackte noch ein paar tausend DM ab und verzog sich mit einem ihrer Liebhaber und unseren Kindern auf die Philippinen, viele Monate lang. Ich schrieb Briefe, besprach Tonbandkassetten, die ich ihr schickte, beschwor sie – Pustekuchen! Nach ihrer plötzlichen, zu dem Zeitpunkt völlig unerwarteten Rückkehr nach etwa einem halben Jahr war der Ofen endgültig aus, die Kinder gegen mich aufgehetzt. Aus dem einstmals süßen „Baby" war eine Furie geworden, auch äußerlich, warum und wieso habe ich nie verstanden. OK, als es wirtschaftlich schwieriger wurde, ich meine beiden Angestellten entlassen musste, liebe Kollegen von früher, sagte ich mal „Jetzt werde ich noch weniger Zeit für die Familie haben, muss alleine versuchen zu retten, was zu retten ist." Zwei gute Arbeitskräfte weg, als solche, nicht als Freunde, und dadurch natürlich auch weniger Kosten ... und noch mehr Arbeit für mich, mit gelegentlicher Hilfe meiner Frau, was mit zwei kleinen Kindern verständlicherweise nicht sehr viel war. Ich hatte das Gefühl, dass das ein gewisser Knackpunkt war, aber von einer Partnerin erwarte ich, dass man gerade in wirtschaftlich schwierigen Zeiten zusammensteht und sich nicht anderen Männern an den Hals wirft und die Familie ruiniert.

Der Fall war für mich erledigt, die teure Miete konnte ich auch nicht mehr zahlen – schnell raus da, bevor noch alle Besitztümer verscherbelt würden. Mein Lieblingsgerät, einen B&O „Rechenschieber"-Receiver (Kenner werden wissen, um was es geht) hatte sie (ich schreibe „sie", nicht ... was ich eigentlich schreiben wollte und sollte – gnädig im Angedenken an frühere, bessere Zeiten) schon ins Pfandhaus gebracht, ebenso den teuren CD-Player, den sie mir mal (von unserem Geld) geschenkt hatte (und den ich einige Zeit später wieder auslösen konnte, der B&O war aber leider futsch).

In einer morgendlichen „Nacht-und-Nebel-Aktion", kurzfristig, aber gut geplant, holten wir mit einem 7,5-Tonner vor allem meine inzwischen etwa 3000 Schallplatten und einige Möbel aus der Wohnung, Bett, Regale, ein paar Sessel, meine Bücher usw., sollte sie mit ihrem Lover doch auf dem Boden schlafen, mir egal. Wir, das waren mein inzwischen bei mir arbeitender junger Praktikant, der für wenig Geld tolle Dienste leistete, darüber sehr froh war und Spaß bei der Arbeit hatte, und sein Bruder. Zwei langhaarige Studenten und Metal-Fans, mit denen ich mich schnell auch privat anfreundete; ich kann und konnte schon immer gut mit auch viel jüngeren Leuten. Liebe, nette Jungs, mit meinem Ex-Praktikanten (mit späterem erfolgreichem Lebensweg) habe ich immer noch lockeren Kontakt. Wir stopften das ganze Zeugs in meine Firmenräume, in denen ich auch die folgenden paar Nächte verbrachte, ich hatte ja keine Wohnung mehr.

Telegramm-Stil ... Pustekuchen, wird doch schon wieder mehr, merke ich, aber wie schon vorgewarnt und immer wieder betont: es geht auf und ab auf der Hühnerleiter. Schnell die Scheidung einreichen, laut Gesetzgeber ein Jahr Karenzzeit ... in dieser Zeit Kampf ums Besuchsrecht für meine Kinder. Meine Anwältin war eine um Ecken herum Bekannte aus früheren Uni-/Nachuni-Zeiten, alte Seilschaften – nicht, dass da etwas gemauschelt wurde, es gab nichts zu mauscheln. Aus ursprünglich gleicher Anwaltsgemeinschaft, die auch meine Firmenangelegenheiten regelte, oder das zumindest, in speziellem Falle, erfolglos versuchte. Dazu später.

Es ist immer gut, seine Rechtsanwälte persönlich zu kennen, Autohändler übrigens auch. Seit weit mehr als vierzig Jahren kaufe ich meine Autos bei meinem ehemaligen Nachbarn meines damaligen Appartements, meiner ersten Wohnung nach dem Auszug aus der WG, schon mal erwähnt. Ich will nicht behaupten, dass jeder Autohändler und jeder Rechtsanwalt ein Schlitzohr ist, aber es stärkt das Vertrauen enorm, solche Leute auch privat zu kennen und dort über Jahre und Jahre gut aufgehoben zu sein.

Ich hatte keine Wohnung, und trotz Mini-Küche im Büro und sogar Badezimmer mit Spinnweben und Ratte im Keller waren meine Firmenräume nicht geeignet, dort längere Zeit zu wohnen. Die Ratte fand ich Jahre später beim Auszug als flaches ledriges Etwas wieder, von mir mit Rattengift hingerichtet. Heutzutage halten meine Kinder vier Ratten, trotz anfänglichen Widerstands meinerseits – keine Chance, und die sind tatsächlich sogar irgendwie „niedlich", die Ratten meine ich,

Kinder auch, wo ist schon der Unterschied? Ach, wer mich kennt, der weiß, wie ich das meine – und wenn nicht, ist mir das auch egal.

Aber es gibt ja Freunde und Bekannte. Einer von letzteren, Bekannter über zwei Ecken, hatte eine kleine Stadtwohnung in der Nähe, die er nicht nutzte und mir kostenlos anbot, vorübergehend. Ich war froh und dankbar, und fühlte mich dort so unglücklich und fehl am Platze wie selten oder sogar nie zuvor sonst irgendwo. „Gelsenkirchener Barock", ein kaputter Fernseher, das Bett direkt neben einem kleinen Herd, den ich ein oder zwei Mal benutzte, wenn überhaupt. Ein Dach über dem Kopf, etwas besser zum „Wohnen" als mein Büro, das zu klein war, um das große Bett aufzustellen. Naja, tagsüber war ich in meiner Firma, möglichst lange, später dann noch meist in einer Kneipe, irgendwie auszuhalten, wenn auch nicht einfach.

Die Kneipenzeiten waren eigentlich schon lange vorbei. Früher als Student, vornehmlich dann, wenn ich keine Freundin hatte und nachdem Andrea mich verlassen hatte, das waren meine Kneipenzeiten, seit eigener Familie und Firma gar nicht mehr. Inzwischen hatte Bochum sich zum Vergnügungszentrum des Ruhrgebiets entwickelt, ist es mit seiner reichhaltigen Gastronomie- und Kneipenszene immer noch und immer mehr. So fand ich auch schnell wieder eine Stammkneipe, als ich noch die letzten Monate alleine in der gemeinsamen Wohnung wohnte und mir noch Illusionen über ein möglicherweise gutes Ende machte. Da war eine Kellnerin … himmelhübsch, und erst nachdem ich nun sozusagen heimatlos war, immer noch verunsichert, niedergeschlagen, traute ich mich, sie per zugestecktem Brief von meiner Bewunderung für sie wissen zu lassen und eventuell mal um ein Treffen zu bitten. Da hatte ich die Rechnung ohne den Wirt gemacht.

Ihr Freund war der Sänger einer lokalen Metal-Band, die ich früher produziert hatte (s. u.), der auch immer noch aktiv war, wenn auch leider nie wirklich erfolgreich, obwohl er ein großartiger Sänger war, wie ich fand und immer noch finde. Zu Bands, die ich produzierte usw. komme ich gleich noch. Ein paar Tage später „bat" er mich, zusammen mit ein paar seiner Kumpels, auf die Straße vor die Kneipe und … er polierte mir nur nicht die Fresse aufgrund unserer alten Beziehungen, aber,

„letzte Warnung, Hände weg von meiner Freundin!" Schluck, sogar gewisses Verständnis meinerseits, aber ich wusste das ja nicht, sonst hätte ich die junge Lady nicht angebaggert oder versucht anzubaggern. Freundinnen von Freunden sind tabu, ich bin ja nicht so ein Elendswurm wie dieser andere Mensch damals, dieser ... ach, scheiß drauf. Besagter Sänger hat später eine andere Frau geheiratet, wurde Rechtsanwalt, und wir hören immer noch mal gelegentlich voneinander, dieser Vorfall ist beiderseits längst vergessen und vergeben.

Ein befreundetes Ehepaar mit eigenem Haus, einem kleinen, niedlichen Häuschen genau genommen, fuhr fast sechs Wochen lang in Urlaub, die Gelegenheit! Sie waren froh, dass jemand auf ihr Haus aufpasste und dort wohnte, denn es war einigermaßen abgelegen, mit eigenem Bach und Feuersalamandern in Keller und Garten. Ich hatte eine hübsche Bleibe, konnte dort Musik hören so laut ich wollte ohne jemanden zu stören (und das tat ich manchmal bis die Wände wackelten!), fühlte mich den Umständen entsprechend pudelwohl. Direkt anschließend ähnlicher Fall (ohne Bach und Feuersalamander) bei einem anderen Freundespaar, drei Wochen lang.

Meine Firmenräume waren in einem flachen Hinterhofanbau und vorne im Haus - insgesamt waren wir in fast zentraler Lage in Bochum - gab es mehrere, auch kleinere Wohnungen. Eine wurde frei, das passte doch genau! Wie in alten Zeiten, Wohnung und Firma sozusagen in eins, nur dass ich jetzt wieder alleine war, mit zwei Kindern zwar, die ich dank erfolgreicher Rechtsstreitigkeiten alle zwei Wochen sehen durfte bzw. sie durften mich besuchen. 1 Zimmer, Küche, Bad, reichte doch, extrem günstige Miete, meine paar Möbel machten wieder Platz in der Firma, meine Schallplatten konnten dort bleiben. Ich hatte wieder ein eigenes zuhause und fühlte mich wohl, wenn auch etwas einsam, aber mit netten Freunden, das Leben wurde wieder normaler und lebenswerter. Last not least waren gerade in dieser Zeit mein Praktikant und sein Bruder zwei stets präsente, verlässliche Kumpel, andere liebe Freunde nicht zu vergessen.

Meine Firma – der Laden brummte schnell ziemlich gut. Von null auf etwas zu kommen ist nicht so schwer, aber dort zu bleiben und noch höher hinaus zu gelangen auch nicht so einfach. Dank guter Fachpressekontakte wurde der Name schnell bekannt, sprach sich herum. Ich zog die Residents einmal mehr an Land, dieses Mal zu meiner eigenen Firma und nicht zu der Firma, für die ich arbeitete. Kein Riesenumsatzbringer, aber allemal ein Prestigegewinn. Indie-Musik und Heavy Metal waren die Säulen, die Konkurrenz meiner beiden ehemaligen Kollegen und Fast-Partner war nicht zu spüren und ich war eigentlich dankbar, dass es so gekommen war. Es meldeten sich lokale und regionale Bands, du „machst" doch Heavy Metal.

Warum eigentlich nicht „machen"? Ein Bekannter aus alten Zeiten mit einem kleinen Schallplattenladen war inzwischen in der Szene rührig, hatte eine lokale Band produziert. Das kann ich auch! „Meine" ersten Jungs aus Bochum machten klasse Musik, waren nett, das gefiel mir. Studio gebucht usw., kostete einiges an Geld. Auf einem Bein kann man nicht stehen, die Bands standen Schlange, fast täglich trafen neue Kassetten mit Proberaumaufnahmen ein, meist Schrott, aber nicht immer.

Eine Band aus einer Nachbarstadt wurde die zweite auf meinem eigenen Label, weitere folgten, der große Erfolg blieb aus und viel Geld wurde sozusagen eingeschmolzen, Heavy Metal eben. Einer der Protagonisten dieser zweiten Band wurde viele Jahre später mit seiner dann völlig anderen Band ein relativ großer Star der Szene, mit internationalem Erfolg, und meinte mal in einem Interview, dass es der größte Fehler seiner Laufbahn war, damals bei mir anzuheuern. Damit liegt er allerdings völlig daneben. Zu der Zeit war er kaum in Lage, zwei Takte geradeaus zu spielen, hatte allerdings schon ein gewisses Etwas, das muss man ihm lassen. Diese von mir produzierte Scheibe gilt heutzutage als Meilenstein des frühen deutschen Heavy Metal, die Tür und Tor für besagten „Star" öffnete und ohne die er möglicherweise immer noch in seiner kleinen Bude hocken und versuchen würde, mit seinen Wurstfingern drei Basstakte am Stück fehlerfrei zu spielen. Das war definitiv der beste Schritt, den er je in seiner Karriere gemacht hat; auch der Drummer brachte es übrigens noch zu Erfolgen, sogar in einer bekannten englischen Band größeren Kalibers. Als Produzent wurde damals, nebenbei bemerkt, der Tontechniker angegeben, der darauf Wert legte, weil er ja für den „guten" Ton sorgte (den Möglichkeiten angemessen, falls überhaupt, nach heutigem Standard schrecklich). Produzent ist immer der, der etwas anstößt, herstellt und bezahlt, und das war ich, aber diese Nomenklatur war mir nicht so wichtig.

Trotz sozusagen posthumer Anerkennung war diese Produktion wie alle anderen auch nur ein weiterer Sargnagel zum Untergang, wirtschaftlich ein großer Reinfall. Ein etwa gleichzeitig zweites gegründetes Label für Wiederveröffentlichungen war da weitaus erfolgreicher, konnte aber den Schaden nicht wettmachen, dem schon ein anderer großer Schaden vorhergegangen war, zu dem ich gleich noch komme.

Es ging bergab, das knappe Kapital war weitgehend in verlustbringende Produktionen geflossen, hinzu kam fast ständig die, ich sage mal „nachlässige", Zahlungsmoral meiner Kunden. Meine Lieferanten ließen zwar eine Zeitlang mit sich reden, aufgrund guter persönlicher Beziehungen, die eine oder andere London-Blitzreise half auch dabei, aber irgendwann ist jede Geduld verständlicherweise zu Ende. Erst (ausstehendes) Geld, dann Ware. Mit mangelndem Nachschub kamen mangelnde Umsätze, von Gewinnen ganz zu schweigen ... eine sich unaufhaltsam abwärts drehende Spirale. Auch die Bankkredite ließen sich trotz ständig großer Außenstände und (vielleicht zu) hoher Lagerbestände nicht ewig erhöhen, obwohl mein Vater schon mit hoher Bürgschaft eingesprungen war. Irgendwann machte die bis dahin joviale Bankleitung dicht, die Bürgschaft wurde fällig, Ende Gelände! Scheiße!

Nicht nur deswegen, sondern ganz allgemein gilt immer noch „Banken und Versicherungen sind die legalisierte Form des organisierten Verbrechens", heute mehr denn je, nach Finanzkrise usw. Darauf kann der geneigte Leser einen lassen, aber sowas von!

Eine der Bankangestellten war verdammt hübsch und sympathisch, leicht rot-blond bis brünett und ich hatte oft ansatzweise Gummiknie, wenn ich bei ihr Schecks einreichte oder dort sonst etwas zu erledigen hatte. Zufälligerweise wohnte sie nur wenige Meter entfernt von meiner damaligen Firma (und späterem Wohnsitz) und ich traf sie auch da gelegentlich auf der Straße („Hallo, guten Tag!"), aber trotz (oder wegen) absehbarer Ehe- und Firmenpleite traute ich mich nicht, sie auch mal privat anzusprechen. Eine Randnotiz, die beim Kramen in Erinnerungen hervorkommt. Ich hatte zu der Zeit andere Sorgen und zu wenig Selbstvertrauen.

Mein durch die fällige Bürgschaft vorweg genommenes Erbe, mindestens, sorgte später für weniger Wirbel als befürchtet, andere Dinge in diesem Zusammenhang rissen die Geschwister in unversöhnliche Lager auseinander. Ich habe (hatte, s. o.) guten Draht zu beiden „Lagern", Vermittlerversuche meinerseits bleiben erfolg- und zwecklos. Es geht allen gut, sehr gut sogar, viel besser als mir, aber ich will nicht klagen, „Hauptsache gesund" ist mein Motto. Ein schnell dahingesagter Spruch, der umso bedeutsamer ist, je älter man wird. Und verglichen mit den meisten Menschen auf dieser kleinen Kartoffel im Weltall geht es mir und meiner Familie unsagbar gut, es gibt mehr in diesem kurzen Leben als schnöden Mammon.

Das wissen die wenigen Prozent (weit weniger als 10) unserer Bevölkerung, die mehr als 90% des gesamten Volksvermögens besitzen und sich darin suhlen, nicht. Mögen sie daran ersticken. Reich sind sie, stinkreich im Sinne des Wortes, aber unsäglich dumm und asoziales Pack[*] unterster „Güte". Letzterer Begriff stimmt vor allem für dieses Gesindel (soviel Geld kann man nur auf Kosten anderer haben bzw. man ist absolut asozial, solche unermesslichen Reichtümer nicht zu teilen) – für den armen Schlucker, der unter der Brücke schlafen muss, wenn er noch Glück hat, liegt er völlig daneben. Und für die vielen Flüchtlinge, ganz aktuell, erst recht (liegt der Begriff daneben, meine ich, vorsichtshalber gesagt).

Der Mensch ist ein Raubtier, ein Kannibale, trotz aller Kulturleistungen summa summarum ein Fehlgriff der Natur!

Bevor ich zu politisch werde (und dann eigentlich nur noch den Granatenwerfer hervorholen könnte, den ich nicht besitze)

---

[*] Bill Gates und einige andere Mega-Tycoone möchte ich davon ausnehmen. Es ist bewundernswert, was sie mit ihrem unfassbar großen Vermögen anstellen, bei aller auch geäußerten Kritik. Das (wahre) Sprichwort „Geld verdirbt den Charakter" stimmt für diese Leute wohl nicht, oder nur bedingt. Mir sind keine deutschen oder europäischen Milliardäre oder Millionäre bekannt, die sich ähnlich verhalten.

Es wäre schön, wenn letzteres nur meiner Unkenntnis geschuldet ist!

gehe ich zurück zum Thema, wenn es das überhaupt gibt, meine persönliche Rück-, Vor- und Lebensanschau. Dazu gehören auch sehr unerfreuliche Erfahrungen mit der Spezies „Vertreter", auch „Klinkenputzer" genannt. Ich möchte keinen gesamten Berufsstand in Misskredit bringen, habe auch manche nette kennengelernt, aber Vorsicht ist angebracht.

Noch zu Anfangszeiten meiner Firma meldete sich jemand, der in der Branche als freier Außendienstmitarbeiter tätig war und meinte, er könne sicher für noch mehr Umsätze sorgen. Warum nicht, dachte ich, für das, was er verkauft, bekommt er seine Provision, klare Kiste. Er präsentierte sich ganz annehmbar, nicht direkt meine Wellenlänge, aber das musste ja auch nicht sein. Ein guter Bekannter, alter Kunde aus früheren Zeiten, damals auch aktueller Kunde mit beginnendem Konkurrenzunternehmen aus Hannover, dem ich davon erzählte, warnte mich vor diesem Menschen, er hatte damit seine Erfahrungen gesammelt. Ich schlug die Warnung aus dem Wind, fühlte sie aufgrund beginnender Konkurrenz eher als Bestätigung.

Aus dieser Konkurrenz wurde übrigens später eine der zeitweise größten deutschen Musikfirmen, die dann auch irgendwann mit Ach und Krach baden ging, heute noch unter gleichem Namen und anderer Leitung auf kleiner Flamme weiter gekocht wird. Ich erinnere mich noch, wie wir in ganz alten Zeiten, 70er Jahre, nach mehr oder weniger durchzechter Nacht in Hannover irgendwo frühstücken gingen – ein Joint war immer dabei, wenn auch nicht für mich, wie weiter oben erläutert – und er sagte: „Irgendwann werde ich mal 'ne Schallplattenfirma haben, die mindestens so groß wie die WEA ist, oder größer." Die WEA war ein mittelgroßer Ableger von Warner Brothers, längst Geschichte. Ich habe nur milde gelächelt, aber zeitweise hatte er dieses Ziel erreicht, ist dabei auch über einige Leichen gegangen, das sind andere Geschichten abseits meines Weges. Ich hätte in diesem Falle aber auf ihn hören sollen.

Der Außendienstler verkaufte, teilweise auch bei schon bestehender Kundschaft, das war abgesprochen, meckerte hin und wieder verständlicherweise über bestellte, nicht gelieferte Ware, das ging ja von seiner Provision ab. Zumindest in dieser Zeit war die Nichtlieferung kein Geldproblem, es gab verschiedene Gründe, egal. Er bekam die ihm zustehende Provision, man kam sich auch menschlich etwas näher, Betonung auf etwas.

Unsere Geschäftsbeziehung beruhte auf Handschlag und mündlicher Absprache. Für mich kein Problem, ich bin ein ehrlicher Mensch, ehrlich auch im Sinne von etwas blauäugig und naiv, im Einzelfall eher an das Gute im Menschen glaubend, das zumindest versuchend. Insgesamt betrachtet sieht das anders aus – die Menschheit ist das dümmste Bazillus, das die Erde vorübergehend krank gemacht hat.

Nach etwa eineinhalb Jahren kam dieser Typ nun damit an, das Ganze doch auch mal schriftlich zu fixieren. Er legte mir eine Liste mit Kunden vor, die er betreuen sollte. Nach kurzer Durchsicht unterschrieb ich den Vertrag, mein Todesurteil, die Spinne hatte mich im Netz.

Zu den Kunden, die er betreuen sollte, gehörte auch DER damalige Musikladen, auch über deutsche Grenzen hinaus bekannt, in einer rheinischen Metropole, der den Namen eines Planeten unseres Sonnensystems trug und trägt und heute als Teil einer großen Elektronik-Fachmarkt Kette viel von seiner Attraktivität eingebüßt hat. Seit meiner Hannoveraner Zeit hatte ich zwar selbst beste Beziehungen dazu und zählte die Firma von Anfang an zu meinen besten Kunden; nein, sie war mein bester Kunde. Aber Betreuung vor Ort konnte ja nicht schaden, trotz gelegentlicher persönlicher Besuche meinerseits. Es kamen auch ein, zwei kleine Aufträge zu Beginn der Tätigkeit und seitens dieses Außendienstlers, mehr nicht, ich machte mir keine Gedanken, liefen die Bestellungen doch bestens telefonisch und meist über mich und einen ehemaligen Hannoveraner Kollegen direkt, der inzwischen dort in verantwortlicher Position gelandet war, auch ein klasse norddeutscher Typ. Sollte der Vertreter sich doch lieber um andere Kunden kümmern, vor allem Neuakquirierungen, aber da kam wenig.

Kaum war der Vertrag unterschrieben, kam gar nichts mehr – außer einer Forderung und Klage auf unterlassene Provisionszahlung. Haha, ich konnte alle Zahlungen ordnungsgemäß nachweisen. Provisionen für die enormen Verkäufe an diesen Superladen in der Stadt mit dem berühmten Dom? Die paar Mark für die von ihm getätigten Aufträge hatte ich gezahlt. An allen anderen war er nicht beteiligt, konnte er gar nicht, da er nachweislich Hausverbot hatte. Eine überall rumschnüffelnde, ekelhafte Ratte – doch halt, ich möchte die Spezies der Ratten nicht beleidigen. Nicht nur da hatte er Hausverbot ...

Um es kurz zu machen: Ich musste ihm per Gerichtsbeschluss eine hohe fünfstellige Summe an Provision zahlen, wofür er nachweislich und zugegebenermaßen die Leistung nicht erbracht hatte, nicht hatte erbringen können. Nur weil ich Idiot dieses Papier unterschrieben hatte in Unkenntnis der „Rechtslage" für freie Handelsvertreter. Da muss ich es mir, und sonst auch jedermann, finde ich, hoch anrechnen, dass ich nicht zum Amokläufer wurde. Was für ein „Recht" ist das denn? Ein zum Himmel schreiendes Unrecht! Zahlung für nachweislich nicht erbrachte Leistung, für nichts außer Betrügerei! Ich habe nicht mehr viel von diesem menschlichen Wurm gehört, außer dass er wohl nirgendwo mehr so recht unterkam, hoffentlich. Aber auch die Würmer möchte ich nicht beleidigen, verrichten sie doch häufig nutzvolle Tätigkeiten. Ich wünsche dieser Kreatur auch heute noch von Herzen alles erdenklich Schlechte, die Pest, Cholera, Krebs, Ebola und einen qualvollen Tod – nein, besser noch, ein qualvolles Leben, in dem er den nicht kommen wollenden Tod herbeisehnt. So ein hinterfotziges, vermaledeites Arschgesicht! Der erste große Sargnagel für meine Firma, da wusste auch mein bemühter, linkspolitischer Anwalt nichts auszurichten. Solch eine für die Verhältnisse horrende Summe konnte ich nicht aus dem Ärmel schütteln, das Riesenloch war kaum zu stopfen und riss von den Rändern her immer mehr ein. Trau, schau wem!

Der zweite Vertreter der Sorte Vertreter, haha, war unser zeitweiliger damaliger Vermieter, für die Firma Grundig tätig. Aber diese Pleitefirma ist hier nicht das Thema. Eigenheim, Eigentumswohnung (in der wir wohnten), auf den ersten Blick ein netter, freundlicher Mann mit netter Familie. Als meine Ehe in die Brüche ging und meine Firma im Tiefflug war bat ich ihn, den Mietvertrag aufzulösen, da ich die Miete nicht mehr bezahlen konnte. Das wollte er nicht, ich zog aus, wie weiter oben beschrieben, zahlte auch keine Miete mehr, wovon denn auch? Meine damalige Noch-Frau und Kinder wohnten noch dort, sie ging zu ihm mit einem Schreiben vom Sozialamt, das er nur unterschreiben musste, damit das Sozialamt die Miete zahlte. Wollte er nicht. Wollte lieber mich verklagen und bekam natürlich auch Recht. Und natürlich stand ihm prinzipiell die Miete auch zu, keine Frage, deshalb wollte ich das Verhältnis ja lösen, damit er sie anderweitig vermieten konnte, deshalb sollte er ja das Schreiben vom Sozialamt abzeichnen. Er bekam Recht, aber kein Geld, einem nackten Mann kann man nicht in die Tasche greifen. Was für ein dämlicher Idiot!

Viele Jahre später, ich war mittlerweile in einer Filiale einer großen Elektronik-Fachmarkt Kette beschäftigt, kam dieser elende Kerl als Vertreter dorthin und sah, dass ich dort arbeitete und beantragte Gehaltspfändung. Dieser Scheißkerl! Anlass für mich, endlich reinen Tisch zu machen, es gab auch hin und wieder Briefe anderer Unternehmen mit Forderungen, meist aus alten Leasingverträgen, Fax, Kopierer usw. Er bekam zwei oder drei Mal etwa 50,- DM, dann lief ein paar Jahre lang das private Insolvenzverfahren, fertig. Er war der Einzige unter diversen Gläubigern der versuchte, das Insolvenzverfahren zu kippen, vergebens. Auch diesem menschlichen Wurm wünsche ich von Herzen alles Schlechte, möge er bei lebendigem Leibe verfaulen, ist er vermutlich inzwischen schon. Eine erbärmliche Drecksau, mehr nicht. Die Säue mögen mir verzeihen. Geld- und Raffgier, Rechthaberei um der Rechthaberei willen und unsoziales Verhalten zahlen sich doch nicht immer aus. Grundig ging mehrfach pleite, hoffentlich auch zu seinem Schaden. Die paar Male, die er mir noch begegnete, traute er sich nicht, mir in die Augen zu schauen. Besser so, sonst hätte ich ihm eins auf seine dämliche Fresse gegeben. Immerhin könnte man ihm zugute halten, dass er nicht in betrügerischer Absicht gehandelt hat wie der andere Halunke. Könnte man, aber will ich das? Nein, ich will ihm nichts zugute halten.

Soviel zu meinen persönlichen Erfahrungen mit Vertretern der Gattung Vertreter. Aber wie gesagt, ich kenne auch einige nette, oberflächlich. Bei zwei intensiveren Beziehungen zu Typen dieser Branche zwei Mal ins Klo gegriffen – mir scheint, dass sich hier die schwarzen Schafe besonders häufig tummeln. Die rechtschaffenen weißen Schafe sollen sich davon nicht angesprochen fühlen.

Ehe-Aus, Firmen-Aus, irgendwie noch genügend Geld, von der Hand in den Mund, um so gerade nicht zu verhungern, im Sinne des Wortes – es konnte nur besser werden. Dass mir einige liebe Freunde und Bekannte in den letzten Tagen meiner einstmals blühenden Firma eine insgesamt nicht unerhebliche Menge Geld liehen, riss den Karren leider nicht mehr aus dem Dreck. In den Einzelfällen waren das aufgrund der Vermögenslage zwar überschaubare Beträge und vermutlich wussten alle, dass sie das Geld trotz meiner Beteuerungen und ehrlicher Vorsätze ebenso gut die Toilette hätten herunterspülen können. Scheiße, und mir stand die Scheiße echt bis zum Hals! In wenigen Fällen habe ich später ansatzweise etwas wieder gutmachen können, der allgemeine Tenor war ein gutmütiges „vergiss es" ohne böse Folgen. Es gibt wahrlich liebe Menschen, denen ich immer noch sehr dankbar bin, und von denen ich zum Glück auch weiß, dass ich ihnen keinen wirklichen Schaden zugefügt habe, ebenso wenig wie vorher durch die Bürgschaft meines Vaters. Trotzdem ein doofes Gefühl ... und falls wir mal im Lotto gewinnen sollten, sind sie die ersten, die davon „profitieren". Da wir aber nur zwei oder drei Mal im Jahr für jeweils etwa fünf Euro Lotto spielen, einfach nur „mal so", stehen die Chancen leider schlecht. Und mit vielen –zig Euro oder noch mehr pro Woche, die wir a) nicht haben und b) wenn, dann in Lotto oder anderen Quatsch investieren könnten (und die ich dann lieber direkt zurückzahlen würde), stünden die Chancen auch nicht wirklich besser.

Zum Abschluss dieser, von letzteren positiven Erfahrungen der Freundschaft und Hilfsbereitschaft abgesehen, miesen Erlebnisse kann ich dann hier auch die „gesonderte Geschichte" erzählen, meine Schallplattensammlung betreffend, wie weiter oben schon mal erwähnt, und wiederum viele Jahre später. Im Ehe-Endchaos gerettet, konnte ich die mittlerweile etwa 3000 Scheiben in meinen Firmenräumen lagern, aber als die Nachfolgefirma (s. u.) den Sitz verlagerte, ging das nicht mehr. In den letzten Tagen und Wochen meiner Firma verkaufte ich einen Teil meiner Waren auf Plattenbörsen, was mir beim

Überleben half, wortwörtlich. Dabei lernte ich einen guten Kunden näher kennen, Musik,-, Blues- und Vinylfan bis in die Haarspitzen und bis heute. Man kam ins Gespräch, er kaufte auch schon mal ein paar meiner privaten Platten für gutes Geld, von denen ich meinte, mich trennen zu können, schweren Herzens, aber Schallplatten kann man halt nur schlecht essen ...

Ein sehr netter, sympathischer Kerl, er hatte viel Platz in seinem Fleisch-, Wurst- und Delikatessengroßhandel in einer anderen Ruhrgebietsstadt. Natürlich durfte ich dort meine vielen Kartons mit Schallplatten lagern, gut verpackt und verklebt, und obendrein noch die nicht unerheblichen Reste meiner eigenen, leider nicht so erfolgreichen Produktionen. Er hatte einen Angestellten als Aushilfskraft, unter wenigen anderen, der früher auch mal ein Schallplattengeschäft hatte, mir altbekannter Kunde aus früheren Tagen, und der mittlerweile als Händler viele Schallplattenbörsen besuchte. Ich will's abkürzen, soweit es geht. Eines Tages und ein paar Jahre später nahm ich mal zwei Kartons mit nach Hause, um „einfach so" mal etwas durchzuschauen ... diese Platte ... habe ich nie gehabt, diese schon, aber nicht in solch elendem Zustand, usw. Meine Haare standen zu Berge, die Zehennägel kräuselten sich, der Herzkasper war nahe. Das war nicht mehr meine Sammlung, teilweise zerfleddert, ausgetauscht! Sollte etwa ... nein, unmöglich! Ich rief meinen Kumpel an, der fiel aus allen Wolken, wir hatten beide denselben Verdacht, aber keinen Beweis.

Er hatte schon immer mal gefragt, ob ich meine Sammlung nicht verkaufen wolle, ich hatte immer abgelehnt. Jetzt bot ich ihm sie an, weg mit dieser gefledderten Sammlung, Platz hatten wir mit inzwischen kleiner süßer Tochter und eher kleiner Wohnung sowieso nicht dafür, Geld war auch nicht gerade reichlich vorhanden, wenn auch knapp ausreichend. Er war, da bin ich sicher, ebenso geschockt wie ich, fühlte sich auch schuldig, weil dieser Angestellte auch zeitweise unkontrollierten Zugang zu den Geschäftsräumen hatte.

Mein Angebot hatte eine Bedingung: Er musste auch die unverkäuflichen Reste meiner Eigenproduktionen übernehmen und als sein Eigentum einlagern ... oder auf die Kippe schmeißen, das brachte ich selber nicht fertig. Keine Ahnung, was er damit gemacht hat. Kurz und gut: Er zahlte mir einen guten, absolut angemessenen und fairen Preis für diesen ganzen Plastikkram in schönen, bunten Hüllen (soweit nicht durch Austausch ramponiert oder durch Schrott ersetzt), in Raten, damit seine Frau es nicht merkte; mein Herzblut war und ist prinzipiell unbezahlbar. Er betreibt heutzutage einen der wenigen reinen Vinyl-Läden, von seiner Frau geführt, den Fleisch- usw. Großhandel auch noch, soweit ich weiß. Ich sollte ihn mal wieder besuchen. Und wer zwischen den Zeilen lesen will – nein, es war dieser verdammte Angestellte, da bin ich sicher; ehemaliger Schallplattenladenbesitzer (pleite gegangen, wie viele – ich mit meinem Vertrieb und der Produktion ja auch), Musikbörsenhändler. Ein hinterhältiger, elender Verbrecher und auch einer der wenigen, dem ich die Pest an den Hals wünsche, tausendfach. Das ist die vierte Missgeburt, der ich persönlich begegnet bin und für die es sich lohnen würde, diese Plage wiederzubeleben, abgesehen von Nazis, „IS-Gotteskämpfern" und ähnlichem Gelichter sowieso. Damit liege ich ganz gut im Schnitt, denke ich. Natürlich wusste er von nichts ... Mein Kumpel hatte keinen Vorteil durch Manipulationen, denn, wie schon gesagt, zahlte er mir einen absolut fairen Preis, vielleicht sogar etwas mehr. Dieser andere, gemeine Dieb – halbwegs könnte ich ihm dankbar sein, vielleicht ähnlich wie dem späteren Gatten meiner früheren großen Liebe oder dem (oder einem der) Lover meiner Ex-Gattin. Bin ich aber nicht, Punkt.

Es konnte nur besser werden, damals, und wurde es auch. Die endlich wieder eigene kleine Wohnung, wie oben schon erwähnt, war ein erster winziger Schritt. Es war die Zeit der zwar umstrittenen, aber nicht illegalen Live-Mitschnitte auf CD, die mich auch schon in den letzten Tagen meiner Firma über Wasser hielten. Ein Lieferant dieser Ware und ich gründeten nach dem Ende meiner Firma eine neue Firma, die sich ausschließlich dem Vertrieb solcher CDs widmete. Er hatte die nötigen „connections" und Geld, ich die Firmenräume und Kundschaft in großem Stil. Es entwickelte sich eine freundschaftliche, gute Beziehung (von mir etwas argwöhnisch begonnen, aber mit gutem Ergebnis – meine Menschenkenntnis war doch nicht immer nur naiv und schlecht), ich hatte was zu tun und mein ausreichendes Einkommen, um zu leben und einen kleinen Unterhalt für meine Kinder zu zahlen, die mich alle zwei Wochen am Wochenende besuchten. Alle Bemühungen ihrer Mutter, ihren Freund als neuen „Papa" zu etablieren und sie mir abspenstig zu machen waren glücklicherweise erfolglos. Immerhin behandelte er sie gut, soweit ich das mitbekam, die beiden sind immer noch zusammen und haben einen recht erfolgreichen Catering-Service aufgezogen, in dem auch meine beiden Söhne ihr nötiges Geld verdienen konnten. No bad feelings, obwohl ich mit meiner Ex absolut nichts mehr zu tun haben möchte und auch nicht habe. Meine Söhne (einer davon ist mittlerweile Ingenieur für Fahrzeugelektronik (s. o.), der andere auch erfolgreich) sind und bleiben immer Teil meiner Familie, und das ist auch gut so.

Das neue Geschäft lief gut, das Leben geriet wieder in ruhigere Bahnen. Irgendwann war die Scheidung durch, das Besuchsrecht der Kinder geregelt, und ich hatte auch immer mehr Zeit für mein neu entdecktes, altes Hobby „spielen." Das Thema kommt später noch zur Sprache.

Wer weiß, ob ich alle schwiergen und guten Zeiten ohne mein Lebenselixier Musik überstanden hätte, vermutlich auch irgendwie, aber auch vermutlich wäre mein Leben dann insgesamt völlig anders verlaufen. Trost, Freude und Höhepunkte in vielen Lagen – John, Jon, Joe, Jimi, Jim, George, Jack, Steve, Gregg, Brian, Rory, Carl, Dennis und viele Hunderte gleicher, ähnlicher und anderer Namen, hört ihr mich im Nirvana? Natürlich nicht, aber ohne euch wäre mein Leben nur halb so lebenswert gewesen. Viele, immer weniger, leben auch heute noch, Rod Stewart zum Beispiel, der mit seiner herz-, stein- und beinerweichenden Ballade „I was only joking" so vieles auf einen Punkt bringt, worüber man Bände schreiben könnte (aus dem überwältigenden 70er-Jahre Album „Foot Loose & Fancy Free", meine Top-Twenty aller Zeiten, mindestens). Ich bin ein sentimentaler alter Sack, aber gerne. Weiter geht's.

Mit einigermaßen geregeltem Ein- und Auskommen rückten wieder andere Dinge in den Vordergrund, Frauen an erster Stelle. Anfang vierzig und trotz gescheiterter Ehe war ich noch nicht bereit zu sagen „das war's". Und trotz der großen Enttäuschung lag meine Vorliebe ganz klar bei asiatischen Frauen.

Nicht nur wegen der Äußerlichkeiten, auch sonst – und wer dabei meint, Asiatinnen seien nur kleine, liebe Schmusekätzchen, ist völlig falsch gewickelt. Diese kleinen, lieben Schmusekätzchen können ganz gewaltige Hausdrachen sein, und das sage ich nicht nur wegen meiner ersten, außer positiven auch negativen, persönlichen Erfahrung. Ich kenne viele Fälle, glückliche und unglückliche Ehen, letzten Endes kommt es immer auf die Individuen an, und asiatische Frauen haben nun mal dieses gewisse Etwas, zumindest für mich, ohne dass ich andere Frauen damit diskriminieren möchte. Hübsche Frauen aller Arten sind das Salz in der Suppe eines Männerlebens, egal, ob weiß, braun, schwarz oder wegen mir auch blau-weiß (VfL!) gestreift. Hübsche „Seele" ist erste Bedingung, klar.

Wer sich einigermaßen in Asien auskennt weiß, dass dort zwar oft die Männer den Macho raushängen lassen und die Frauen im Hintergrund bleiben, tatsächlich die Frauen aber das Kommando haben. Besonders auf den Philippinen – Wirtschaft, Handel, Staat, in den entscheidenden Positionen stehen meist Frauen an erster Stelle, clever, energisch - und dabei so hübsch, charmant und weiblich. Und wenn nicht an erster Stelle, dann ziehen sie im Hintergrund die Fäden und lassen vorne ihre Marionetten laufen. In unserer Ehe ist das ausgeglichener, glaube ich zumindest (außer an Hühner natürlich).

Jüngere Filipinas aus der weitläufigen Bekanntschaft ließen mich abblitzen, Kneipen waren nicht mehr so mein Ding. Also mal in die Zeitung schauen. Auch da gab es Asiatinnen, manche waren Verwandte von in der Nähe lebenden Leuten, die einen deutschen Ehemann suchten. Aber entweder passte es so oder so nicht. Dann fiel mir eine Anzeige ins Auge „Pretty Woman sucht ..." Das weckte Assoziationen an den gleichnamigen Film. Ich schrieb, wir verabredeten uns, und obwohl sie nicht unbedingt sooo „pretty" war, hatte sie einen gewissen Pepp, wie man so sagt, und hässlich war sie bestimmt nicht. Keine Asiatin, deutlich jünger als ich (wie üblich), geschieden, Kinder, große Hunde (igitt!) ... trotz ungünstiger Voraussetzungen war da was. Wir trafen uns oft, öfter, noch öfter, waren zusammen, sie gefiel mir. Sie war erst noch etwas unentschlossen, dann brannte es auch bei ihr.

Es kam ein Brief aus Thailand, Antwort auf meine Antwort auf eine Zeitungsanzeige viele Wochen vorher, schon vergessen. Ein paar Zeilen gebrochenes Deutsch, ein Foto, und mein lokaler Brand war gelöscht und nach Thailand verlagert. Tränenreicher Abschied von meiner jüngsten „Liebe", beiderseits, aber wir blieben noch eine Zeitlang in Freundschaft verbunden, gingen mal aus oder spielten zusammen Squash. Ein ihr geliehenes Buch habe ich nie wiedergesehen, Bestätigung des alten Spruchs „Bücher, Schallplatten (CDs) und Frauen verleiht man nicht", haha.

Nachdem ich meinem thailändischen Schwarm per Brief angeboten hatte, einen guten Bekannten (aus der Musikszene), der mit einer hübschen, natürlich, Thailänderin verheiratet war und bald wieder dorthin flog, vielleicht am Flughafen Bangkok zu treffen, um schon mal etwas mehr über Deutschland zu erfahren, falls sie möchte ... erhielt ich einen bösen Brief, was mir denn einfiele, sie könne für sich selbst sorgen, brauche keine Hilfe. Aus der Traum, sehr seltsam, schmerzlich, aber verschmerzbar, sie war nur ein Fotophantom.

Auf eine andere Zeitungsanzeige hin („Junge, hübsche Philippinin sucht ...") erhielt ich bald darauf einen „Katalog" mehrerer Seiten mit etwa 30 schwarz-weiß-Fotoportraits von Frauen aus aller Welt, Asien, Afrika, Südamerika. Fünf Adressen nach Wunsch für 300 DM - so'n Scheiß, mit sowas will ich nix zu tun haben, ab in den Papierkorb, Frechheit!

Doch halt, da war ein Foto ... ein Stich in mein Herz, mal beiseite legen. Quatsch, ein Foto nur, weg damit, Blödsinn. Naja, kann ich ja immer noch wegschmeißen, hin und wieder mal anschauen. Anschauen, träumen – das Foto verfolgte mich mehr und mehr. Schwarze Haare hatte die Lady, klar, gar nicht mal sehr lang, volle Lippen, dunkle Augen und Augenbrauen, mit einer Art Schuluniform, nur ein Portrait und soooo hübsch! Ach was, dummes Zeug, weg damit ... aber, naja, fragen kostet ja erstmal nix.

Nach einigen Wochen rief ich schließlich die angegebene Telefonnummer an, bekundete erstmal mein Missfallen über diese Art Menschenhandel, blabla. Der Gesprächspartner war ein Hochschullehrer aus der nicht mal so ganz weiten Umgebung, der auf diese Weise mit den Adressen von Briefpartnerinnen (Pen-Club usw.) zusätzliche Kohle verdienen wollte und das auch tat, relativ harmlos und kein Menschen-, sondern nur Adressenhändler. Trotzdem ... ich wollte nicht fünf Adressen haben, sondern nur eine. OK, dann für 100,- DM, abgemacht. Er kam vorbei, gab mir eine Adresse, die Adresse, ich gab ihm 100,- DM. Ich konnte nur hoffen, dass die Adresse auch real war und zu diesem Foto gehörte, das heute mehrfach in unserer Wohnung zu bewundern ist. Und die „Art Schuluniform" war ihr Talar nach dem (natürlich bestandenen) Examen zur Grundschullehrerin, wie ich später erfuhr.

Ich schrieb einen Brief, bekam nach etwa vier Wochen Antwort! Wir schrieben hin und her (englisch), in entsprechenden Zeitabständen, ein paar weitere Fotos, die nicht alle ganz so überzeugend (für mich) wirkten, aber immerhin ... ein Jahr lang. Per Brief waren wir uns inzwischen einig zu heiraten, völliger Quatsch, jetzt mussten wir uns nur noch kennenlernen, du lieber Himmel! Ich schrieb Briefe, schickte Musikkassetten, Bryan Adams' „Everything I Do" wurde „unser" Lied, ebenso wie „Right Here Waiting" von Richard Marx (nicht verwandt mit Karl).
War auch dieses Foto nur ein Phantom?

Ich musste und wollte mal wieder auf die Philippinen fliegen, denn genau dort wohnte ja mein Schwarm, Zufall oder nicht. Eine Grundschullehrerin aus einem kleinen Dorf in Mindanao, die einfach nur aus Zeitvertreib gerne Brieffreundschaften pflegte und so an diesen Adressenhändler geraten war. Vielleicht auch etwas mit dem Hintergedanken, auf diese Weise eventuell mal einen ausländischen Ehemann zu finden. Da hatte sie sogar schon ein, zwei Mal Treffen arrangiert, dann aber doch in letzter Minute gekniffen aus Angst vor der eigenen Courage oder warum auch immer, den Göttern sei Dank (auch wenn ich nicht an sie glaube, sondern nur an Hühner)! Arme Kerle, die vergebens um die halbe Welt gereist waren, um sie zu treffen.

Ich kam in Manila an wie verabredet, ein großes Plakat mit meinem Namen wies mir den Weg. Da waren ein paar Frauen, keine sah aus wie meine zukünftige beste aller Ehefrauen, bis hinter dem Rücken einer der Frauen, ihre Schwestern, eine kleine Gestalt hervorlugte. Das Gesicht passte zu dem Foto, ein kurzer Blick – das war sie, und mein Herz schlug tausend Purzelbäume, endlich mal wieder! Das Foto hatte nicht gelogen, mein Herz an der richtigen Stelle durchbohrt – one in a million, ach was, one in ten millions, or more – auch nach mehr als zwanzig Jahren noch und bis zu meinem Eintritt in die ewigen Frauenjagd-, Musik- und Spielgründe und darüber hinaus!

Schon nach kurzer Zeit wurden wir sehr vertraut miteinander, auch wenn die Schwester(n) immer dabei war(en).

Volltreffer! Meine Lucy gab ihre leichte Zurückhaltung schnell auf, wir fuhren mit dem Schiff nach Mindanao zu ihrer Familie, eine elend lange Fahrt, aber mit meiner baldigen Ehefrau an meiner Seite kein Problem.

Ein Dorf in Mindanao, Philippinen pur sozusagen. Relativ weitab aller sogenannten „Zivilisation" wurde ich bestaunt, begutachtet und für gut befunden, eine besondere Ehre.

In einem „Pow Wow" mit Mutter, Onkels in Vertretung des leider kurz vorher verstorbenen Vaters und älterer Geschwister, vieler älterer Geschwister, denn Lucy war bzw. ist fast die jüngste einer Geschwisterschar kaum unter der Größe einer Fußballballmannschaft, wurde legitimiert, was wir schon längst beschlossen hatten: Meine endgültige Traumfrau kommt nach Deutschland und wir heiraten!

Im Umkreis dieser netten Leute, dieser Natur, dieses Klimas fühle ich mich so pudelwohl wie kaum sonst irgendwo, aber jede Medaille hat zwei Seiten, hier besonders für die Einheimischen.

Filipinos sind ganz allgemein ein besonders freundlicher, friedlicher und netter Menschschlag. Erst nach mehr als dreihundert Jahren spanischer Fremdherrschaft, die hier den Katholizismus als einzigem asiatischen Land etablierte, wagte es der Nationalheld José Rizal – der u. a. auch in Heidelberg studiert hatte – dagegen anzugehen, mehr mit Worten statt mit durchaus gerechtfertigten bösen Taten. Dafür wurde er von den Spaniern erschossen. Ein großer Gelehrter, Schriftsteller, Menschenfreund. Auch die Unabhängigkeit von den USA, welche diese wunderbare Inselwelt später von den Spaniern „übernahmen", verlief (weitgehend) gewaltlos, ähnlich wie spätere interne „Revolutionen". Die muslimischen (Religion, sagte ich schon, ist die Wurzel allen Übels) Rebellen im Süden und der eine oder andere Hitzkopf, der den Freund, Verwandten, Nachbarn oder sonst wen erschießt oder erschlägt, weit weniger als woanders, sind die Ausnahmen, welche die Regel bestätigen. Nur nebenbei bemerkt, haben die „echten" Filipinas und Filipinos keine Schlitz-, sondern eher Mandelaugen, typisch für die malaiischen Völker. Auch dort gibt es viele Mischformen durch chinesische, vietnamesische, japanische und andere Einwanderer, und es ist auch sowieso absolut nichts gegen „Schlitzaugen" einzuwenden, außer wenn das als abfälliges, gemeines Schimpfwort benutzt wird. „Schau' mir in die Augen, Kleines!" Egal, ob schlitz-, -mandel, -erbsen, -linsen oder sonst was -förmig. Wobei Schlitzohr schon wieder eine etwas andere Bedeutung hat …

Auf den ersten Blick scheinen die Philippinen ziemlich „westlich" zu sein, mehr als dreihundertfünfzig Jahre Kolonialzeit (Spanien, USA) haben ihre Spuren hinterlassen. Aber das täuscht, ist nur die Oberfläche, auch nicht mal überall. Zum Beispiel ist trotz des weit verbreiten Katholizismus, mehr als 90% der Bevölkerung bekennen sich offiziell dazu (den Rest teilen sich neu-evangelische Sekten und Splittergemeinden, durch US-Einfluss, und Muslime), der „Aberglaube" weit verbreitet. Dieses Wort entspringt dem hirnrissigen Alleinvertretungsanspruch der großen westlichen Religionen Christentum, Judentum und Islam – ja, auch der Islam ist eine „westliche" Religion und ein „Aberglaube" wie jeder andere auch.

Egal, eine Religion und ein Glaube ist so bescheuert wie die bzw. der andere, genau wie jeder „Aberglaube", und wir brauchen weder Christentum, Islam (Letzteren schon gar nicht, nachdem Ersteres auf gutem Rückzug ist) oder sonstigen Schwachsinn dieser Art in unserem Lande (oder sonstwo). Meine beste aller Ehefrauen nimmt es mit der Kirche nicht so genau, aber austreten ist kein Thema, ich will da nicht dreinreden, das führt nicht weiter. Auf jeden Fall glaubt sie, wie 99,99% aller anderen Filipinas/Filipinos auch, an Geister, überwiegend böse. Aswang (assuang gesprochen) oder wakwak sind geläufige Überbegriffe der –zig verschiedenen Wesen, die in Bäumen, Flüssen, Tieren und sonst wo hausen und überwiegend nachts ihr Unwesen treiben.

Als kleines Kind hatte ich auch ständig Angst vor dem „Bullemann" im Keller, in den ich eingesperrt zu werden drohte (und auch mal wurde, wenn ich nicht irre), wenn ich mal wieder keinen Wirsing oder Stielmus essen wollte (aber immer gerne fetten, rohen Speck, bis ich mitbekam, dass das für meinen Vater „iieh" war. Heutzutage gerne wieder gebraten, knusprig, oder im Grünkohl mitgekocht, aber nicht mehr roh.) Harte Zeiten (nicht wirklich) und der Apfel fällt nicht weit vom Stamm – als mein ältester Sohn damals einmal zu seiner Mutter einmal unsäglich frech, renitent und aufmüpfig war, ich weiß nicht mehr, worum es ging, und ich mir nicht mehr anders zu helfen wusste, musst er auch mal in den Keller und ich hatte ein schlechtes Gewissen.

Hat aber geholfen, und er hat daraus kein Trauma entwickelt, ebenso wenig wie ich, letzten Endes – aber vor dunklen Kellern hatte ich noch lange Respekt. Wenn ich dort mal etwas holen sollte, später im eigenen Elternhaus, waren singen und pfeifen, so armselig ich beides konnte, ein gutes Mittel, meinen Schiss zu überspielen und mich nicht zu blamieren, zu feige zu sein, in den Keller zu gehen. Licht an, trällern, mit affenartiger Geschwindigkeit Kartoffeln, ein Glas Eingemachtes oder sonst etwas schnappen, mit gleicher Geschwindigkeit zurück, Licht aus, tief durchatmen – war doch nix gewesen. Mit zunehmendem Alter gab sich das, peu à peu, und noch später war ich froh, im Keller in Ruhe an meiner Eisenbahn basteln zu können. Bullemann, Nikolaus, Osterhase, Weihnachtsmann und „lieber Gott" adé – in Büchern lese ich gerne über solche Fabelwesen, und noch ganz andere. Aber an Hühner glaube ich immer noch.

Ich liebe es, nachts alleine in der Dunkelheit am Strand spazieren zu gehen, zumal an einem tropischen. Sternenlicht, Mondlicht, mehr oder weniger, das Rauschen des Meeres, herrlich! Das genoss ich auch gerne bei meinem ersten Besuch in unserem Dorf in Mindanao, nur 20 oder 30 Meter vom Haus ist der Strand entfernt, und wenn bei Bewölkung die paar Funzeln der Hütten auch nicht mehr reichen, um durch die Palmen den

Strand wenigstens etwas zu beleuchten, ist mir das auch egal. Ich war verwundert, und vielleicht auch schon mal etwas verhalten ungehalten, dass ich kaum ein paar Meter weit gehen konnte, ohne dass einige Leute hinterherkamen und mich zurückholten. Das war pure Fürsorge, denn es könnte mich ja ein aswang überfallen, auffressen, was weiß ich nicht noch mit mir anstellen. Verboten, fertig! Auch Wäsche darf man nachts nicht auf der Leine lassen, da nisten sich die Geister ein, fassen sie an und bringen Unglück. Meine liebste Frau hat schon solche Fabelwesen gesehen, behauptet sie – ich auch, das waren immer wunderhübsche Frauen, die ich mir dann „geangelt" habe, die hübscheste zuletzt. Die Rolling Stones haben mal gesungen „You can't always get what you want" – dem möchte ich einerseits zustimmen, andererseits auch nicht. Wobei „always" … OK, stimmt schon, aber in den ganz wichtigen Dingen des Lebens habe ich erreicht, was ich wollte.

Ein ehemaliger Arbeitskollege, mitten (ziemlich) im Leben stehend, Computerfachmann und -fan hatte auch schon mal selbst ein UFO gesehen, 15 Meter darunter gestanden – so viel zum Aberglauben hierzulande und woanders. Er glaubte auch an diesen ganzen EvD-Blödsinn (Erich von Däniken).

Ich glaube nur an Hühner, habe schon mal selbst welche gesehen, ehrlich!

Außer dem kleinen Menschenbazillus, der unsere schöne kleine Welt verseucht, gibt es Millionen und Milliarden anderer Arten von Lebewesen im Universum (in Universen? Das wären dann Multiverse). Wer das verleugnet, kann nicht eins und eins zusammenzählen (es gibt viele, die das nicht können) und das ist so sicher wie das Amen in der Kirche (wenigstens da hat sie mal Recht), aber zu einem Kontakt wird es nie kommen, physikalisch unmöglich. Unser Klümpchen ist weniger als ein Nichts im Nirgendwo, interessiert kein Schwein im Weltall. Das ist die Wahrheit. Schade irgendwie, wäre spannend, und es müsste ja auch nicht immer so verheerend enden wie in „Alien" und anderen SF-Meisterwerken beschworen.

Ganz kurze Einordnung der Verhältnisse, wobei im Einzelfall vielleicht mal ein paar Nullen vor dem Komma zuviel oder zuwenig sein mögen, was im Gesamtkontext aber keine Rolle spielt (wer mehr dazu wissen will, möge sich mit den reichlichen Fachbüchern beschäftigen, die sich genauer mit diesem Thema befassen – durchaus auch mit humorigem Hintergrund von einmal mehr Terry Pratchett und Kollegen).

Es gibt Milliarden von Milliarden Galaxien, in jeder sind Abermilliarden Sterne – davon nicht alle, aber viele ähnlich wie unsere Sonne. In unserer „nahen" Umgebung (etwa bis zu tausend Lichtjahre) wurden inzwischen einige tausend sogenannte Exoplaneten entdeckt, von denen sich einige Hunderte in der sogenannten habitablen Zone ihres Sterns befinden. „Habitabel" nach unseren menschlich irdischen Maßstäben, aber wer sagt denn, dass es nicht auch völlig anders geartetes Leben geben kann?

Den Beweis für das Gegenteil gibt es schon in den tiefsten Tiefen unserer Ozeane. Wenn der Kölner Dom z. B. das Universum ist, wäre unsere Milchstraße darin unendlich viel kleiner als ein Atom, unsere Sonne, geschweige denn Erde ... so winzig, dass es dafür keine Worte gibt. So, da kannste jetzt mal 'ne Minute oder zwei drüber nachdenken, schaffst du schon (Zitat Fritz Eckenga, brillanter Kabarettist)! Wer meint, dass es außer uns Menschengewürm keine anderen Lebewesen im Universum gäbe, aber einen alten Mann mit langem Bart im Himmel, der das alles erschaffen und unter seiner Kontrolle hat ... der ist so dumm und engstirnig, wie die (meisten) Menschen es eben sind. Und falls es tatsächlich Mulitverse gibt? Was liegt „hinter" unserem? Dass es begrenzt ist, wissen wir – wir wissen vieles und wir wissen nichts, das menschliche Hirn ist zu beschränkt, um dafür ein begreifbares Modell zu schaffen.

Von höchsten Sphären auf der Hühnerleiter down to earth - eigentlich könnte ich jetzt diese grobe Lebensüberschau abschließen. Ich hatte gesagt, alles könne nur besser werden, und spätestens mit meiner geliebten kleinen (großartigen) Filipina Lucy wurde es das auch. Ende gut, alles gut. Ein kleines Foto – der große Glücksgriff! Aber es gibt noch manches, worüber ich schreiben möchte.

Kleine Filipina – klein ist mein Schatz, etwa 10 cm kleiner als sie es geschrieben hatte, ob absichtlich oder nicht sei dahingestellt. Auf Fotos sieht das schon witzig aus, wenn wir nebeneinander stehen, aber ich habe das nie so empfunden, absolut kein Problem. Ansonsten streiten wir uns, vertragen uns, lieben uns wie bei langjährigen Ehepaaren so üblich – ich könnte mir keine bessere Lebenspartnerin wünschen, und sie ist immer noch so hübsch (und manchmal frech) wie ein junges Mädchen! Keine bessere insgesamt gesehen, und darauf kommt es an! Trotz Streit und Ärger hin und wieder, normal, zwischen der „doofen Kuh" und dem „blöden Ochsen", ist der immer schnell verflogen (der Streit). Ich selbst bin ja auch nicht immer ohne „Dickkopp" …

Es stimmt, die hübschesten Frauen gibt es auf den Philippinen, basta! Und sicher auch die dickköpfigsten, eifersüchtigsten, bei kleinstem Anlass oder, besser noch, Nichtanlass.

Bei einem späteren Urlaub auf den Philippinen war da mal in einem Ressort eine Kellnerin, die nicht nur nett, sondern, wie so viele andere, auch sehr, vielleicht sogar ganz besonders hübsch war, und ich sagte später mal spaßeshalber zu meiner geliebten Frau „wenn ich dich nicht hätte, hätte ich die (Name ist mir entfallen) glatt mitgenommen". Gesagt, vergessen, kein Kommentar, doofes Männergeschwätz.

Wieder zurück in Deutschland fand ich eines Tages, als ich nach Hause kam, die ganze Wohnung dekoriert mit Fotos dieses Mädchens, die ich geschossen hatte, wie viele andere Fotos auch. „Da hast du deine … (wie auch immer), wenn die dir besser gefällt …" Oh Mann, was für'n Blödsinn, was für'n Theater! Der Brand legte sich.

Auch z. B. bei unserem letzten Urlaub dort war die Empfangsdame im Hotel in Manila eine hinreißende Schönheit, gegen die jede „Miss World" arm aussieht. Ein einfaches Mädchen, wie es sie dort zu hunderttausenden gibt, natürlich nichts gegen meine „Queen of Hearts". Ich habe nichts dazu gesagt oder weiter gedacht, sondern nur den Anblick weiblicher Schönheit genossen.

Es gab damals Probleme mit den Papieren bei der Botschaft, dieser absolut elenden deutschen Botschaft in Manila. Ein paar Wochen später war ich schon wieder dort, dank meines konzilianten Geschäftspartners kein Problem. Es hieß und heißt (angeblich) immer „Ausländer willkommen", aber kaum irgendwo wurden und werden mehr Steine in den Weg gelegt als wenn jemand aus den Philippinen (usw.) nach Deutschland kommen wollte oder will. Ich erinnere mich an einen Fall damals, den wir mitbekamen, als wir dort zum wiederholten Male vorstellig wurden. Ein Deutscher mit seiner hübschen (muss ich eigentlich nicht extra sagen) Verlobten, sozusagen, wollte ihr Visum für Deutschland beantragen. Das erfordert normalerweise ein sog. „Affidavit", in dem der Einladende bestätigt, für alle Kosten, Unterkunft, Unterhalt usw. aufzukommen.

Dieser jungen Schönheit sah man schon von zehn Meilen gegen den Wind an, dass sie genügend Geld hatte, das gesamte Hochhaus in diesem vornehmen Viertel Quezon City, in dem sich die mickrige deutsche Botschaft befindet, zu kaufen, abreißen und neu bauen zu lassen und ihre Beteuerungen, für alle Kosten selbstverständlich selbst aufzukommen, wurden in den Wind geschlagen. Es gibt eine extrem kleine, extrem wohlhabende Oberschicht auf den Philippinen, anderes Thema (und gar nicht so sehr viel anders als in Deutschland) – aber das Verhalten der Botschaftsangestellten war menschlich absolut unwürdig und beschämend; nein, ein Affidavit müsse her. Ich weiß nicht wie die Sache ausging, wir hatten unsere eigenen Probleme, die schließlich irgendwie gelöst wurden.

Viele Jahre später gab und gibt es immer noch Probleme, mal Verwandte aus den Philippinen einzuladen, trotz Affidavit – es scheint Hauptaufgabe dieser „Botschaft" zu sein zu verkünden „bleibt bloß weg aus Deutschland, wir wollen euch hier nicht haben". Ein Scheißhaufen! Und ich bin überzeugt, dass dies nicht nur für die deutsche Botschaft in Manila gilt.

Letzten Endes nicht die Botschaft, sondern unsere elenden Regularien und Bestimmungen, bloß keine „Ausländer" ins Land zu lassen, sind daran schuld – was andererseits viel zu großzügig gestattet wird, wenn die Cousine des Opas der Tante eines Bekannten aus dem russischen Nachbardorf mal einen deutschen Schäferhund hatte … Regularien und Bestimmungen kann man so und so handhaben. Die Russenmafia soll bleiben wo sie ist (aber Klotschka und Mischenhofen – willkommen!).

AB GROB DOPPELT SO VIEL WIE 20 UND IMMER WEITER ...

Neue Firma, siehe oben, neue Frau und Ehe, nach einiger Zeit eine neue Tochter, später noch ein neuer Sohn. Alles neu, wunderbar, trotz finanziellen Ein- und Auskommens am Rande – aber es ging irgendwie und Geld ist nicht alles, bei weitem nicht. Die neue Firma lief auch nicht sehr lange, ein paar Jahre immerhin, nach relativ kurzer Zeit der Arbeitslosigkeit wurde ich Angestellter in der Firma meines Ex-Kollegen (Tonträgerhandel, natürlich), der früher auch mit mir im Urlaub in den USA war. Er war danach lange Zeit Angestellter in der Firma meiner ehemaligen Fast-Partner gewesen, die damals fast gleichzeitig ebenso hatten ins Gras beißen müssen wie ich (und viele andere in dieser Branche), und mit denen ich nach wie vor gut bekannt und inzwischen auch wieder befreundet bin.

Das ging ein halbes Jahr lang gut, dann kamen auch dort Probleme, später auch da die Pleite. Wieder arbeitslos, nicht sehr lange. Mit Computern kannte ich mich mittlerweile halbwegs aus, es wurden Mitarbeiter für eine Telefon-Hotline gesucht. Nach kurzer „Schulung", eine knappe Woche lang, wurden wir Neulinge auf die ahnungslose Kundschaft losgelassen, ahnungslos im Sinne des Wortes und noch ahnungsloser als wir. Dank ahnungsvollerer Kollegen, mit Interesse an der Sache und einem (zumindest, ich will ja nicht zu sehr angeben) ausreichenden Intelligenzquotienten kam man und damit auch ich schnell ins Thema. „Hilfe, ich komme nicht rein!" Nicht rein ins Internet, das in der zweiten Hälfte der 90er Jahre den großen Aufschwung erlebte.

Auch wenn ich während meines Ingenieurstudiums die Programmierkurse und -vorlesungen eher gemieden hatte, wie fast alle anderen auch, war diese neue Technik natürlich faszinierend. Aber in den späten 60er und frühen 70er Jahren konnte man damit allenfalls ein paar Lochkarten stanzen, die dann etwas eher Simples ausführten oder steuerten, immerhin ein Anfang. Mitte der 70er kam einmal eine Computerfirma in unseren zu der Zeit noch blühenden Schallplattengroßhandel um zu überlegen und zu schauen, ob und wie sich die Prozesse automatisieren bzw. computerisieren ließen.

Ich war der prädestinierte Ansprechpartner, aber bei der Vielfalt der Produkte und ihrer Verarbeitung boten sich keine Möglichkeiten und die anbietende Firma Kienzle gibt es schon lange, lange nicht mehr. Und es gab noch keine Bar-Codes. Aber als Science-Fiction-Fan und prinzipiell Technikgläubiger hatte ich schon damals eine prophetische Vision – sicher nicht als einziger – und sagte sinngemäß voraus „irgendwann wird es mal möglich sein, eine ganze Schallplatte auf einem kleinen Stückchen irgendwelcher Materie zu speichern, vielleicht so groß wie eine 1-DM-Münze oder so." Und ich sagte auch „aber das werde ich wohl nicht mehr erleben." So kann man sich irren und gleichzeitig recht haben.

Etwa 10 Jahre später sah die Lage schon etwas anders aus, zu Hochzeiten meiner Firma. Mit einem Angestellten zu dieser Zeit, außerdem war meine damalige Frau etwa als halbe Kraft zu zählen, wir hatten ja Kinder. Immer mehr Arbeit, die Firma brummte (noch). Computer … die Firma Nixdorf war damals stark auf diesem Gebiet und für spezielle Firmenlösungen bekannt. Also … gut 30 Tausend DM für einen Computer mit Software für Artikel- und Kundenverwaltung sowie Rechnungswesen, 10 MB (!) Festplattenspeicher und einem 5 ¼ Zoll Diskettenlaufwerk. Barcodes gab es immer noch nicht, jeder Artikel musste per Hand eingepflegt werden, aber das ging, mit vielleicht 50 bis höchstens 100 neuen Artikeln pro Woche, so in etwa.

30 Tausend DM und ein paar mehr, das ging natürlich nur per Leasing, zumal mich kurz zuvor dieses vermaledeite Arschloch von „Vertreter" abgezockt hatte. Ein Monitor, der einfarbig Schrift darstellen konnte und ein lang gestreckter, sehr schwerer und rechteckiger Körper war, gehörte dazu.

Schon bald wurde die Festplatte zu klein, die Aufrüstung von 10 auf 20 MB (!) kostete 3000,- DM und die Arbeit fast eines ganzen Tages zweier extra dafür angereister Techniker. Ein zweiter Monitor kostete auch noch mal circa 1000,- DM. Erzählen Sie so etwas mal heutzutage einem Zehnjährigen, der mit seinem Smartphone in der Straßenbahn sitzt, surft und spielt und sonst was macht, vielleicht sogar auch mal telefoniert. Der wird das gar nicht verstehen und Sie für einen ausgemachten Idioten halten.

Fernschreiber – Riesenmaschinen mit Lochstreifen, inzwischen immerhin schon mit einem kleinen Monitor – waren auch bald überholt. Ein Fax musste her. Ein kleiner Kasten, 5000,- DM, noch ein Leasingvertrag hinzu. Heute Steinzeittechnik, trotzdem im Geschäftsleben immer noch relativ häufig anzutreffen, warum weiß ich nicht. Solch ein Gerät kostet jetzt etwa 50,- bis 100,- €, ist sogar durch einfache Software mit etwas Umstand kostenlos zu ersetzen.

Als mein damaliger Partner und ich unsere neue Firma gründeten gab es, nur wenige Jahre nach meiner Pleite, inzwischen „PCs auf x-286 Basis", pro Stück für etwa 3000,- DM summa summarum, entsprechende Software auch für wenig Geld. Die Monitore konnten Farben darstellen und man konnte u. a. auch Spiele spielen, Tetris, Pac-Man, Prince of Persia usw. – und, einmal mehr „with a little help from my friends", selbst daran herumbasteln. Die Exponentialkurve der digitalen Entwicklung nahm rasante Fahrt auf. PC-Spiele waren, bei grundsätzlicher Affinität zu Spielen, etwas Neues und zunächst sehr attraktiv, es gibt nach wie vor sicher viele gute dieses Genres, aber im Vergleich mit „richtigen" Spielen ließ die anfängliche Begeisterung schnell nach. In „Wolfenstein" Nazis abzuballern war und ist eine große Genugtuung – ich fürchte, das würde mir auch in realiter große Freude bereiten. Auch wenn ich meinen in Kindheitstagen manchmal aufkochenden Jähzorn seit langem abgelegt habe (aber nicht den Zorn), halte ich mich bewusst von Gegendemonstrationen zu Nazi-Aufmärschen fern, obwohl ich manchmal denke „da müsstest du hin". Wahrscheinlich würde mir im Falle eines Falles solch ein dumpfer Glatzkopf eher eins über die Rübe ziehen als ich ihm, als ungeübter und untrainierter „Schreibtischtäter", der ich bin. Und eine Waffe habe ich auch nicht, will ich auch nicht haben – das Pfefferspray, das ich meiner besten Lieblingsfrau mal zum Schutz gekauft habe, hat sie irgendwo verklüngelt, anstatt es immer griffbereit mitzuführen. Bochum ist nicht Dunkeldeutschland, trotzdem – Frau, „Ausländerin", man weiß nie. Mal Zeit, ein neues zu kaufen, oder zwei …

Ausreichend Kenntnisse hatte ich, um mich bald in der Welt der „Hotline-Beratung" zurechtzufinden. Es gab nette Kunden, doofe Kunden, das sollte ich später noch zur Genüge „am Mann" kennenlernen. Und außer der dominierenden Fensterwelt („Schließen sie mal das Fenster ... hallo!?" ... „Ja, jetzt bin ich wieder da, habe das Fenster zu gemacht.") gab es da noch diese andere kleine Welt, vom Namen her mit gewisser Ähnlichkeit zu gebratenen Fleischklöpsen. Die verstand kaum jemand außer ein paar ganz erlesenen Kollegen, die sich mit diesem unverständlich komplizierten, schlecht programmierten Unsinn auskannten. Die Fensterwelt war in Teilen schon schwierig genug.

Nach einem Deal mit den Beatles für die Nutzung deren Labelnamens und der folglichen Umbenennung vom Fleischklops zu einem Obst (mit auch noch angebissenem Symbol) ist daraus die aktuell teuerste Firma der Welt entstanden, die es mit geschicktem Marketing verstanden hat, ihren völlig überteuerten Elektroschrott, der nicht mehr kann als andere Geräte dieser Art auch, zu einer Art Statussymbol zu machen. Nach weitgehender Reduzierung auf „normale" Konzepte wurden dann auch immerhin einige innovative Ideen umgesetzt, das will ich zugestehen. Aber innovative Ideen haben andere auch, angebissenes Fallobst brauche ich nicht und der allgemeine Hype um diese Marke ist ... ein völlig überzogener Hype! Mistzeug für Idioten, die meinen, sie wären besser als andere oder hätten mit diesen Produkten etwas Besseres als andere. Bei solch krassen Aussagen lache ich mir heimlich eins ins Fäustchen, weil sich andere drüber ärgern ... aber mal ehrlich, diese Produkte sind nicht annähernd so genial wie sei sein wollen, geschweige denn wie die Beatles, die damit einen genialen Deal gemacht haben. Und meine Vorliebe für die „Kleinen", haha, abseits des Mainstreams ist hier ins Gegenteil verkehrt. Appelkotzen – so heißt ein angebissener Apfel im Westfälischen.

Zwei Jahre Hotline, Nachtschichten, Wochenendschichten, mäßige Bezahlung. Grundgehalt plus Vergütung pro Call, das hieß für manche Kollegen zack, zack, zack, möglichst schnell abwimmeln, Kohle machen. Die waren auch oft nicht lange da, diese Kollegen; ich versuchte immer, ein Mittelmaß zu halten –

dem Kunden zu helfen, gut zu helfen, aber irgendwann ist's auch genug.

Und zwei Jahre waren auch genug, das konnte nicht die Zukunft sein. Schon spätestens da wurde mir klar, dass mindestens die Hälfte aller Leute einfach stockdumm ist, was durch spätere Einzelhandelstätigkeit mehr als zur Genüge bestätigt wurde. Dumm heißt dabei nicht, sich in einer Materie nicht auszukennen, sondern einfachste Anweisungen und/oder Zusammenhänge nicht zu begreifen oder überhaupt nachdenken zu können. Das ist nicht meine Meinung, sondern die Wahrheit.

Ein Lehrling, den ich damals in meiner Großhandelszeit mal unter meinen Fittichen hatte, war mittlerweile Bereichsleiter für Musik (was offiziell anders heißt) in einer Filiale einer großen Elektronik-Fachmarktkette. Ein netter Kerl, der schon in dieser Tätigkeit (als Bereichsleiter, als netter Kerl sowieso) als Kunde meiner früheren Firmen wieder in Erscheinung getreten war, und ein absoluter Fachmann, nicht nur geschäftlich, sondern vor allem auch auf musikalischer Ebene. Er brauchte Verstärkung für sein Team und es war nach einem Gespräch mit dem Chef eigentlich alles klar, als sich diese Möglichkeit aufgrund personeller Gegebenheiten in letzter Sekunde zerschlug. Schade ... aber kurz darauf hing in genau dieser Filiale ein Gesuch, dass jemand für die Computerabteilung gesucht wurde.

Der Chef hatte meine Unterlagen noch, ein Anruf, noch ein kurzes Gespräch – und die Sache war geritzt. Ich war dankbar, in dem Alter (damals immerhin ein halbes Jahrhundert, bis auf wenige Monate) noch einen neuen Job gefunden zu haben, mal wieder völlig anders als alle meine bisherigen Tätigkeiten. Das war ein „sicherer" Job - nicht toll, aber ausreichend bezahlt, um meine Familie und mich ernähren zu können. Und, wie ich schnell feststellte, mit tollen Kollegen und einem tollen Chef – der genügend Weitblick hatte, jemanden wie mich einzustellen, mit völlig anderem Werdegang, eigentlich „zu alt", aber dem nötigen Potential (bzw. mit deutlich größerem). Aber auch Chefs haben ihre Fehler, dazu gleich noch etwas mehr. Insgesamt: Volltreffer! Ich war nie länger in einem Unternehmen als dort, und zwar bis zu meiner Rente, die ich gerne noch etwas hinausgeschoben hätte, auch dazu später vielleicht noch ein paar Worte.

Damit komme ich schon fast zu dem, was eigentlich mal als Grundlage dieses Buches gedacht war – die vielen witzigen Ereignisse des täglichen Berufslebens im Einzelhandel. Immer wieder und wieder sagten diese und jene Kollegen und eigentlich fast alle „darüber müsste man mal ein Buch schreiben". Jaja, müsste man mal, könnte man mal, und ich wollte sowieso schon immer mal ein Buch schreiben. Hier ist es, auch wenn es völlig anders geworden ist als geplant, aber der Grundgedanke soll auch noch seinen Platz finden.

Doch getreu dem Motto „von Höcksken auf Stöcksken" und neben der Hühnerleiter erstmal weiter mit dem Thema „Chef". Außer in den knapp 10 Jahren meiner eigenen Firma und danach als Co-Geschäftsführer hatte ich immer einen Chef (was eigentlich „Koch" heißt, im Deutschen aber als Synonym für „Boss" oder „Direktor" benutzt wird).

Diese zeichneten sich immer dadurch aus, dass sie im Großen und Ganzen von der Materie keine Ahnung hatten, sondern sich darum kümmerten, den gesamten Laden auf Kurs zu halten. Das meine ich gar nicht abfällig, sondern rein sachlich. Unvergessen mein Boss (= „Chef") der damaligen Großhandelsfirma - wenn mal wieder das Geld knapp war und die ausländischen Lieferanten meine Bestellungen nicht liefern wollten, weil noch überfällige Rechnungen ausstanden. „Moment, warte mal …" Abfahrt zur Bank, Rückkehr ein bis zwei Stunden später. „Alles klar, kannst wieder bestellen, die Rechnungen sind bezahlt." Er hatte es offensichtlich drauf, die Bankmanager um den Finger zu wickeln, was dann später mit einer Riesenpleite endete, s. o.

Meine anderen Chefs und mich selbst als Chef habe ich schon erwähnt, das waren immer kumpelhafte Verhältnisse, bis zu dem Chef, der länger als jeder andere in meinem Leben diese Funktion ausüben sollte.

Das Verhältnis zum Chef ist einerseits von der Größe der Firma abhängig, andererseits natürlich auch vom Individuum. Manche Leute wachsen in diese Rolle hinein, erarbeiten sie sich, andere werden darein gedrängt, scheitern dann oft – und manche scheinen dazu geboren zu sein. Diesen Eindruck hatte ich von meinem letzten Chef, nicht nur, weil er mir mit fast einem halben Jahrhundert Lebensjahren auf dem Buckel die Chance gab, noch einmal nach vielen Stationen Fuß zu fassen, wenn man so will, wenn auch der Branche angemessen auf bescheidenem Niveau.

Nur ein paar Jahre jünger als ich und intellektuell durchaus auf meinem Niveau, was als Kompliment an seine Adresse gemeint ist, konnte er durchaus auch ansatzweise kumpelhaft sein, erforderte aber auch stets automatisch einen gewissen Respekt, seiner Persönlichkeit geschuldet, auch das soll ein Kompliment sein.

Die kumpelhafte Chefrolle kannte ich selbst aus meiner früheren Zeit, aber mit zwei oder drei aus dem Freundeskreis rekrutierten Angestellten ist das eine andere Sache als in einem Unternehmen mit zu Spitzenzeiten fast einhundert Leuten.

Summa summarum ein guter Chef, sehr guter sogar, sonst wäre ich nicht solange in diesem Laden geblieben. Er fand meist die richtige Balance zwischen Mitmenschlichkeit und strengem, aber nicht unfreundlichem Chefgebaren. Zwei Mal hat er mich zur Sau gemacht, ein Mal berechtigt, das andere Mal hätte ich ihn am liebsten quer an die Wand genagelt, das war sowas von daneben, wie es eben nur geht. Aber jeder macht Fehler, das ist längst verziehen.

Auf eine mit Rechtschreibfehlern gespickte E-Mail eines etwas „höheren Tieres" aus der Zentrale hatte ich mit zugegeben frecher Mail geantwortet, was natürlich Rückwellen schlug. Ich habe mich auf Anweisung hin, und auch aus eigener Einsicht, entschuldigt; das wurde sehr locker und konziliant entgegengenommen, Fall erledigt. Es ist erstaunlich, dass heutzutage viele intelligente, erfolgreiche, schlaue Leute nicht in der Lage sind, drei Sätze geradeaus ohne teils horrende Rechtschreibfehler zu schreiben; kürzlich wurde noch in einem Zeitungsartikel bemängelt, dass selbst viele Lehrer nicht mehr fehlerfrei schreiben können.

Dabei strotzt die Zeitung täglich selbst vor lauter Rechtschreib- und Grammatikfehlern ... Sprach- und Schriftkultur und moderne Medien sind ein Thema, das ich an dieser Stelle nicht ausweiten möchte.

Dem zweiten Fall ging ein letztlich etwas hitziges Kundengespräch voraus. Auf die Frage eines eingebildeten, dummen und jungen Schnösels, ob das Laufwerk des Notebooks mit 14-facher oder 16-facher Geschwindigkeit brennen könne, antwortete ich, dass ich das nicht wisse (mangels entsprechender Herstellerinformationen) und dass dies auch wohl ziemlich egal sei.

Das hatte zur Folge, dass ich „keine Ahnung habe", ein Wort ergab das andere, mit dämlichen Bemerkungen über meinen geschätzten Namen begab sich dieser Idiot zu unserer Info, um sich dort den Chef ausrufen zu lassen und sich über mich zu beschweren.

Der erwies sich in diesem Moment leider als ein genau solcher Idiot, denn anstatt mich hinzuzurufen hörte er sich an, was auch immer dieser Schwachkopf ihm erzählte und machte mich hinterher zur Schnecke, anstatt diesen eingebildeten, dummen Pinsel achtkant aus dem Laden zu schmeißen; das wäre die einzig richtige und angebrachte Reaktion gewesen. Die tatsächliche Reaktion war völlig grundlos, ungerecht und überzogen. Da hätte ich ihn echt, wie gesagt, gerne quer an die Wand genagelt und überlegte kurz, die Brocken zu schmeißen. Ich hatte und habe es weiß Gott (den gibt's nicht, aber sagt man so) nicht nötig, mich von wem auch immer demütigen zu lassen, der gerade mal auf Augenhöhe mit mir ist, falls überhaupt, höchstens und insgesamt gesehen, Chef hin oder Chef her.

Aber ich riss mich zusammen, dachte an Job und Familie, ein paar mal tief durchatmen, kräftig schlucken – und Schwamm drüber, denn jeder macht Fehler, keine Frage.

Chefs, was kann ich dazu noch sagen? Mein direkter Chef, der Abteilungsleiter, war und ist ein netter Kerl, zu besten Zeiten wäre ein Choleriker eine Schlafmütze gegen ihn gewesen. Teilweise mit wenig Sach- und Fachverstand, dann aber auch wieder mit erstaunlich viel davon, konnte er oft kaum zwei Sätze unfallfrei nacheinander sprechen, schnauzte einen an, um einen dann wenig später wieder freundschaftlich in den Arm zu nehmen. Insgesamt mochte (und mag) ich ihn gerne, wirklich, nachdem ich gelernt hatte, einfach die Ohren auf Durchzug zu stellen, wenn er sich aufregte. Manche Menschen haben ein Problem mit sich selber, das legte sich in diesem Falle etwas mit Familie und eigenen Kindern. Grundsätzlich ein lieber, netter Kerl, dessen Schwächen und Stärken ich einzuordnen wusste, auch wenn es manchmal etwas schwer fiel. Wir verstanden uns gut, meistens, er hat meine vollste (Steigerung von voll) Sympathie, Punkt.

Nach dem Chef, von ganz oben gesehen, gab und gibt es in diesem Laden (und anderen Läden dieser Art) noch den zweiten Chef, den sogenannten Verkaufsleiter. Das waren während meiner Zeit mehrere, die meist kaum oder nur leicht unangenehm auffielen.

Eher unangenehm fiel da schon mal der Verkaufsleiter auf, den ich die längste Zeit miterleben durfte. Ein ... etwas dicklicher Herr (was ich hier zuerst geschrieben hatte, habe ich entfernt – auch wenn's absolut nicht böse gemeint war, hörte es sich doch irgendwie so an), der zwar auch schon mal ganz konkret mit anpackte, aber auch oft mit grimmiger Miene durch den Laden stampfte und jeden schief anguckte, der seine berechtigte Pause machte. „Da, da, schnell, schauen Sie mal ... ein Kunde!" Panik, irgendwo stand ein Opa oder eine Oma im Laden herum, der bzw. die dann auf Nachfrage meist gar nichts Bestimmtes wollte, dafür hat man als Verkäufer ein Gespür – als Verkaufsleiter wohl nicht so, ist auch nicht seine Aufgabe.

OK, er konnte (und kann) auch nett sein, durchaus, kriegte zum „Guten Tag" kaum die Zähne auseinander, drückte aber dabei so fest die Flosse, dass die hinterher eine Nummer kleiner war, fast. Er hatte seinen Spitznamen bald weg, lassen wir das. Überwiegend saß er aber sowieso in seinem Büro, qualmte dort eine Zigarette nach der anderen und störte insgesamt wenig, von manchen Vorfällen abgesehen, nicht ohne einen kritischen Blick durch die Glastür in den Raucherraum zu werfen, wenn er auf dem Weg zur Toilette daran vorbei kam.

Manche Menschen muss und kann man nicht verstehen. Das meine ich nicht böse, möchte ich betonen, und wenn's drauf ankam, war er auch sehr hilfsbereit – ein Teddybär, der vielleicht nicht aus seiner Haut kann. Die Vergangenheitsform oben habe ich gewählt, weil ich dort nicht mehr beschäftigt bin.

In der Rückschau alles gut und voll im grünen Bereich!

Der hochbezahlte Job eines Verkaufsleiters ist allerdings auch nicht ganz einfach, das will ich zugute halten, ehrlich. Weder Fisch noch Fleisch, muss er die Rübe hinhalten, wenn er eine Entscheidung trifft, die der Chef möglicherweise nicht gutheißt. Das passiert zwar selten, aber kann der Fall sein. Trotzdem ist diese Stelle generell in solchen Unternehmen so überflüssig wie ein Kropf, wofür die betreffenden Personen nichts können – außer mit insgesamt meist relativ lauem Job viel Geld zu kassieren.

Ich wünsche persönlich nichts Schlechtes, in diesem Fall schon gar nicht, sondern habe nur meine Meinung dazu, was ganz allgemein diese „Stelle" in solchen Unternehmen angeht.

Hühner wären da auch nicht fehl am Platze, mal hier, mal da herumpickend.

Später kam noch ein weiterer Chef hinzu, vom einfachen Verkäufer zum Kaufmännischen Geschäftsführer hochgedient, der Herr der Zahlen. Direkt hatte man wenig mit ihm zu tun, unverbindlich nett, aber knallhart mit Zahlen und einem Händedruck, der jeden toten Fisch zur Schraubzwinge gemacht hätte. Ganz anders als die echte Schraubzwinge unseres Verkaufsleiters.

Mit allen drei ganz obersten Chefs konnte man auch gelegentlich mal etwas privat plaudern, eher unverbindlich und meist über Fußball – trotzdem ganz angenehm und zum überwiegend guten Klima beitragend, muss auch mal lobend gesagt werden. Die früher häufigeren, später leider etwas selteneren, meist zu Weihnachten stattfindenden Betriebsfeiern waren immer klasse, da wurde nicht geknausert. Der Weihnachtsbonus „on top" war auch immer sehr großzügig – absolut keine Selbstverständlichkeit (leider) und unserem Chef hoch anzurechnen.

So langsam komme ich dazu, was ursprünglich mal die Intention dieser Aufzeichnungen war und nun erst unter „ferner liefen" zum Zuge kommt.

Wer täglich als Verkäufer mit vielen Menschen zu tun hat, erlebt eine Menge, das dürfte niemanden überraschen. Einmal mehr ein Lehrbuch über die Dummheit der Menschen. Als ich mal einem Freund gegenüber äußerte, dass ich mindestens fünfzig Prozent aller Leute für grundsätzlich kreuzdumm hielte, meinte er, dass ich mich da wohl irre. Er meinte, dass dies eher auf ca. 95% aller Leute zuträfe. Er ist Diplom-Ingenieur (wie ich, und alter Studienkollege) und (war, inzwischen auch in Rente) Professor einer Fachhochschule (anders als ich) und ich will ihm da nicht widersprechen.

Ein paar Worte zum Einzelhandel im Allgemeinen und im Besonderen. Im Allgemeinen: Ein Scheißjob, schlecht bezahlt, man hat es mit dem allgemein dummen Volk zu tun, und die Arbeitszeiten sind beschissen. Ein von Kollegen gerne zitierter Spruch von mir lautete "Wenn der Chef so tut, als ob er mich bezahlt, tue ich auch so, als ob ich arbeite." (Absolut nicht persönlich gemeint, mein Chef war ein insgesamt guter, sagte ich schon, aber es gibt da Vorgaben.) Das Gehalt eines Einzelhandelsverkäufers reicht zum Überleben, mehr auch nicht (auch wenn, angeblich, bei uns übertariflich bezahlt wurde, Scheißtarif). Und bei all dem Stress – doofe Kunden, Arbeitszeiten, die kaum Freiraum für persönliche Zeit lassen, mittlerweile. Bei meinem Eintritt in diesen Berufszweig war das noch etwas anders, Betonung auf etwas. Aber inzwischen müssen die (doofen) Leute ja bis in die Puppen einkaufen können, wenn das auch nicht wirklich viele tun – vielleicht sind doch nicht alle so doof? Familien, die mit zwei, drei plärrenden Blagen abends durch die Läden streifen, weit nach 20:00 Uhr, sind nicht nur doof, sondern unverantwortlich, grotesk asozial. Zum Glück nicht sehr häufig, aber es gibt solch dämliches Pack.

Verkaufsoffener Sonntag ... wer sich diesen Schwachsinn ausgedacht hat, auf dem Rücken der schlecht bezahlten Verkäufer, ist doppelt und dreifach dumm und asozial. Umsatz, Umsatz, hechel, hechel – unser Chef war und ist ein kluger Mann, etwa auf Augenhöhe mit mir, sagte ich schon, und hat ständig auch nur den Kopf darüber geschüttelt. Was der (doofe) Kunde sonntags ausgibt, kann er nicht mehr in der Woche ausgeben. 1 – 1 = 0, so einfach und –zigmal erlebt ist das. Aber irgendwelche Sesselpupser von der IHK, und geldgierige Geschäftsleute, die nicht rechnen können und andere Schwachmaten fordern den „verkaufsoffenen Sonntag", als würde sonst die Welt untergehen. IHK – Zwangsmitgliedschaft zu horrenden

Beiträgen für jeden, der auf'm Flohmarkt mal 'ne Wurst verkaufen will, so ungefähr, genau wie die Rundfunkgebühr eine diktatorische Maßnahme, die jeder demokratischen Gesinnung spottet. Wofür? Für nix, außer für noch ein paar Sesselpupser mehr, oder neue Sessel, weil die alten durchgepupst sind. Die Gilden im Mittelalter mögen ihre Berechtigung gehabt haben, und sei es nur als sehr viel später gerne benutzte Elemente ihn modernen Brettspielen, aber IHK ... Ist Hochkonzentrierte Kacke und völlig überflüssig.

In Dänemark z. B., das weiß ich von einem (Ex-)Kollegen, der dort oft Urlaub macht, öffnen die Geschäfte morgens etwa um 10:00 und schließen um 17:00 bis 18:00, Ende Gelände. Dort ist noch niemand verhungert oder sonst wie ins Hintertreffen geraten, weil er nicht mehr abends um 21:00 oder noch später keinen Fernseher mehr kaufen konnte. Die dänische Volkswirtschaft ist sehr gesund, an kapitalistischen Maßstäben gemessen, und der Zufriedenheitsfaktor der Bevölkerung ist auch sehr groß, besser als in Deutschland. In unserem Lande hat jeder die Möglichkeit, an sechs Tagen pro Woche, fünf wären völlig genug, zu kaufen, was das Herz begehrt und der Beutel hergibt. Bei vielen kann's der Beutel nicht hergeben, die haben auch nichts von längeren oder Sonntagsöffnungszeiten. „Einkaufserlebnis" – solch Schwachsinn! Man kauft, was man braucht – und es kann auch mal Spaß machen, im CD- oder Bücherregal zu wühlen, im Baumarkt (Männer) oder Klamottengeschäft (Frauen, überwiegend, und männliche Würste mit Bart, vielleicht), keine Frage, aber dazu ist während der Woche genügend Zeit. Leider kaum für die Einzelhandelsverkäufer, die sich dann um Familie, Wohnung, vielleicht auch mal Haus und andere Dinge des täglichen Lebens kümmern müssen – sie sind die Helden des Alltags, schlecht bezahlt und hochintelligent, da sie sich mit den restlichen 99 % der kreuzdummen Bevölkerung herumschlagen müssen. So, das war mein Rundumschlag zum Einzelhandel im Allgemeinen, nie als Lebensziel angestrebt, als trotzdem erträgliches Übel akzeptiert.

Einzelhandel im Besonderen geht sehr viel schneller. Ein tolles Team, meist sehr liebe, nette Kollegen, trotz einiger Wechsel – bei uns weniger als woanders, nicht zuletzt dank der guten Geschäftsleitung, ich wiederhole mich. Sonst hätte ich ganz schnell gewechselt oder hingeschmissen, trotz mancher Pleiten, Pech und Pannen, das ist normal. Ich bin (fast) nie ungerne zur Arbeit gegangen, die Materie Computer und so weiter machte mir Spaß und mit den Kollegen war's auch meist lustig. Geld ist nicht alles, das Gesamtbild muss stimmen – und das tat es überwiegend. Ich hätte sogar noch gerne länger dort gearbeitet, Teil- oder Vollzeit, um die staatliche Armutsrente aufzubessern, aber die sinkenden Umsätze (durch Onlinehandel z. B.) sprachen dagegen, sagte man. Und wenn ich dort mal vorbeischaue ... ist der Laden leider leer, tote Hose, sicher nicht nur, weil ich nicht mehr da bin (obwohl nun dort eine gewisse Lücke an Fachwissen entstanden ist, wie ich mal so hörte ... von Ex-Kunden, die ich zufällig traf ... räusper!).

Ein Teilzeitjob dort würde zwar und immer noch und trotz allem aus der Portokasse bezahlt und wäre für mich ein großer Gewinn – aber Dankbarkeit darf man in solch einem Unternehmen nicht erwarten, da geht es nur um Zahlen und die kennen keine Gnade. Der Einzelhandel ist in einer großen Krise und ganz speziell diese Art Unternehmen hat es die längste Zeit gegeben; so gesehen gut, dass ich da weg bin, schade für meine Ex-Kollegen und wer schlau ist, macht sich schnellstmöglich aus dem Staub, aber wohin denn? Ein Elend.

Zurück zum Job, damals - es ist nicht dumm, etwas nicht zu wissen oder nicht zu kennen und sogar im Gegenteil ein Beweis von Intelligenz im Sinne des Wortes, das zuzugeben. Aber etwas daherzuschwatzen, was vorne und hinten keinen Sinn ergibt, das zeugt von klassischer Dummheit.

Ich war erst ein paar Tage in meinem neuen und bis zur extrem mickrigen Rente (Fehlzeiten durch Selbstständigkeit) letzten Job als Computerfachverkäufer, mit anfänglich mäßigen Kenntnissen, als eine junge Kundin nach einer Tintenpatrone für ihren Drucker fragte. Auf meine Frage, welchen Drucker sie denn habe, erhielt ich die Antwort: „Windows 95".

Schluck ... ein gelungener Einstand in die Wunderwelt der Computer und der finalen Dummheit! Lustig außerdem, also will ich mich nicht beklagen.

Wenn „ausländische" Mitbürger schon mal Probleme mit „der, die, das" haben, was auch sehr schwierig ist und eine Eigenart, welche die deutsche Sprache mit wenigen anderen teilt, ist das nicht weiter verwunderlich. Dass aber erstaunlich viele „deutsche" Mitbürger „der Kabel" sagen ist wieder nur ein Beweis grenzenloser Dummheit, nicht zu verwechseln mit Ungebildetheit, in diesem Fall wahrscheinlich eine Verbindung von beidem. Das ist leider nicht lustig, sondern einfach nur doof.

Ein Klassiker bei uns im Laden war auch der Spruch „für welcher?". Eine Antwort auf die Verkäuferfrage, wofür genau ein Kunde etwas Bestimmtes brauchte.

Immer wieder gerne nachgefragt wurde und wird das (oder der) „W-LAN Kabel"[*]. Das habe ich öfter verkauft, indem ich eine Geste in der Luft machte, dem Kunden die leere Hand hinhielt und sagte „bitte schön." Immerhin hatten die meisten den entsprechenden Humor, um das im Nachhinein zu verstehen.

Nicht alle Kundenwünsche lassen sich erfüllen. „Ich hätte mal gerne eine Frage" musste leider immer abschlägig beschieden werden, denn Fragen hatten wir tatsächlich nicht zu verkaufen, wenn auch eine riesige Menge anderer Sachen. Auch bei der Variante „Ich hätte mal gerne eine Frage gewusst" konnten wir nicht weiterhelfen, denn ob die Kundin oder der Kunde nun eine Frage wusste oder nicht lag echt nicht in unserem Ermessen.

Als ein junges Mädchen einmal eine Software namens „Kasper Skei" haben wollte (das sollte man jetzt eigentlich besser hören), musste ich wirklich erst ein Weilchen überlegen. Kasper wie der Kasper gesprochen, die zumindest früher überall bekannte Puppe, „Skei" wie englisch „sky" oder eben … „Skei". Obwohl ich ja vielleicht auch dumm bin, kam ich aber dann darauf, dass die Kundin die Sicherheitssoftware der Firma

---

[*] … und jetzt, kurz vor Drucklegung, ist's amtlich, bei „SPIEGEL-ONLINE" – ein Foto aus einem großen „Fachmarkt" (der Kette, bei der auch ich war). GROßE Regalüberschrift: WLAN KABEL ab 10,95 € (☺☺☹). Dummheit kennt wahrlich keine Grenzen … „Meine" ehemalige Filiale war/ist ein Fachmarkt ohne Gänsefüßchen!

Kaspersky („Kaspärski" gesprochen, mit betontem „ä") haben wollte, und konnte ihr dann natürlich auch weiterhelfen.

Firmennamen sind so eine Sache, und das geht hier leider nicht ganz ohne „Schleichwerbung". Voraussetzung für halbwegs richtige Nennung von Namen ist es natürlich, lesen zu können – womit schon mal etwa 50% der Mitbürger ausscheiden. Obwohl nie der ganz große Verkaufsschlager, erfreuten sich die Drucker der Firma „Lehmarx" (auch „Lehmax" oder „Lehmarcks", das ließ sich nie genau klären) eine zeitlang gewisser Beliebtheit, Patronen inklusive (Lexmark war gemeint).

Etwas anders verhält es sich mit dem japanischen Hersteller, dessen Name einer Kanone ähnlich ist. Aber kein Japaner sagt „Kännen", das ist amerikanisch und sei schweren Herzens zugestanden. Wer immerhin lesen kann, und das sogar „auswärts", muss nicht auch unbedingt wissen, aus welchem Land eine bestimmte Firma kommt. Solche Falschaussagen stören dann wieder nur solche Pedanten wie mich.

Ganz exquisite Produkte sind auch die Kabel – der Kabel ... nein, die Kabel, ist ja Plural - der Firma „Hamma". Jau, Kabel hammer dort drüben („Hama"). Und wieso Plural, ich denke, dieses Gebirge heißt Ural, habe ich mal so gehört ...

Kennen Sie Trockenwasser? Das ist ein praktisches Pulver, man muss nur Wasser darauf schütten, und schon hat man Wasser! Gehört nicht hier hin, aber fällt mir gerade so ein. Ein dicker Haufen auf der Hühnerleiter – unser Universum ist nach aktuellen Erkenntnissen nicht grenzenlos, aber die Dummheit. Und jede Dummheit findet auch mindestens einen, der sie begeht.

Ach ja, es gibt herrliche Episoden. Eine junge Frau mit Familie, osteuropäischer Herkunft, beschwerte sich, dass ihr Drucker nicht so schöne Bilder druckte wie erwartet. Die Herkunft erwähne ich nur wegen des witzigen Akzents, keinesfalls böse oder abwertend gemeint. Meine Frage nach der Auflösung, mit welcher die Bilder gedruckt wurden, wurde so beantwortet: „Auflesung? Habben wirr nicht!" Aber Herkunft schützt vor Dummheit nicht.

Beim Thema Herkunft fallen mir zwei lustige Begebenheiten ein, meine Kollegen betreffend. Ein lieber Kollege hatte dunkle Hautfarbe, Sohn eines Afro-Amerikaners und einer

Deutschen. Ein guter und sehr netter Kunde, ein älterer Herr, der oft im Laden weilte und viel kaufte, nahm mich einmal beiseite (ich beriet ihn sehr häufig) und raunte mir zu: „Der ... (Name) hat mich neulich auch sehr gut beraten, da habe ich ihm 20 Mark (das war kurz vor dem Euro) zugesteckt, hat ja sonst nix, der arme Kerl."

Wir haben uns hinterher gekringelt vor Lachen, der „arme Kerl" hatte alles, was man brauchte, nur wegen seiner Hautfarbe war er wohl ein „armer Kerl". Wir haben uns hinterher gefragt, ob dieser wirklich sehr liebe und nette alte Herr möglicherweise ein bekehrter Alt-Nazi war ... er erzählte oft und gerne von „früher", nicht unangenehm und ich möchte keinerlei An- oder Beschuldigungen erheben. Wenn alle Kunden so nett und freundlich wie dieser Herr gewesen wären, wäre uns manches erspart geblieben.

Viele Jahre später hatten wir einen deutschen Filipino (mit philippinischen Sprachkenntnissen etwa auf meinem Niveau, also annähernd null) als Kollegen, der zwar nicht die blütenweiße Hautfarbe hat, aber mancher gebürtige Deutscher, der genügend Zeit auf dem Asi-Grill verbracht hat, ist deutlich dunkler als er. Ein älterer Kunde, ein kleiner Mann und auch schon fast Stammgast und auch (s. o.) aus Osteuropa und auch sehr nett, fragte mich einmal: „Wo ist Kollägge, kleine Mann so wie ich, Neggerr oder sowas?" Ich konnte mich lange genug beherrschen, bevor ich fast vor Lachen platzte. Auch hier möchte ich hinzufügen, dass diese Bemerkung keineswegs böse, unfreundlich oder sonst wie negativ gemeint war – aber wie das heraus kam, war es einfach nur lustig und wurde auch ein gewisser Klassiker bei uns, „bist du Neger oder was?" Herrlich!

Eine andere Episode kenne ich leider nur vom verbrieften Hörensagen. Als großes Geschäft ohne Restaurantbetrieb hatten wir (und hat das Geschäft) grundsätzlich keine Kundentoiletten. Auf freundliche Nachfrage hin wurde schon mal eine Ausnahme gemacht, vor allem für Kinder oder auch ältere oder behinderte Personen. Nicht nur hygienische, sondern auch versicherungsrechtliche Gründe sprechen dagegen, zumal öffentliche Toiletten nicht weit entfernt sind, im Einzelfall allerdings vielleicht doch zu weit.

Ein wohl etwas robusterer Mann verlangte eines Tages den Chef zu sprechen, weil man seine Nachfrage abschlägig beschieden hatte. Der Chef kam, es gab ein Wortgefecht, „und wenn ich jetzt nicht sofort aufs Klo kann, pinkele ich hier in den Laden!" Unser Chef, ganz cool: „Wenn hier einer in den Laden pinkelt, dann bin ich das, und jetzt raus hier, da vorne ist die Tür!"

Es gab keine nasse Spur, so dringend war's wohl nicht, und diese Ausweisung wäre auch in dem Fall angebracht gewesen, den ich weiter oben im Falle des arroganten idiotischen Kunden schilderte.

Es ist schwierig, „Guten Tag" zu sagen oder in ganzen Sätzen zu sprechen, auch das war eine neue Erfahrung für mich als ehemaliger Großhandelskaufmann und Unternehmer. „Kabel?" Ja, genau, Kabel, und jetzt? Oder die Heidi? Drucker? Computer? Lassen wir das hier und jetzt mal beiseite.

„Ich brauche ein Kabel für mein XYZ ..., wo finde ich das?" „Hier vorne sind die Kabel, was brauchen Sie denn genau?" „Weiß ich nicht, das müssen Sie doch wissen!" „Aber wie kann ich denn ..." „Scheißladen hier, Sie haben gar keine Ahnung, hier kaufe ich nie mehr was!" Ich hoffe im Namen meiner ehemaligen Kollegen, dass dieser Mensch (?) sich daran gehalten hat, ich habe ihn zumindest zu meiner Zeit nie wieder gesehen.

Eins der schwierigsten Unterfangen ist es, eine passende Patrone für den eigenen Drucker zu kaufen. Das schaffen ohne Hilfe geschätzt etwa eine oder zwei Personen von zehn. Bei allem wohlwollenden Verständnis für die allgemeine Dummheit war und ist mir das immer ein Rätsel höchsten Grades geblieben. Jeder Drucker hat eine Bezeichnung, jede Patrone hat eine Nummer oder ein bestimmtes Bild. So einfach, so schwierig. Auch hier zwar selten, aber doch erlebt: „Welchen Dru ..." „Das müssen Sie doch wissen!".

Nur der Markenname hilft nicht weiter, auch nicht „kann ich diese (Markenname) Patrone für meinen (anderer Markenname) Drucker nehmen?". Etwas schwieriger wird es zugegebenermaßen bei den sogenannten „Fremdpatronen", das sind Produkte anderer Hersteller. Aber auch da sind irgendwo Druckermarke und Typ angegeben. Die Wand mit den Patronen ist riesig, und wenn jemand schon mal wenigstens die Typenbezeichnung seines Gerätes weiß, hilft man gerne weiter; ein Griff und zwei zufriedene Gesichter.

Es gibt gewisse Leute, denen man die Dummheit schon von weitem ansieht, und es kann auch Spaß machen, diese zu provozieren. Eine dicke, fette Kundin steht und läuft fünf, zehn, fünfzehn Minuten vor der Patronenwand hin und her, guckt hier und da, ich bin in der Nähe und habe keine anderen Kunden oder nur zwischendurch kurz etwas anderes zu tun. Klarer Fall von extremem Patronendilemma, sie könnte ja mal fragen.

Schließlich erbarme ich mich, insgeheim leicht amüsiert, und frage „Kann ich Ihnen helfen?"

„Jetzt auch nicht mehr, da gehe ich lieber zu (Name eines Mitbewerbers)!" Darauf hatte sie nur gewartet, der Fettklops dreht sich um und stampft aus dem Laden ... um mit Sicherheit in dem anderen Laden genauso dämlich rumzusuchen statt zu fragen, da gehe ich jede Wette ein. Die meisten Leute sind einfach dumm wie ein Grottenmolch und wollen sich noch nicht einmal helfen lassen. Sorry, ich möchte keine Grottenmolche beleidigen.

Natürlich gibt es auch die netten, angenehmen Kunden, das Salz in der Suppe. „Sie haben mich schon immer gut beraten ..." oder auch „Ich habe davon gar keine Ahnung, erklären Sie mir doch bitte mal ...". Gerne, das bringt Freude in die Arbeitswelt! Und nicht „Ja, danke" (immerhin), „da muss ich noch mal meinen Bekannten fragen, der ist Experte dafür."

Diese „Experten" sind die schlimmsten, mit ganz, ganz wenigen Ausnahmen. Experten für Ahnungslosigkeit und Dummheit, mehr nicht, die den unbedarften Kunden dann irgendwelchen Unsinn erzählen, den diese glauben und dem fachkundigen Rat vorziehen. Dummheit eben, dumm und dumm gesellt sich gern.

Das Verhältnis Verkäufer/Käufer ist natürlich wie jedes zwischenmenschliche Verhältnis von Sympathie/Antipathie geprägt. Als „guter" Verkäufer lernt man, das zu überspielen, auch wenn man manchem am liebsten direkt seine blöde Fresse einschlagen möchte, so extrem zum Glück selten. Ebenso selten zum Glück, dass eine sehr hübsche Kundin alle Drähte zum Glühen bringt – einfach vergessen, als alter Sack gegenüber aufblühenden Jungpflanzen kein Problem. Etwas anders war das, auch selten zum Glück, mit Promoterinnen, mit denen ich relativ häufig zu tun hatte. Aber was sollte ich schon wollen und sollen, als alter Sack, zudem glücklich mit meiner wunderbarsten aller Ehefrauen? Manchmal situationsbedingt für mich eher unangenehm, war auch das kein wirklich großes Problem.

Die Arbeitswelt, insbesondere für Verkäufer, ist für viele Menschen eine tägliche Beschäftigung, für die dann ab und zu irgendwelche Theoretiker „Schulungen" abhalten und (fast) nur Blödsinn verzapfen. Blödsinn sind diese „Schulungen", die das Unternehmen viel Geld kosten und minimalen Effekt haben, falls überhaupt. Die einzigen, die davon profitieren, sind die Schulungsleiter, die sich ihre Taschen mit Geld für sinnloses Geschwätz vollstopfen. Ich spreche aus fünfzehn Jahren Erfahrung als durchaus erfolgreicher Verkäufer, wenn auch vielleicht nicht der alleröbersten Gruppe zugehörend. Dass ich nicht dazu gehörte liegt sicher auch daran, dass ich morgens am Eingang das Gehirn weitgehend ausgeschaltet habe, meine Arbeit mit den restlichen paar Prozent gut und oft besser als manche andere erledigt habe, ohne damit etwas gegen meine Kollegen sagen zu wollen – ich denke, vielen geht es ähnlich. Auch war ich (meist) sehr ehrlich. Im Verhältnis Einsatz zu Erfolg war ich definitiv einsame Spitze, sicher nicht zu Lasten des Unternehmens, im Gegenteil.

Zu Lasten des Unternehmens waren z. B. solche Leute aus der Zentrale, die tolle Veranstaltungen wie den „Zirkus der Werte" veranstalteten, bei dem ein tatsächlicher Zirkus mit Top-Artisten durch die Republik tourte, erstklassige Verpflegung eingeschlossen. Hervorragende artistische Darstellungen wechselten sich ab mit langweiligen, zum Glück kurzen Vorträgen über Verhaltensregeln und Verkaufsstrategien. Toll gemacht, toll präsentiert – um auf den Punkt zu kommen: Einen Kugelschreiber anzunehmen ist Bestechung!

Einige der für diesen Zirkus verantwortlichen Manager wanderten nur wenige Jahre später wegen Bestechung in Millionenhöhe in den Knast. Man erkennt Schurken nicht daran, ob sie Schlips und Kragen oder zerschlissene Jeans tragen, „gepflegt" oder „ungepflegt" sind, sondern erst dann, wenn die egoistische Gier über die gesellschaftlich akzeptierte Toleranzgrenze hinaus schlägt.

Die vielen Kugelschreiber, Schlüsselbänder, gelegentlichen Geschäftsessen usw., die es früher viel häufiger gab als später, waren immer willkommen, intensivierten bestenfalls die Beziehungen, führten aber meinerseits und, soviel ich weiß, auch bei den Kollegen nicht dazu, bestimmte Firmen oder Marken zu bevorzugen oder andere zu benachteiligen. Qualität entscheidet, das war und ist die Devise. Und falls ein Qualitätshersteller sich intensiv um gute Beziehungen bemüht, sich kümmert, sollte er auch dafür belohnt werden – so funktioniert nun mal das kapitalistische Wirtschaftssystem, ohne dass dies gleich „Bestechung" ist. Der hochtrabend dafür verwendete Begriff „compliance" („Regeltreue") ist mal wieder ein typisches Beispiel für dummdeutsches, falsch verstandenes Englisch. Die, ich folge mal meinem Freund, 95%-ige Dummheit der Menschen ist auf Chefetagen nicht anders als bei den Obdachlosen unter der Brücke. Der Unterschied ist lediglich der (oft vorübergehende) Erfolg, der von vielen Dingen abhängt, nicht zuletzt von Skrupellosigkeit, Geld- und Machtgier.

Ich habe hier über vieles geschrieben, bin von Höcksken auf Stöcksken gekommen und die Hühnerleiter auf und ab gejagt, sagte ich schon oft. Vieles ist nur angerissen, ich will hier kein philosophisches oder ethisches Jahrhundertwerk schaffen, sondern einfach nur ein paar meiner Gedanken und Erlebnisse aufzeichnen und mitteilen, falls jemand sie sich mitteilen lassen möchte.

Der Kommunismus ist die perfekte politische Lösung für die Probleme der Menschheit, nur ist sie zu dumm, diese Lösung umzusetzen und zu akzeptieren. Hinzu kommen als perfekte Lösung Nachhaltigkeit und Umweltbewusstsein, wofür gleiches gilt. Hätte der geniale Karl Marx diese Probleme gekannt, hätte er auch sicher dafür eine Lösung gehabt, aber er war kein Prophet – sonst hätte er erkannt, dass seine Philosophie nicht funktioniert, leider Gottes, den es auch nicht gibt und der die Menschheit aus ihrem Jammertal herausführen könnte, in das sie sich schnurstracks verrennt. Daran glaube ich so fest wie an Hühner.

Dummheit und Wissensdrang, Hass und Liebe, Krieg und Frieden sind so alt wie das kurze Leben der Menschheit – und wie Musik und Spiele. Zu Musik habe ich mich schon öfter geäußert, zu Spielen ansatzweise. Die ältesten überlieferten Spiele sind älter als die älteste überlieferte Musik, naturgemäß. Auch Tiere spielen, eine Beschäftigung, die ein Selbstzweck zur Unterhaltung ist, dabei Sinne und Gedanken schärft.

Nach den Monopoly-, Go- und Go-Bang-Schlachten in frühen Jahren (s. o.) geriet das Spielen in den Hintergrund, allerdings nie aufs Abstellgleis. Auch während meiner Studentenzeit erwarb ich das eine oder andere Spiel, das auf den Bücherständen in der Mensa, ergänzend zu unseren Schallplattenständen, angeboten wurde. Die Spielkolumnen von Tom Werneck in der Frankfurter Rundschau in den 80er Jahren las ich immer mit Interesse, und der Besuch der Spielemesse 1986 in Essen brach dann die inzwischen leicht entstandenen Dämme.

Friedhelm Merz, dem ehemaligen Pressesprecher von Willy Brandt, mag es Jahre vorher ähnlich wie mir ergangen sein. Er gründete seinen Verlag, nachdem er mit Brettspielen in Berührung gekommen war, initiierte die zunächst kleine Messe in Essen. Friedhelm Merz – nicht zu verwechseln mit Friedrich Merz, dieser erzdummen kleinen CDU-Wurst aus dem Sauerland … das sagt schon alles. Aber den kennt eh keiner mehr, warum auch?

Aus der kleinen Messe wurde die seit langem weltgrößte Spielemesse, die jedes Jahr hunderttausende Besucher aus aller Welt in ihren Bann zieht. Mein Bann brach spätestens 1986, sagte ich gerade.

So viel tolle Spiele, lächerlich im Vergleich mit dem heutigen Angebot.

Wenn mich etwas packt, dann richtig. So wie in ganz frühen Jahren Musik mein Lebensinhalt wurde und immer noch ist, war es mir bald auch nicht mehr genug, Spiele nur zu spielen, soviel Spaß auch immer das bereitete. Erste Versuche als

Spielautor blieben erfolglos (von einer späteren kleinen Ausnahme bis heute abgesehen), aber ich ärgerte mich oft über schlechte Regeln, besonders über schlecht übersetzte Regeln.

Durch Kontakt mit einem rührigen Spieleladen, der sehr viele Importspiele anbot bzw. anbietet kam ich dazu, Spielregeln zu übersetzen, wobei meine grundsätzlich sehr guten Englischkenntnisse natürlich von Vorteil waren. Andererseits kann niemand, der noch so viel besser Englisch kann als ich, eine Spielregel übersetzen, wenn er sich nicht mit Spielen auskennt. Das Ergebnis wäre (und ist leider oft genug) unverständlicher Müll (auch von Leuten, die gut Englisch können und sich mit Spielen auskennen – aber nicht wissen, wie man eine unmissverständliche Spielregel schreibt). Eins ergibt das andere, mit vielen hunderten Regelübersetzungen über die Jahre dürfte ich den Weltrekord dafür halten und wenn auch anfänglich meist unentgeltlich erledigt, hilft mir und meiner Familie diese Tätigkeit heutzutage, trotz der staatlichen Armutsrente[*] (Wiederholung) nicht zu verhungern, kein Scherz. Auch meine englischsprachigen, ich sage lieber amerikanischen, Regeln sind laut Urteil von Fachleuten oft besser als die von amerikanischen Regelschreibern. Dazu muss man wissen, dass meist kaum einer der oft genialen Spielautoren in der Lage ist, eine vernünftige Regel für sein eigenes Spiel zu schreiben.

Kleine Dispute begründen oft gute Freundschaften, so geschehen mit dem Verleger eines kleinen, aber sehr renommierten amerikanischen, auf Eisenbahnspiele spezialisierten Verlages. Ein Regeldisput führte zu Zeiten damals gerade beginnender E-Mail Korrespondenz zu einer trotz der Entfernung bis heute erhaltenen sehr guten Freundschaft, und natürlich übersetze ich nach wie vor alle seine Spiele. Ich habe sogar noch Briefe mit Regelfragen (an andere Autoren) und deren Antworten, bei denen das hin und her dann vier Wochen oder mehr dauerte. Kontakte in alle Welt, von Süd-Korea über Japan,

---

[*] Das existenzsichernde Grundeinkommen für jeden Bürger ist eine unabdingbare Forderung. Für jeden? Nein – nicht für die, die mehr als der Durchschnitt besitzen. Das könnte man noch weiter ausführen ... z. B. jegliches Privatvermögen über 10 Millionen € enteignen und verteilen. Mit 10 Millionen lässt es sich ziemlich sorgenfrei leben, oder? Man kann ja über alles reden, vielleicht auch sogar 50 Millionen, oder vielleicht auch nur 5, lässt sich alles durchrechnen. Nicht alle sollen gleich sein, aber gleicher!

Portugal, Italien, Polen, Israel, Schweden, USA usw. mit meist einem jährlichen Treffen auf der tollen Spielemesse in Essen sind eine wunderbare Sache – dank wunderbarer neuer Welt (teilweise)!

Eins führt zum anderen, wie gesagt, ich wurde außerdem und bin Redakteur und Rezensent eines Spielefachmagazins, arbeitete nebenbei viele Jahre als Spielerezensent für die größte deutsche Regionalzeitung.

Es scheint meine Devise zu sein, mehr oder weniger (un)gewollt, mein Hobby zum Beruf (oder Nebenberuf) zu machen und wenn auch nicht immer mit größtem Erfolg gekrönt, ist das nicht die schlechteste Art, sein Leben zu verbringen und nicht denkbar ohne eine geliebte Familie, die das toleriert und akzeptiert. Auch wenn meine beste aller Ehefrauen gerne Musik hört, aber letztlich nur nebenbei, ist sie eine unerbittliche Gegnerin bei Spielen, vor allem bei 2-Personen-Spielen (ich meine Brett- und Kartenspiele) habe ich keine Chance gegen sie. Auch wenn sie oft zumindest so tut, als habe sie nichts verstanden, schlägt sie dann erbarmungslos zu. Sie kann aber auch sauer sein, wenn sie ausnahmsweise mal verliert, während ich meist spiele um des Spielens willen, dabei natürlich versuche zu gewinnen – aber wenn nicht, dann eben nicht, kein Problem.

Ich liebe es, Spielregeln zu lesen, zu übersetzen, über Spiele zu schreiben und diese mit meinen und unseren Freunden zu spielen; bezeichnenderweise sind diese fast alle aus „gehobenen" Schichten, die Freunde meine ich; OK, auf die Spiele trifft das auch meist zu. Spielen ist ein Zeitvertreib für intelligente Leute oder solche, die intelligent werden wollen. Wer Spiele als „Kinderkram" abtut weiß nicht, wovon er redet und was er verpasst. Wenn man schon sagt „Bücher sind Kino im Kopf", so gilt dies für Spiele erst recht, nur hat man dieses Erlebnis gemeinsam und es stimmt in beiden Fällen. Die Spielewelt hat sich seit „Monopoly" und „Mensch ärgere dich nicht" (Ehre wem Ehre gebührt) so rasant entwickelt wie sonst nur noch die digitale Kommunikationswelt. Wer diese Welt nicht kennt und erstmals damit konfrontiert wird, dem wird es meist ähnlich ergehen wie damals Friedhelm Merz: begeisterte Entdeckung einer neuen Welt!

Der ehemalige Pressesprecher von Willy Brandt, wie schon gesagt, kam in den 80er Jahren mit der Welt der Brettspiele in Kontakt, die damals noch recht übersichtlich war, aber offensichtlich schon so faszinierend, dass dieser eloquente und hoch gebildete Mensch im Alter von etwa 50 Jahren, wenn ich nicht irre, spontan einen Verlag gründete und bald darauf den Grundstein für die jährliche Spielemesse in Essen legte. 1983 fand die erste Spielemesse in kleinem Rahmen in Essen statt und musste schon bald in die großen Grugahallen der Stadt umziehen. Diese Messe ist seit über 30 Jahren das große und größte jährliche internationale Event der Spielewelt, aus kleinsten Anfängen zum Megaereignis gewachsen, das sicher auch maßgeblich an der Entwicklung der Spielewelten beteiligt war und ist, mit jährlich weit über einhunderttausend Besuchern aus aller Welt (schon gesagt, sorry!).

Die Grugahallen insgesamt scheinen auch für mich ein gewisses Zentrum zu sein, nicht nur wegen der jährlichen Spielemesse, nicht zuletzt und unter anderem als Redakteur einer Spielezeitschrift Pflicht- und Spaßbesuch zugleich, quasi mein Lebensmotto. Die Beatles und -zig andere Rockgrößen (wobei die Beatles natürlich Göttergrößen sind bzw. waren) habe ich dort gesehen und gehört, so viele wie an keinem einzigen anderen Ort zusammen und wie schon oft erwähnt, bis weit in die 90er Jahre hinein; aus diesen späteren Zeiten habe ich vor allem noch z. B. ZZ Top, Metallica, Anthrax oder Alice Cooper in Erinnerung.

Meine Zeitgenossen und ich haben eine rasante Entwicklung erlebt, die in der bisherigen Geschichte der Menschheit ziemlich einmalig sein dürfte, das meine ich zumindest. Wie alle alten Leute? Ich glaube nicht (aber an Hühner). Denn es war nicht nur eine Entwicklung, die ebenso rasant weitergeht, sondern das 20. Jahrhundert hat Quantensprünge hervorgebracht wie nie zuvor in Jahrtausenden.

Wie und wo soll und kann man den Schnitt zwischen Entwicklung und Sprung anlegen? Sicher keine einfach zu beantwortende Frage. Für mich habe ich darauf Antworten gefunden. Die Beatles waren ein kultureller Sprung, zumindest haben sie diesen verkörpert, die Digitalisierung war ein technologischer Sprung, der nach und nach die Kultur zu vereinnahmen und zu überschatten scheint. Ich bin kein Prophet und will keiner sein, denn das würde ja auch schon wieder einen Hang zur „Übernatürlichkeit" bedeuten, die es nicht gibt. Aber ich sehe schwarz, sehr schwarz, die Menschheit ist kurz (relativ gesehen) vor dem Exitus, ein paar tausend Jahre gebe ich ihr noch, höchstens.

Ein nächster Sprung wäre der ins Weltall, d. h., in andere Sonnensysteme oder sogar Galaxien, was aber nach (extrem hoch entwickeltem) Stand der Technik und des Wissens unmöglich ist. Auch wenn viele Prognosen von SF-Romane und Filmen längst erreicht oder übertroffen sind, bleiben Wurmlöcher und Reisen durch Schwarze Löcher (die es unbestritten gibt) wohl der Fantasie vorbehalten, leider.

Früher hat man auch Dinge für unmöglich gehalten, die heute selbstverständlich sind, z. B. dass Züge nie schneller fahren können würden als ca. 35 km/h, weil die Leute darin dann durch Luftmangel ersticken würden. Seitdem sind die Kenntnisse der Wissenschaft nicht nur quantitativ, sonder auch qualitativ enorm angestiegen und nähern sich, wage ich zu behaupten, den „ewigen" Wahrheiten immer mehr an, entwickeln sich – auch wenn sich andererseits immer mehr und neue Fragen nach dem „Warum" und „Woher" auftun. Dafür ist der menschliche Geist letzten Endes zu klein. Wer diese Fragen mit „Gott" (einem der etwa 3000 bekannten seit Beginn der Menschheit) beantwortet, mag dies tun, solange er andere damit nicht behelligt, beweist aber gerade damit, wie naiv, beschränkt und dumm er ist, wie insgesamt leider knapp 100% der Spezies. Kein Gott ließ, wie früher mehrmals dringend zu Weihnachten gewünscht, meine Kasperlepuppe lebendig werden, konnte Not, Hunger und Krieg auslöschen, die Menschen dazu bewegen, ihre höchsten, aber am wenigsten verbreiteten Güter Ethik, Moral, Anstand und Nächstenliebe zum großen Maßstab ihres Handelns werden zu lassen. Diese globale Dummheit führt zum Untergang und Szenarien wie in den grandiosen Terminator-Filmen sind (von Zeitreisen abgesehen) sogar wahrscheinlicher als ein Überleben bis zum unweigerlichen Ende unseres Sonnensystems.

Vielleicht erlebe ich noch den ersten, leider nicht persönlichen Schritt auf den Mars, aber das ist nur ein winziger Blick vor die Haustür. Bis zum Wald ist es noch unendlich weit ...

Wie auch immer, bis zum Ende meiner Tage werde ich mich mit den Gegebenheiten abfinden, manche mögen, auf andere schimpfen, insgesamt zufrieden sein und versuchen, das Beste draus zu machen – und genau das wünsche ich auch allen Lesern und auch allen Nicht-Lesern (die ja nicht wissen, was sie verpasst haben, haha!).

Aller Anfang ist schwer, sagt man, das trifft in diesem Falle nicht zu, sondern das Gegenteil – das Ende fällt schwer. Gedanken und Themen gibt es reichlich, aber auf der Hühnerleiter sollte auch einigermaßen ein roter Faden erkennbar sein. Geplant als Bericht über lustige Erlebnisse eines Verkäufers änderte sich mein Vorhaben bald zu einer Autobiografie eines relativ normalen Bürgers, der die Nase immerhin hoch genug trägt, um sich zu den intellektuell „oberen zehntausend" zu zählen, genau wie Sie, oder du, liebe/r Leser/in.

Themen gibt es noch ohne Ende, aber ich weiß nicht, ob ich mich dazu berufen fühle, darüber weitere Bände zu schreiben. Stoff für viele Bände gibt es auf jeden Fall.

Politik – ich habe einige Andeutungen gemacht und will es im Moment dabei belassen. Nicht ohne zu erwähnen, dass die sogenannte Rundfunkgebühr, früher GEZ (Gemeine Eigennützige Zwangsgebühr) eine diktatorische Zwangsmaßnahme ist, die jeder angeblichen Demokratie spottet. Zahlen für etwas, das man nicht oder nur gelegentlich nutzt – ein Zwangsabonnement für ein bestimmtes Medium, zudem mit nerviger Werbung überfrachtet und finanziert. Sie müssen dieses Buch kaufen, ob Sie wollen oder nicht und ob Sie es lesen oder nicht (s. o.) ... Mein Kampf (oh nein!) gegen diese Verbrecherbande ist noch nicht beendet, trotz gerichtlicher Niederlage, bisher, wie vorauszusehen.

Autofahrer – ganz schlimm! Mindestens 50% aller Fahrer/innen hierzulande müsste der Führerschein lebenslang entzogen werden. Zu schnell, zu langsam, zu unachtsam, einfach zu dämlich (eigentlich ja fast 100%), um vernünftig Auto fahren zu können.

Fußball – hat mich schon immer fasziniert, mal mehr, mal weniger, selten aktiv. Die einzige Disziplin, in der ich stolzer Nationalist bin. Aber noch mehr als Nationalist bin ich sozusagen Stammeskrieger für meinen Heimatverein, und zwar je oller (älter) desto doller. Diese Identifikation mit einem Verein ist schon merkwürdig, aber vielleicht braucht der Mensch ja seinen „Stamm", um sich wohl zu fühlen. Vor jedem Spiel „meines" VfL habe ich immer noch Herzklopfen wie ein kleiner Schuljunge am ersten Schultag und wenn dann die Hymne im Stadion erklingt, die einzige mit dem Stadtnamen als Titel und gesungen von einem alten Bekannten, wird es immer noch feucht um die Augen – völlig bescheuert, aber wahr. Immerhin habe ich inzwischen gelernt nach einer Niederlage, wie viel zu häufig, nicht völlig deprimiert zu sein sondern nur resignierend bis hoffend die Schultern zu zucken – kann nur besser werden. In Gedanken steht oft mein alter Freund Martin neben mir, mit dem ich so manches Heimspiel besucht habe, damals noch erstklassig und „unabsteigbar", unser Verein natürlich. In der Blüte seines Lebens musste er sich einer eigentlich nicht weiter spektakulären Knieoperation unterziehen, zwei Wochen später war er tot, Frau und Kind und viele Freunde hinterlassend, in gehobener beruflicher Situation, aber immer „down to earth", nun auch im Sinne des Wortes. Scheiße! Only the best die young! Krankenhäuser, Ärzte, Pflegekräfte sind ein Thema, zu dem ich außer zum Glück weniger, dann nicht schlechter persönlicher Erfahrungen nichts beitragen kann und will.

Zum Thema Fußball möchte ich aber noch etwas beitragen. Die Zeiten ändern sich, und das sollte auch im Fußball so sein, eine Regelbearbeitung ist dringend erforderlich. Viele strittige Situationen ließen sich mit moderner Technik schnell und eindeutig lösen, ohne große Spielunterbrechungen. Aber da klebt man lieber an alten Regeln und Vorschriften und lässt dem Unrecht seinen Lauf.

Fußball ist ein Mannschaftssport und so spannend ein Elfmeterschießen (Verlängerung) auch sein mag, so ungerecht ist es, da es ganz auf punktuelle Einzelleistungen hinausläuft. Natürlich gibt es diese auch im Spiel selbst, aber eingebettet in der Mannschaftsleistung. Mein Vorschlag: Alle fünf Minuten verlässt ein Spieler jeder Mannschaft das Feld, nach ebenso jeweils fünf Minuten ist das Spiel beendet, wenn es einen Sieger gibt. Darüber könnte man doch verhandeln, oder?

Bleiben wir noch etwas bei der wichtigsten Haupt-, äh, Nebensache der Welt. Die klare Vorliebe für den besten Verein der Welt, tief im Westen, als bescheuerter Lokalpatri-idiot habe ich schon erwähnt. Das nennt man Masochismus. Es gibt wenige andere Vereine, die mir sympathisch sind, zum Beispiel die Wespen im Osten, Heimatstadt meiner Mutter. Wenn sie mal, schon lange nicht, gegen den VfL spielen, sind sie allerdings sowas von unsympathisch ... Die meisten sind mir schnurzpiepe, Sympathie auch für die „Kiezkicker" aus Hamburg z. B., auch so 'n Underdog wie der VfL, zumindest solange sie in der Tabelle unter uns stehen, was überwiegend der Fall ist und auch gerne so bleiben soll. Aber es gibt auch andere, auf die ich gar nicht kann. Vor allem nicht auf den Kleckerverein aus Gelsenkirchen-Ückendorf, oder so ähnlich, der mir spätestens seit dem großen Bestechungsskandal in den 70ern ein Dorn im Auge ist und der immer wieder unangenehm auffällt, oder einen anderen, dessen Ziege es leider immer noch nicht geschafft hat, den gesamten Stadionrasen aufzufressen. Aber dieser Kleckerverein, der einzige, der garantiert nie mehr Deutscher Meister werden kann und wird und bei dem auch alle „Kohlenpottromantik" aufhört, geht gar nicht. Mein letzter Chef war bzw. ist sogar großer Fan dieses Haufens, komisch, er war/ist sonst ein recht vernünftiger, teilweise liebenswerter Kerl, wie ich geschildert habe.

Den Namen dieses Vereins kann ich irgendwie nicht schreiben, da hat meine Tastatur immer Aussetzer. Vielleicht kann ich sie ja mit einem Witzchen überlisten.

Ein hyperintelligenter Mann, IQ 160+, ist etwas genervt, weil er (natürlich) immer alles besser weiß und kann als alle anderen und er damit zum Außenseiter gestempelt ist.

Er möchte gerne etwas „normaler" sein und geht zu einem Arzt, von dem er gehört hat, dass er ihm vielleicht helfen könne. Tatsächlich, dieser hat eine ganz neue Maschine, state of the art, die den IQ senken kann, 120 oder so wäre ja OK.

Kappe auf, Drähte angeschlossen, ein bisschen laufen lassen. Das Telefon klingelt, der Arzt geht ins Nebenzimmer, telefoniert ... telefoniert ... ach du Scheiße, der Apparat läuft ja noch! Er stürzt zurück, der IQ-Zeiger steht zwischen Regenwurm und Kellerassel. Kappe runter, Drähte ab, nichts passiert. Nach einigen Minuten wacht der Patient langsam auf, die Augen öffnen sich halb und mit glasigem Blick und winkender Hand ruft er laut: „Sch... sch... schaaaaalke!"

Geht doch, meine Tastatur funktioniert noch. Schon als ich noch wenig für Fußball übrig hatte, hatte ich schon deutlich mehr gegen diesen Vorortclub, dessen Name allein schon wie Sch ... klingt. Seit langem de facto pleite, ist die Vereinsführung, das Ganze Drumherum einfach absolut grottig, immer schon, immer noch und immer wieder. Die Fans und Spieler tun mir leid, echt! Sie wollen doch auch nur Fußball spielen und schauen – aber eine Kuh kann nun mal kein Klavier spielen, auch wenn sie es tausendmal versucht. Da hilft nur eins – auflösen und auf die umliegenden Dörfer verteilen!

Obwohl ich im täglichen Umgang ein eher wortkarger Mensch bin, gibt es noch so viel mehr zu erzählen und zu debattieren. Bei meinen früheren zeitweiligen Ausflügen in die Psychologie stieß ich auf die interessante Frage, ob Träume farbig sind. Sind sie, bzw. können sie sein, das kann ich bestätigen! Ich träumte einmal von einer Art botanischem Garten, in dem das Wasser eines höher gelegenen Beckens in das darunter liegende floss, beide mit tiefgrünen Algen durchwachsen und das herunterfließende Wasser ergoss sich knallrot in das untere und ich sagte im Traum (!) zu mir: Aha, also können Träume bunt sein! Ich wurde wach – und werde das nie vergessen! Ebenso wenig wie die Träume, in denen ich, in problematischen Zeiten (Frauen!), mich nur mit hintereinander gestellten Beinen langsam vorwärts bewegen konnte. Es bedarf keines Psychologen, um das zu deuten. Nach dem zu frühen und tragischen Tod meiner Mutter hatte ich eine zeitlang Träume, in denen ich mit ihr oder meinen Schwestern geschlafen hatte, um dann schweiß- und sonst-was-gebadet daraus aufzuwachen. Das ist vielleicht schon eher etwas für Psychologen, aber ich hatte nie irgendwelche inzestuösen Gedanken, bei aller Mutter- und Schwesternliebe eher einen Ekel davor, wenn ich in dem Zusammenhang überhaupt mal darüber nachgedacht haben sollte. Nur eine natürliche Reaktion, meine ich.

Träume sind für mich eine herrliche, spannende Sache und oft versuche ich, einen Traum fortzusetzen, wenn ich aufwache oder mich am nächsten Tag noch daran erinnere und dann am nächsten Abend schlafen gehe. Das klappt selten, manchmal ansatzweise, und glücklicherweise werde und wurde ich von den sogenannten Albträumen verschont. Fliegen können, mit geschlossenen Augen sehen können – träume ich davon, weil ich darüber gelesen habe oder weil „man" einfach ab und zu davon träumt? Ganz, ganz selten und schon sehr lange her träumte ich davon, jemanden (niemand bestimmten) ermordet zu haben oder daran beteiligt gewesen zu sein – die einzigen „Albträume", die ich je hatte. Schrecklich, eine „Tatsache" geschaffen zu haben, die unabänderlich war ... nur im Traum. Auf jeden Fall sind Träume bunt, basta!

Je älter ich werde, umso mehr stelle ich eine gewisse „Altersweisheit" fest, aber auch eine zunehmende Altersintoleranz, und zunehmendes Kopfschütteln über die allgemeine Dummheit (ich wiederhole mich). Ich spiele gerne hin- und wieder eine App, in der man sich mit Freunden, Bekannten und Unbekannten im Quiz duellieren kann, immer wieder schön, die eigene solide Halbbildung bzw. das Halbwissen auf vielen Gebieten unter Beweis zu stellen. Manche Fragen sind nur von absoluten Fachidioten zu beantworten, andere bewegen sich auf Erstklässlerniveau, aber da sie sich wiederholen, kann man die Antworten lernen (auf die Fachidiotenfragen, meine ich) – oder auch nicht. Die paar handvoll wirklich guter Fragen, die ich meinte beisteuern zu können, wurden natürlich nicht angenommen. Ebenso wenig wird auf meine ständigen Bemängelungen reagiert, wenn immer und immer wieder der Buddhismus mit Religion in Verbindung gebracht wird, das ärgert mich! Religion braucht mindestens einen der vielen tausend Götter, an den Dummköpfe glauben können. Der Buddhismus kennt keine Götter, sondern ist eine Philosophie, Lebensanschauung, Grundsatzhaltung, die einerseits sehr sympathisch ist, andererseits aber auch Kritikpunkte bietet (wie fast alles im Leben). Wie auch immer, hat diese Haltung mit Religion absolut nichts zu tun. Und kürzlich stand's wieder in der Zeitung, „Religion Buddhismus" ... und selbst bei Wikipedia, worauf ich normalerweise schwöre, steht es so - es ist zum Heulen! Das muss ich dort bald mal ändern.

Nicht nur 95%, sondern knapp 100% aller Leute sind dumm, und das ist die Wahrheit!

Kalauer liebe ich auch, hier einer in Verbindung mit moderner Technik, wenn ich am PC meine Übersetzungen schreibe, mein Herzstern im Schlafzimmer auf facebook unterwegs ist, eine E-Mail schreibt oder so und nicht weiter weiß, obwohl schon oft gezeigt, dann per App ... „Hallo Schatz, kommst du mal bitte kurz im Schlafzimmer?" Sie kann gut Deutsch, aber nicht perfekt, muss auch nicht sein. Wir kommunizieren aber auch „richtig" miteinander, so ist das nicht.

Noch mal runter von der Leiter, rauf auf die Leiter, da taucht auch das Thema Nachhaltigkeit im Umgang mit Lebensmitteln auf – ein anderes großes Thema, bei dem ich in meiner eigenen Familie aber leider auf verlorenem Posten stehe. Ganz zu schweigen von (ehemaligen) Arbeitskollegen/-innen, die z. B. einen Riesenhaufen Spaghetti mitbringen, in der Mikrowelle heiß machen, etwas davon essen und den „Rest" in die Mülltonne schmeißen. „Wieder mitnehmen ... nee, zwei Mal aufgewärmtes Essen mag ich nicht." Das ist stellvertretend für die Dummheit, die den Untergang der Menschheit mitbegründet, so ganz von unten ...

Auch finde ich es ätzend, hierzulande bei Mord u. U. nicht einmal mehr das Urteil „lebenslänglich" zu verhängen. Wer jemand anderem das Einzige nimmt, das absolut unersetzlich ist, hat nichts anderes verdient, von aller Dummheit einerseits und andererseits abgesehen. Schlimmer (und „gerechter") noch als Todesstrafe wäre es, lebenslänglich (keine Ausnahme!) auf 2 x 2 oder wegen mir auch 3 x 3 Quadratmetern „leben" zu müssen, kein Hofgang, kein Fernsehen, kein gar nichts.

Aber nein, der „arme Junge" (oder Mädchen) hat ein Trauma, seine (ihre) Mutter hat ihn (sie) mal böse angesehen, als er (sie) keinen Spinat essen wollte, deshalb darf er (sie) auch ruhig ungestraft andere Menschen umbringen. Oder Tiere, das gibt es auch, grausam enthauptete, entbeinte Kaninchen, Ponys, Pferde, Ziegen, aus „Spaß" – wie krank ist unsere Welt!

Ich esse (insgesamt wenig) trotzdem gerne Fleisch und Wurst, in geringen Mengen, ist das auch krank? Eine Frage (unter anderen), die ich im Moment mit „Nein" beantworte.

Aktueller last-minute-Einschub: die Flüchtlingsdebatte. Ja, ich bin für Mauern und Zäune – rings um Dunkeldeutschland, so wie es früher war und wo mit „Pegida" und ähnlichen Verbrechern einmal mehr der tumbe Deutsche seine hässliche Fratze zeigt. Drei Meter hoch und mit Flüssigbeton auffüllen – gibt 'ne gute Fläche für Skater und andere. Mein früherer Briefmarkentauschpartner und späterer Brieffreund aus (ehemals) Ost-Berlin sollte noch vorher „rübermachen", falls er noch lebt (was ich ihm herzlich wünsche) und das nicht längst getan hat.

Trotz gewisser Rührung damals, zugegeben, war und bin ich politisch immer ein Gegner dieser „Wiedervereinigung" gewesen (aber auf mich hört ja keiner), die uns, unter anderen, dieser dämliche, dicke Herr mit Gemüsenamen eingebrockt hat und dafür auch noch gefeiert wurde und wird. Er möge in der Hölle schmoren dafür, aber die gibt's leider nicht – der Fettsack würde schön brutzeln. Die Ossis packen's einfach nicht: Erst brutale Diktatur eines völlig missverstandenen Sozialismus', nun Aufbegehren des brauen Pöbels, das sich langsam nach Westen ausbreitet. Eine saubere Zweistaaten-Lösung mit etwas Aufbauhilfe aus dem Westen wäre die richtige Maßnahme gewesen. Stattdessen gab's unverdiente Hilfe ohne Ende zu Lasten des Westens. Zu spät, deshalb Mauer drum und weg damit – mit den paar Restidioten werden wir auch noch fertig. Das Berliner Flughafenproblem wäre damit auch erledigt. Aber West-Berlin könnte ja auch als Abfluss bei starkem Regen offen bleiben.

Deutscheland, 'schland ... wie auch immer, mir bangt um dich!

Einmal Weltenbrandleger und Millionenmörder ist mehr als genug! Brennende Asylantenhäuser und dumpfes Geschwätz wecken böse „Erinnerungen" an Pogrome der 1930er Jahre und man sagt, Geschichte wiederholt sich – hoffentlich nicht in diesem Fall!

Wenn ich König von Deutschland wär' ... („König von Deutschland", Rio Reiser) ... gäb's zumindest den braunen Dreck nicht mehr. Die würden alle bunt angestrichen oder so, da findet sich schon was ...

Bis auf weiteres schließe ich nun die Tür mit einem Zitat der Doors:

„This is the end!"

Halt, noch nicht ganz. Neulich hörte oder las ich irgendwo ein Zitat von Roger Vadim, dem ersten Ehemann der damals wundervollen BB, der über seine erst in hohem Alter geheiratete fünfte Ehefrau Marie-Christine Barrault sagte: "Das (die) Beste habe ich mir bis zum Schluss aufgehoben." Auch wenn ich, anders als in meinen Teenagerträumen gewünscht, nie mit BB (oder Jane Fonda, auch auf Roger Vadims Liste) verheiratet war und keine fünf Ehefrauen „verbrauchte", kann ich mich dem nur anschließen, obwohl ich meine zweite, beste und letzte aller Ehefrauen nicht erst in „hohem" (sondern mittlerem) Alter geheiratet habe: „Lucy in the Sky with Diamonds!"

Wenn sich jemand erkannt und ungerecht behandelt fühlt, ist das sein/ihr gutes Recht. Meins ist es, jede/n aus meiner subjektiven Sicht so zu behandeln, wie ich es für richtig halte. Außer in wenigen Fällen möchte ich niemanden beleidigen, dafür in diesen Fällen umso mehr! Aber wer keine Ehre hat, kann sich auch nicht beleidigt fühlen.

I am not „nobody" – because nobody is perfect.
Ich mag mich auch mal irren – außer wenn ich schreibe „das ist die Wahrheit". So wahr ich an Hühner glaube!